LE MAÎTRE DES ILLUSIONS

Œuvres de Tanith Lee
dans Presses Pocket

Le dit de la Terre Plate

1. Le Maître des Ténèbres
2. Le Maître de la Mort
3. Le Maître des Illusions
4. La Maîtresse des Délires (février 89)
5. Les Sortilèges de la Nuit (mars 89)

Science-Fiction
Collection dirigée par Jacques GOIMARD

TANITH LEE

Le dit de la Terre Plate

LE MAÎTRE DES ILLUSIONS

PRESSES POCKET

Titre original : DELUSIONS' MASTER
Traduction : E.C.L. MEISTERMANN

Première parution : DAW BOOKS, septembre 1981

ISBN : 2-266-02767-0

PROLOGUE
LA TOUR DE BABHELU

À un mille des murs de la ville, tout couverts d'émaux, là où le désert brasillait comme du verre doré, une femme d'une grande beauté était assise dans un donjon de pierres et jouait avec un os.

— Viendra-t-il me voir aujourd'hui ? demanda-t-elle à l'os en le berçant dans ses bras comme un enfant. Ou viendra-t-il me chercher cette nuit ? Toutes les étoiles brilleront, mais il brillera plus fort encore. Assurément, il n'osera venir dans la journée, car son éclat l'emporterait sur celui du soleil. Le soleil mourrait de honte et le monde sombrerait dans les ténèbres. Mais tu viendras, ô Nemdur, mon seigneur, fit la femme très belle.

Elle s'appelait Djasrin ; Nemdur était le roi dont la ville s'élevait un mille à l'est. Naguère, il était son mari, mais le temps avait passé.

Lorsque le jour commença à disparaître en s'enveloppant dans ses robes et en se glissant silencieusement hors du désert, Djasrin appela ses femmes. Elles n'étaient plus que deux, l'une très vieille, l'autre très jeune. Toutes deux éprouvaient pour elle de la pitié, mais elle ne leur prêtait que peu d'attention. Elle ne remarquait pas davantage leur aversion derrière cette pitié. À la porte du rez-de-chaussée, des hommes musculeux armés d'épées et de haches montaient la garde ; ils étaient chargés d'empêcher le danger d'entrer, ou de sortir. Des palmiers aux frondaisons d'un vert d'airain cernaient la tour et un petit étang reposait là, comme tombé du ciel. Au coucher du soleil, la jeune fille descendait jusqu'à l'étang et puisait de l'eau pour le bain de sa maîtresse. Djasrin se baignait alors et se faisait oindre et parfumer. La vieille peignait la chevelure de Djasrin, qui était couleur du désert, puis elle y tressait des bijoux suivant les instructions de Djasrin. Sur le corps de Djasrin, un vêtement de soie était posé et, à ses pieds, des mules dorées. Cependant, Djasrin ne cessait de serrer l'os contre elle. Pour cela elle avait une excellente raison : c'était l'os de son enfant.

— Préparez le festin, dit Djasrin à ses domestiques. Mon seigneur Nemdur ne tardera plus à arriver.

Elles lui obéirent de leur mieux. Elles dressèrent des tables avec des nappes brodées sur lesquelles elles disposèrent des assiettes d'argent couvertes de viandes, de pain, de fruits et de confiseries. Elles versèrent du vin dans des coupes d'argent cerclées de glace.

— Faites de la musique.

La jeune fille prit un instrument à cordes et en tira des notes semblables à des soupirs cristallins et aigus.

Djasrin se pencha à la fenêtre. Elle regarda dans la direction de la ville le long des pentes assombries du désert.

Au-dessus d'elle flamboyaient les étoiles paisibles. Djasrin chercha des étoiles en déplacement, les lampes et les torches qui quittaient la ville de Sheve, la procession qui lui ramènerait son seigneur.

— Bientôt, oui, bientôt, il me reviendra, dit-elle à l'os de son enfant mort. Sa chevelure de bronze, sa force solaire, ses yeux stellaires me reviendront. Il s'allongera sur moi, sa couche sera un vin capiteux et ses reins des flammes inextinguibles. Oh, la musique qu'il créera en moi, et je ne serai que l'instrument de cette musique. Et dans cette musique je concevrai. Tu grossiras en moi, mon enfant ; tu renaîtras.

Si l'os l'entendit, il ne lui prêta point attention. Si la nuit l'entendit, elle ne se manifesta point. Et si le roi Nemdur, installé dans son palais avec sa nouvelle reine, l'entendit, il dut se boucher les oreilles.

À minuit, Djasrin hurla. Elle jeta l'os dans un coin. Elle se mit à s'arracher la peau et les cheveux et ses deux servantes accoururent pour l'en empêcher. Djasrin était devenue si faible que même une vieille femme et une jeune fille fluette pouvaient la maîtriser ; par ailleurs, elles avaient l'habitude de ce genre de crise, qui se produisait chaque nuit.

Et, comme chaque nuit, Djasrin pleura plusieurs heures. Toutes les nuits se passaient en pleurs, jusqu'aux moments pastel qui précèdent l'aube, où elle dormait un peu, avant de s'éveiller pour demander son enfant. La jeune fille lui apportait alors l'os et Djasrin le berçait et le tenait contre sa poitrine.

Tandis que le soleil se levait, Djasrin interrogea encore son os.

— Viendra-t-il me voir aujourd'hui ? Ou viendra-t-il me chercher cette nuit ?

Mais Nemdur ne venait jamais la voir.

Elle avait seize ans lorsqu'elle était devenue son épouse. Jusqu'alors, elle avait vécu dans un royaume riche en eaux, rivières, lacs, cascades et fontaines. Les collines verdoyantes montaient les unes sur les autres au-dessus de vertes vallées, les cieux recouvraient une mosaïque de verdure. Lorsqu'elle avait appris qu'elle allait quitter cette terre de velours vert pour un pays d'ambre brut, Djasrin avait pleuré, à la manière de ceux pour qui l'eau est familière et qui en usent sans compter. Obéissante, misérable et apeurée, elle avait rejoint l'homme destiné à devenir son mari après avoir fixé son regard sur le sol verdoyant qu'elle devait abandonner. Lorsque, les doigts doux mais fermes, il souleva le voile qui lui dissimulait le visage, ce fut comme si le soleil avait brillé sur elle. Elle haussa lentement les yeux et contempla Nemdur le soleil et, de son sourire, le soleil sècha ses larmes.

Nemdur était très beau, c'était un jeune lion. Sa chevelure luisait comme des copeaux de métal, ses yeux étaient l'ardoise brûlante et pâle de l'air du désert. Lorsqu'il avait vu sa fiancée, il lui avait souri parce qu'il avait été charmé par sa beauté. Il avait désiré être charmé ; elle ne désirait plus désormais que le charmer.

Elle se rendit à Sheve dans un carrosse aux disques d'argent tintinnabulants, les cheveux tombant en cascade, les yeux débordant non plus de larmes mais d'amour. Elle était la princesse de toutes les chutes d'eau. Dans le palais, derrière les portes de la chambre à coucher, Nemdur lui fit connaître une autre terre où se mêlaient le feu et le liquide.

Elle ne tarda pas à devenir gravide. Nemdur l'accabla d'autres présents, des colliers d'or, des miroirs d'argent, des bracelets de saphir, des rivières de perles. Il lui fit faire un jardin où des lotus étaient posés, tels des cygnes, sur des étangs peu profonds, jardin d'eau en plein désert. Il lui fit parvenir la peau d'un lion qu'il avait lui-même occis, manteau dans lequel envelopper son fils à la naissance. Il lui envoya tout cela, mais il ne vint point. L'enfant l'avait grossie et enlaidie. Nemdur, libre comme le sable ou le soleil, possédait d'autres femmes. Son appétit était immense et ses jouets variés. L'enfant n'avait fait que hâter en lui un désir inévitable de changement. Il restait assurément en son cœur de la place pour tout un monde de femmes.

Elle vit son regard se tourner vers des vierges à la chevelure de safran et à la peau crémeuse, vers des vierges aussi sombres que la poix et à la toison d'ébène. Elle sentait sur lui ces peaux, ces cheveux, leur parfum et leur passion. Son âme se recroquevilla sur soi et rétrécit. Son âme finit par pouvoir se nicher dans une graine de coriandre.

Elle se regarda dans les étangs de lotus et dans les miroirs d'argent. Elle pressentit que l'enfant de Nemdur la rendait hideuse et elle se mit à le haïr. Jusqu'à cet instant, elle avait à peine pris sa propre vie en considération, ou plutôt elle avait considéré qu'elle ne pouvait avoir aucune prise sur sa propre vie. Mais désormais elle était emplie d'une grande terreur. Des événements colossaux lui étaient arrivés et aucun n'était de son fait. Son exil, son amour, sa grossesse et son délaissement. Puis vinrent les douleurs. D'autres avaient souffert bien pis, mais qui peut dire que sa douleur et sa peur ne furent point alors les plus terribles que femme connut jamais ? Son corps lui parut divisé, son cerveau partagé. Elle accoucha d'un fils que l'on plaça dans la peau du lion et Djasrin fut posée sur de la lave fondue. Mais elle songea néanmoins : *Je suis libérée de cet enfant et il va désormais m'aimer à nouveau.*

Nemdur envoya des présents. Pour sa femme, des boucles d'oreilles et des colliers de lapis-lazuli ; pour son fils, une pomme de jade. Lorsque Nemdur pénétra dans la chambre, il leva le bébé très haut dans ses bras, ainsi qu'il avait naguère soulevé le voile de sa fiancée, et il lâcha un rire de plaisir devant son fils. Il n'avait que souri à Djasrin. Et maintenant, il la regardait à peine.

Peu de temps après, une vagabonde sortit de chez Djasrin. Son âme était assez petite pour tenir dans une semence de coriandre, le cerveau coupé en deux parties. Une partie lui dit : *Va voir où mon mari joue avec son fils.* La seconde : *Vois mon mari qui n'a d'yeux que pour l'enfant et ne me regarde plus.*

Nemdur donna au bébé des robes de soie, des jouets d'ivoire, une chaînette en or pour sa cheville. Nemdur vint dans le lit de Djasrin.

— Suis-je belle ? demanda-t-elle.

— Belle comme un lotus, et tu fais éclore de très beaux enfants. Faisons-en un autre, toi et moi.

— Mon seigneur, je suis lasse, ce soir. Ne me demande pas cela. Va plutôt voir l'une de tes femmes tout en neige, ou l'une tout en encre.

— Allons, insista Nemdur, c'est toi que je veux.

Le cerveau divisé de Djasrin mit alors dans sa bouche des paroles de miel :

— J'ai besoin de toi.

Puis d'aloès :

— Mais c'est vers moi que tu te tournes en dernier.

Nemdur vit qu'elle était blessée et lui dit :

— J'ai manqué de prévenance envers toi et je veux me racheter. Mais je ne t'ai jamais honorée en dernier.

— Je ne suis que l'une de tes traînées.

— Tu es ma femme et la mère de mon héritier.

Djasrin se tut et resta de pierre. Incapable de l'ébranler, Nemdur la quitta. Son jardin était empli de fleurs, il n'avait nul besoin d'en attendre une. En cette heure, si l'on avait ouvert la graine de coriandre, l'on n'aurait pas trouvé l'âme de Djasrin, car elle était devenue une poussière qui n'était pas plus grosse qu'une pointe d'épingle.

Ce mois-là, les eaux peu profondes du jardin se tarirent et les lotus moururent. *Tiens,* dit la seconde partie du cerveau de Djasrin, *voilà ce que t'ont fait Nemdur et le fils de Nemdur.*

Et la première partie de son cerveau chuchota : *Si tu n'avais pas eu d'enfant, Nemdur t'aimerait encore.*

L'enfant dormait à l'ombre sur sa peau de lion, près de lui reposait aussi sa nourrice, tout autour le sol était jonché des minuscules animaux en ivoire que le roi avait envoyés à l'enfant ; et sa cheville était cerclée de la chaînette en or.

Sans un bruit, Djasrin prit les vêtements que la nourrice avait ôtés à la chaleur du jour. Djasrin s'en enveloppa et en rabattit les plis sur sa tête, puis elle emporta l'enfant dans la peau. Mais alors, elle se mit à pleurer, car l'enfant était innocent et très beau ; elle n'en était pas moins son ennemie.

Djasrin traversa les cours du palais et nul ne la questionna, car l'on pensa qu'elle était la nourrice, en qui l'on avait toute confiance. Lorsqu'elle sortit et traversa la ville, elle ne fut plus qu'une femme comme les autres qui serrait son enfant contre elle. Djasrin aperçut d'autres femmes avec leur bébé et elle les plaignit, car elle croyait que toute femme qui avait porté un enfant avait par là même perdu l'amour de son mari.

Elle descendit les rues larges et étroites, traversa la grand-place, là où les chameaux bruns avaient de sévères regards de seigneurs, où les figues bleu-noir transpiraient, où la viande rouge se balançait, où des gamins dansaient au son d'un pipeau, où un serpent se levait d'une urne en cuivre pour exposer son capuchon en forme de cœur. Djasrin parvint ainsi jusqu'aux murs d'émaux de Sheve. Elle n'y vit point les images de bêtes et de fleurs. Elle sortit en courant par le large portail dont l'ombre était semblable à une nuit ténébreuse. Elle s'enfuit dans le désert.

À une centaine de pas des murs se trouvait un puits autour duquel s'était installé un camp de nomades. Djasrin marcha directement parmi les tentes et nul ne l'interpella, puisqu'elle était une femme, car en ces lieux l'on ne craignait guère les femmes, ou c'est du moins ce que l'on s'imaginait.

Djasrin rencontra enfin un groupe de jeunes enfants et de bébés endormis ou en train de jouer en sommeillant à l'ombre d'une tente. À proximité, un couple de gros chiens de chasse étaient allongés, leur lourd masque fauve sur les pattes.

Si Djasrin avait presque perdu la raison, il lui en restait quelques onces. Il lui sembla qu'elle pourrait laisser ici son enfant sans qu'on le remarque, parmi tant d'autres. Et, lorsque les mères viendraient et trouveraient un enfant supplémentaire, nul doute qu'elles le recueilleraient en s'estimant payées par la chaînette en or qu'il avait à la cheville. Une fois midi passé, le camp serait levé, car ces nomades restaient rarement en place, surtout à proximité des villes du désert, qu'ils considéraient comme maléfiques et décadentes. À la tombée de la nuit, sinon avant, Djasrin serait libérée de la créature qui lui avait innocemment dérobé tout son bonheur.

Alors qu'elle méditait fiévreusement sur tout cela, l'un des chiens leva la tête, huma l'air et grogna doucement à l'adresse de Djasrin. Il était clair que ces animaux étaient destinés à garder les enfants et s'occuperaient également du sien sitôt qu'elle serait partie. Toutefois, le regard sans merci du chien emplit soudain Djasrin d'une grande inquiétude. Fébrilement, elle déposa le petit ballot sur le sable à côté des autres bébés. Il ne pleura point ; peut-être avait-il une confiance instinctive en sa mère, bien qu'il ne pût comprendre son dessein.

Le chien se dressa brutalement sur ses pattes minces et ses yeux ne furent que verre brûlé, enflammés par le soleil inflexible du désert. Djasrin fit volte-face et s'enfuit, s'attendant à sentir les crocs du chien se refermer à tout instant sur sa robe ou sa chair, mais le grognement mourut derrière elle ; elle entendit alors les enfants endormis se réveiller et commencer à se lamenter et crier, comme s'ils l'accusaient, aussi se mit-elle à courir plus vite et quitta-t-elle le camp pour aller franchir les portes de la ville. Elle remonta les rues larges et étroites en courant, ralentit près du palais et jeta alors la robe de la nourrice. Les gardes, en la voyant rentrer, la regardèrent fixement, car elle était la Reine de Sheve et elle arrivait de la rue sans domestiques ; mais il ne la questionnèrent point.

Elle se rendit dans ses appartements et s'assit. Sa tête la faisait souffrir, son esprit lui-même lui faisait mal.

Nemdur allait venir et lui dirait :

— Notre fils a disparu, il reste introuvable. Penses-tu que la femme qui était sa nourrice l'ait tué ?

Et Djasrin répondait :

— Épargne-la, mon seigneur. Elle a été prise de démence. Elle est jalouse parce qu'elle n'a pas d'enfant à elle, son propre enfant est mort...

Midi arriva, puis l'après-midi, puis le moment de rousseur, le rouge sang éclaboussé sur les murs, suites écarlates du soleil passant vite au magenta et à l'indigo, puis apparurent les étoiles, lampes des cités célestes. Djasrin n'avait entendu aucun tumulte de recherches dans le palais. Nemdur n'était pas venu la voir.

Mais il apparut alors.

Il entra rapidement dans la chambre non éclairée ; pour une fois, il n'illumina point les lieux de sa présence, et il ne parla point ainsi qu'elle s'y attendait.

— Djasrin, ma femme, j'ai entendu trois histoires. La première : quelqu'un a volé la robe d'une femme qui dormait dans l'ombre du jardin. La deuxième : la même femme, protégée de la chaleur par cette robe, s'est glissée hors de la ville pour ne plus revenir. La troisième : la Reine de Sheve est entrée dans la ville sans escorte, or personne ne l'avait vue en sortir.

Le cerveau divisé et douloureux de Djasrin ne put supporter cela.

— Ce ne sont que mensonges ! s'écria-t-elle. Tu devrais fouetter ces menteurs.

Mais Nemdur lui répondit avec douceur :

— J'ai une quatrième histoire. Écoute, je vais te la

conter. Des nomades ont planté leurs tentes près des murs de Sheve afin de tirer l'eau du puits près du portail et vendre leurs produits au marché. Mais une femme est venue laisser un bébé parmi leurs enfants.

— C'est la nourrice, lâcha Djasrin.

— Non, car elle était à cette même heure en train de chercher notre enfant à tous deux et plusieurs personnes peuvent en témoigner.

— Ce sont tous des menteurs ! s'écria encore Djasrin.

— Une seule personne a menti.

Les forces de Djasrin la quittèrent immédiatement, comme du sang qui s'échappe d'une blessure mortelle.

— Je confesse, dit-elle. L'enfant t'a arraché toute la considération que tu avais pour moi. J'ai préféré chasser l'enfant. Ne m'en tiens pas rigueur. Je n'ai pu m'en empêcher.

— Je ne t'en veux point, dit Nemdur.

Sa voix demeurait paisible ; Djasrin ne distinguait pas son visage dans la nuit.

— L'enfant t'a-t-il été ramené ? marmonna Djasrin.

— Oui, répondit Nemdur qui cria alors à travers la chambre : « Apportez mon enfant. »

Les portes s'ouvrirent et des serviteurs entrèrent alors, l'un portant une torche, l'autre un ballot.

— Déposez-le, dit le roi, que cette pauvre folle puisse contempler le fruit de ce qu'elle a planté.

Ils placèrent donc le ballot devant la Reine de Sheve et le déroulèrent à la lumière de la torche.

Elle le regarda fixement un instant, puis se mit à hurler, et les deux parties de son cerveau se fracassèrent en une centaine de fragments.

Le peuple des tentes avait reconnu le bébé à sa chaînette en or et, par respect pour Nemdur tout autant que par horreur, il lui avait rapporté ce qui restait de son fils, risquant par là sa vengeance. Car les chiens avaient réduit l'enfant en morceaux. En général, les chiens n'auraient fait aucun mal à un bébé, mais c'étaient des chiens de chasse et ils avaient flairé le lion à l'approche de la femme. Lorsqu'elle avait abandonné l'enfant dans le sable, enveloppé dans la peau de lion, les chiens s'étaient précipités dessus. Tandis que Djasrin s'enfuyait, les chiens s'étaient abattus sur la peau ainsi que sur le bébé qu'elle contenait. En vérité, Djasrin était débarrassée de son fils ; en vérité, elle avait vaincu son ennemi.

Nemdur ne manifesta ni son chagrin ni sa répulsion, et il ne condamna pas sa femme à un quelconque châtiment. Il se contenta de l'installer à part et de la faire enfermer dans un pavillon luxueux jouxtant le palais. Il continua de lui envoyer des cadeaux, des tapisseries coûteuses, des viandes succulentes, des fruits bien mûrs et des bijoux. Il se montra bon envers elle et sa magnanimité fit l'étonnement de tous. En fait, il eût été moins cruel en la remettant sur-le-champ au bourreau. Il l'avait condamnée à une mort vivante, pire, bien pire que le fouet, le feu ou la lame tranchante d'une épée.

Le troisième mois de son emprisonnement, alors que le roi devait de remarier, Djasrin parvint à s'échapper. Elle était tellement folle qu'elle se croyait presque redevenue fiancée, qu'elle s'imaginait se trouver dans les terres humides et que Nemdur, son fiancé, allait la recevoir et la dévoiler pour la première fois. Elle était toutefois obsédée par la crainte d'être stérile, à moins qu'elle ne trouve un signe magique, la promesse des dieux qu'elle porterait un fils. Ce signe n'était rien d'autre que le corps de son enfant. Elle se rendit donc parmi les tombeaux où elle erra et finit par rencontrer un jardinier. La reconnaissant et la voyant seule, celui-ci la prit en pitié, la conduisit jusqu'au caveau de son fils et la laissa y entrer. Ceux qui la poursuivaient finirent par arriver sur les lieux et l'aperçurent assise dans la pénombre du tombeau, tenant entre ses bras le pauvre corps qui n'était plus qu'ossements. Dans son esprit fragmenté, elle s'imaginait avoir trouvé la clé et le symbole de sa sécurité et de sa joie à venir. Mais il ne faisait aucun doute qu'au fin fond d'elle-même elle savait que c'était son terrible sentiment de culpabilité qu'elle berçait et dont elle ne pouvait être séparée. À plusieurs reprises, ceux qui étaient venus la chercher tentèrent de la détacher du petit défunt. Elle finit par le lâcher, à l'exception d'un seul os, qu'ils ne purent lui arracher, malgré tous leurs efforts.

Djasrin et son os furent donc emmenés ensemble jusqu'à un donjon de pierre dans le désert, à un mille de la ville de Sheve. Là se poursuivit donc sa mort vivante et le train-train de sa folie ne varia point, ni son attente de Nemdur, ses conversations avec l'os, ses souffrances, sa fureur, son désespoir, ses pleurs, et ainsi de suite. Tout, autour d'elle, finit par devenir un peu fou, contaminé par sa maladie, et même la tour fut baignée dans l'angoise de sa démence, même les arbres, les sables, les étoiles et le ciel.

Il était alors cinq Seigneurs des Ténèbres. Uhlumé, Maître de la Mort, était l'un d'eux, et sa citadelle se dressait au cœur de la Terre, mais il allait et venait au hasard dans le monde. Un autre était la Méchanceté, en la personne du Prince des Démons, Ajrarn le Magnifique, dont la ville de Druhim Vanashta se trouvait aussi sous terre, et il n'allait et venait dans le monde que de nuit, puisque la race des démons abhorrait le soleil (avec sagesse, car il pouvait les réduire en cendres). La Terre était plate, emplie de merveilles et avait alors de la place pour ce genre de choses. Mais l'on ne se souvient pas du lieu de résidence du troisième Seigneur des Ténèbres, ni peut-être s'il disposait de beaucoup de place pour sa vie personnelle, car il devait toujours être partout.

Il s'appelait Chuz, et tel était le Prince Chuz : pour qui arrivait par sa droite, c'était un bel homme dans la splendeur de la jeunesse. Ses cheveux formaient une crinière blonde soyeusement peignée ; il avait un œil abaissé aux longs cils dorés ; une lèvre finement ciselée ; et la peau basanée. À la main, il portait un gant de beau cuir blanc, ainsi qu'au pied, et sur son grand corps mince la robe cintrée était d'un tissu précieux violet foncé.

— Beau et noble jeune homme, disaient ceux qui venaient à sa droite.

Mais ceux qui l'approchaient par la gauche se faisaient tout petits et hésitaient même à parler. Car, par la gauche, Chuz était un verrat sur qui l'âge avait griffé ses signatures les plus nettes, certes encore d'une beauté particulière, mais maigre et terrifiant, la lèvre menaçante, la joue creuse, et peut-être d'autant plus infâme qu'il était beau. La peau de cet homme-ci était d'un gris cadavérique, ses cheveux emmêlés de la couleur du sang en train de coaguler et ses cils écailleux de la même teinte, une fois baissés. La main gauche était nue sur la robe prune qui, de ce côté-ci, était dépenaillée et maculée, et sous celle-ci dépassait le pied gauche également nu. Lorsque Chuz faisait un pas, l'on voyait que la plante de ce pied gris clair était noire et, lorsqu'il levait cette main gris clair, la paume en était noire, et les ongles longs, recourbés et rouges comme s'ils avaient été peints avec le vernis qu'utilisent les femmes. De plus, si Chuz levait les deux yeux, l'on voyait qu'ils étaient noirs, les iris rouges, les pupilles verts-de-grisées comme du vieux cuivre. Et si Chuz riait, ce qu'il faisait à l'occasion, ses dents étaient de bronze.

Pis était de rencontrer Chuz de face et d'apercevoir ses deux aspects à la fois, pis encore s'il levait les yeux et ouvrait la bouche. (Toutefois, l'on croit que tous les hommes, à un moment donné, ont aperçu Chuz de dos.) Et qui était Chuz ? Son autre nom était Folie.

Comme le Seigneur La Mort, peut-être le Prince Chuz était-il simplement une personnification qui s'était créée, concept fluide qui s'était solidifié en personnage. Une chose certaine : son équipage était tout aussi conceptuel que lui-même. Il portait parfois des mâchoires d'âne et, quand il les faisait claquer, elles émettaient les braiments fous de cette bête vivante. Il tenait parfois une crécelle en cuivre, qu'il agitait comme un sistre, et son crépitement donnait l'impression de réduire le cerveau en miettes. Il portait parfois un pardessus de pourpre foncée, brodé d'éclats de verre représentant les configurations maléfiques des étoiles...

Les six gardes de Djasrin avaient déposé leur hache. Les six épées à la ceinture, ils s'accroupirent au pied du donjon de pierre dans la fraîcheur du soir et jouèrent aux dés. La lune s'était levée, fruit blanc sous le noir feuillage de la nuit. Sa lumière et l'éclat d'une torche fichée dans le sable leur permettaient de compter les points.

Le premier lança, puis le deuxième. Puis le troisième, le quatrième, et le cinquième. Puis le sixième. Et le septième.

Le septième ?

Les dés du septième roulèrent : ils étaient jaunes et n'étaient pas marqués.

— Qui est cet étranger ? voulut savoir le capitaine.

Il posa brutalement la main sur l'épaule de l'étranger et la retira rapidement avec un juron. Le manteau du septième homme était parsemé de pointes scintillantes qui avaient fait jaillir le sang.

— Comment es-tu venu ici et quel est l'objet de ta visite ? aboya le capitaine.

Les six hommes le dévisagèrent et, à la lumière de la torche, ils distinguèrent la moitié d'un visage, l'autre moitié dissimulée par la capuche du manteau. Un jeune homme ensorcelant était assis parmi eux, les yeux... ou plutôt l'œil visible... humblement baissé, de telle sorte que les longs cils dorés reposaient sur la joue. La bouche toujours close, il sourit. Puis apparut soudain une main gantée de blanc, qui tenait des mâchoires d'âne qui cliquetèrent et émirent un braiment rauque. L'espace d'un instant, l'œil unique étincela, vision confuse d'impossible, avant de se rabaisser.

L'étranger ne parla point, mais les mâchoires d'âne entre ses doigts dirent brutalement :

— La lune gouverne les marées de la mer, les marées du sein des femmes et les marées des humeurs de l'esprit.

Les six hommes se levèrent d'un bond. Ils tirèrent leur épée, mais ils reculèrent. Ils ne connaissaient point de mâchoires bavardes, bien qu'ils eussent entendu parler de ce phénomène.

L'étranger, toujours souriant, l'œil méticuleusement abaissé, se leva. Il ramassa ses dés jaunes et vierges, traversa le mur du donjon et disparut. Un son s'envola dans les airs : on eût dit un rire dément ou le cri d'un oiseau de nuit au-dessus du désert.

Le capitaine poussa la porte de la tour et conduisit ses hommes pour fouiller l'escalier et les pièces du rez-de-chaussée. Les deux servantes de Djasrin, alertées, accoururent alors.

— Quelqu'un est-il passé par ici ? demanda le capitaine.

— Personne, répondit la vieille.

Elle se mit à morigéner les quatre gardes, qui baissèrent la tête comme des petits garçons.

— Ta main saigne, dit timidement la jeune fille au capitaine.

Depuis un an, les seuls hommes qu'elle eût vus de près étaient les six gardes, et c'était l'année où elle s'était faite femme. En prenant la main du capitaine, elle vit qu'il était robuste et avenant et, quant à lui, pendant qu'elle bassinait les blessures que lui avait faites la cape de l'étranger, il prit conscience qu'elle était douce et que la lune brillait à travers son mince vêtement sur ses seins et ses cheveux transformés en une nuée argentée.

À l'extérieur, le sixième garde ne bougeait plus sur le sable, stupéfait, et regardait la torche qui avait été renversée dans l'étang. Car, sous les eaux, sa flamme continuait de brûler, aussi brillante que le jour.

Dans sa chambre, tout là-haut, Djasrin était sur le point de se pencher à la fenêtre pour regarder dans la direction de Sheve. Elle distingua vaguement le tumulte du rez-de-chaussée et dit à l'os :

— Voilà les messagers venus annoncer que mon seigneur s'est mis en route. Il sera ici dans moins d'une heure.

Elle se retourna alors et trouva un jeune homme assis en tailleur sur le tapis, la moitié du visage dissimulée dans son manteau, la moitié du corps détournée.

Djasrin haleta et serra l'os contre elle comme pour le protéger.

Fière et coléreuse, elle dit à l'étranger :

— Mon noble époux ne va pas tarder à me rejoindre et il t'occira pour t'être aventuré dans mes appartements.

Chuz ne répondit pas, mais il fit rouler ses dés. Cette fois-ci, ils étaient noirs comme deux charbons et le tapis se mit à fumer.

Djasrin serra l'os enconre plus fort.

— Tu ne me déshonoreras point devant mon enfant, dit-elle.

L'os se débattit soudain sous son étreinte. Il se tortilla, remua et s'arracha à ses doigts. Il tomba au sol et s'écarta d'elle en tressautant.

— Des chiens m'ont mangé ! hurla-t-il d'une petite voix aiguë. Tu m'as donné à manger aux chiens — et il se jeta dans les plis du manteau de Chuz comme s'il cherchait à s'abriter d'elle.

Elle se couvrit les oreilles avec les mains. Les larmes lui jaillirent des yeux bien qu'il ne fût pas encore minuit, pas encore la saison des larmes.

Mais une voix tendre et mélodieuse se mit à lui parler. C'était la voix de Chuz, l'une de ses voix, car il en avait beaucoup.

— Djasrin de Sheve est mon sujet ; qu'elle m'approche donc et me réconforte.

Et Djasrin découvrit qu'elle rampait en direction de l'étranger. Lorsqu'elle fut tout près, il rejeta le manteau couvert d'éclats de verre. Elle put alors voir la totalité de son visage, une moitié juvénile et bronzée, l'autre hideuse et grise, les cheveux roux et les cheveux blonds, mais elle eut l'impression que c'était le visage le plus naturel qu'elle eût jamais contemplé. Chuz la prit dans le refuge de ses bras, la berça doucement et embrassa son front de sa bouche si étrange. Il lui parut alors que, ainsi qu'il le lui avait annoncé, elle était enfin réconfortée.

Finalement, Chuz, Prince La Folie, lui déclara :

— Ceux qui sont véritablement à moi peuvent me présenter une requête.

Djasrin eut un soupir.

— Alors, accorde-moi la santé mentale.

— Cela je ne le puis et ne le voudrais si je le pouvais. Et si je le faisais, tu ne pourrais supporter ce que tu as fait et ce que tu es devenue.

— C'est vrai, dit Djasrin. C'est vrai.

Chuz sortit alors la crécelle en cuivre et l'agita ; puis il lâcha un rire terrifiant, rauque et grossier. Djasrin imita son rire et tendit la main vers la crécelle qui, sous ses doigts, se transforma en mâchoires d'âne. Celles-ci se mirent à cliqueter jusqu'au point où elle s'écrièrent :

— Si moi, Djasrin, je dois être folle, plonge alors mon mari Nemdur dans la folie. Une folie plus grande que la mienne. Qu'elle le détruise.

Djasrin sursauta, interdite.

— Je n'ai point dit cela, se plaignit-elle.

Chuz lui répondit d'une autre de ses voix, aiguë et grossière.

— C'étaient les paroles que ton cerveau voulait prononcer.

— Mais dans mon cœur j'aime encore Nemdur.

— Et dans ton crâne tu le hais.

— C'est également vrai. Vas-tu donc le plonger dans la folie ?

— Sa folie deviendra une légende.

Il parlait comme l'aurait fait un meurtrier dans les ténèbres. Et, cette fois-ci, ils eurent un petit rire délicat, comme celui des amants. Et Chuz ne tarda point à s'évaporer.

Il existait plusieurs portes par où la folie pouvait pénétrer dans une maison. L'une était la rage, une autre la jalousie, une autre encore la peur ; et bien davantage. Mais Chuz, qui était capable de traverser un mur de pierre s'il le voulait, devait choisir plus prudemment son entrée dans l'âme humaine. La folie de Djasrin l'avait appelé, ou tenté, ou fait sortir de l'obscurité. L'élan de sa folie était comme un carburant psychique, un flot d'énergie coulant le long des nerfs incorporels de Chuz. Bien que fait comme une sorte d'homme, il ne raisonnait point de même. Il n'est pas davantage nécessaire de présumer que le maître de la folie fût lui-même effectivement fou. Il est donc entendu (bien que « entendu » soit un terme inadéquat) qu'il ne pouvait suffire à Nemdur de l'apercevoir de dos seulement. Nemdur devait rencontrer Chuz face à face pour se détruire. Rien de tout cela n'était un jeu pour Chuz. C'était plutôt un devoir, un service qu'il rendait avec empressement.

Quelles furent donc les failles qu'il décela chez Nemdur, les cassures par où pouvait entrer la folie ? Cela était simple : Nemdur était à l'apogée de sa vie. Il était puissant, riche, beau et en sécurité. Il était fier et sensuel et ses appétits étaient abondants. Nemdur l'amant, le créateur de fils, le Roi de Sheve. Sans disposer d'un intellect imposant, il fallait être un serpent sous une fleur pour le menacer ainsi : « Aujourd'hui, tu es plein de vie. Mais demain, demain... » Nemdur n'avait jamais réellement songé que, s'il était aujourd'hui un lion, demain, comme son malheureux fils défunt, il ne serait plus qu'ossements.

Chuz ne prenait pas exactement des formes différentes. Son art consistait plutôt dans la manière dont il jouait de la forme extraordinaire qu'il possédait, comme des variations d'une mélodie familière.

Nemdur le rencontra la première fois appuyé contre une grande porte du palais, bien enveloppé dans son pardessus prune. Chuz ressemblait plus que tout à une ombre de la nuit qui tombait.

— Qui es-tu ? fit Nemdur avec colère.

— Quelqu'un qui te survivra, répondit Chuz avant de disparaître.

Plus tard, un mendiant suivit en courant l'étrier du roi qui partait chasser. Il tendit une main gantée de blanc et des éclats de verre semblables à des épines de porc-épic lui scintillaient sur le dos.

— Donne-moi une pièce, coassa le gueux. Car lorsque tu seras allongé dans ton tombeau, à quoi te serviront tes pièces ?

Tandis que Nemdur était assis et regardait un livre qu'il feuilletait nonchalamment pour voir s'il plairait à sa deuxième femme, qui avait encore l'attrait de la nouveauté, un courant d'air ou une main fit voler les pages. Et devant Nemdur se trouva l'histoire du héros Simmu, qui avait craint la Mort, s'était déclaré l'ennemi de la Mort et avait volé aux dieux une potion d'Immortalité afin de sauver lui-même et l'humanité de la tyrannie de la décrépitude et de la chute.

— Certains disent, murmura une voix dans l'oreille de Nemdur, qu'en ce temps-là Maître de la Mort ne fut plus le titre du Seigneur Uhlumé, qui est le Maître des défunts, mais que Simmu porta le titre de Maître de la mort, vu qu'il avait maîtrisé la Mort...

Lorsque entra la femme basanée de Nemdur, la gaze blanche recouvrant son odorante peau sombre, Nemdur lui dit :

— Voici un livre qui contient l'histoire du héros Simmu. C'est un petit rien bien fait pour amuser une femme. Nul doute que tu croiras qu'il existe un puits dans le ciel qui contient l'eau de l'Immortalité.

— Nul doute qu'il m'amusera, acquiesça la femme avec un rire noir.

Mais lorsque Nemdur fut allongé avec elle dans le lit, le miroitement de la lampe transforma sa jolie figure en un crâne d'ébène.

Bientôt, les vents durs et jaunes de la saison hivernale balayèrent le désert. Les sables soufflèrent contre Sheve et les gelées dégouttèrent la nuit sur les murs et les minarets. Quelqu'un rendit visite à Nemdur alors qu'il était endormi.

— Dans cent ans, Sheve reposera sous les sables du désert. Dans cent ans, qui se rappellera le nom de Nemdur ?

Lorsque le matin revint par-dessus le rebord du monde, Nemdur se tenait debout devant la haute fenêtre et regardait de l'autre côté de la ville. Il avait perdu sa couleur et ses mains étaient crispées par la colère. Il se rappela son rêve, Sheve enfouie sous les sables nomades, comme noyée sous la mer. Il avait observé son propre fantôme en train d'errer dans le monde, et si l'on parlait de beaucoup de gens, nul ne mentionnait Nemdur.

Un son aigu surgit de la terrasse du dessous, comme deux dés heurtant le dallage. Nemdur baissa les yeux. Il n'y avait personne. Mais désormais, lorsque Nemdur mangeait de la volaille, il méditait sur les os.

Des événements étranges se produisirent à Sheve à la

même époque. Les lampes s'allumaient et brûlaient sans pétrole ; les bouchers racontaient des histoires de têtes qui parlaient et réprimandaient les abatteurs. Il arrivait qu'une femme se poudre le visage et le talc devenait noir comme la suie, ou bien il naissait un chevreau à cinq pattes, ou bien des poules pondaient des œufs en bois, ou bien les portes qui s'étaient toujours ouvertes vers l'intérieur s'ouvraient vers l'extérieur et l'eau qui coulait d'une fontaine publique jaillissait soudain dans les airs. Ce genre d'événements, naturellement, étaient dus à la présence de Chuz. De plus, les citoyens de Sheve ne se ressemblaient plus : ultra-industrieux alors qu'ils avaient été paresseux, nonchalants alors qu'ils étaient affairés, hargneux, acerbes, enclins à des éclats de joie absurdes, des querelles et des pleurs inexpliqués.

Quant à Nemdur lui-même, lui aussi n'était plus tout à fait lui-même. Sa seconde femme ne conçut point, mais elle lui adressa son rire noir. Ses autres femmes étaient fantasques et parlaient d'esprits, de fantômes et de démons. Il était mal à l'aise en présence des os. Il songeait au donjon de pierre un mille à l'ouest, au tombeau de son fils et à son propre caveau. Il songeait à Simmu, l'adolescent aux cheveux de feu qui, parfois, disait-on, avait aussi été une jeune fille. Le Puits de la Terre Supérieure (le pays des dieux) comportait une citerne en verre qui, du fait de la sorcellerie à laquelle l'avait soumise Simmu, s'était fendue. Des gouttes du fluide d'Immortalité avaient plu sur la Terre et étaient devenues la propriété de Simmu. La fin de l'histoire — l'échec de l'entreprise de Simmu —, Nemdur l'avait oubliée. Uhlumé, Maître de la Mort, Simmu, Maître de la Mort, et Sheve enfouie sans nom dans une mer de sable, tels étaient les rêves éveillés de Nemdur.

Dans les ténèbres qui précédaient l'aube, il était assis seul dans sa chambre et appela pour qu'on lui apporte du vin. Les servants vinrent, au nombre de trois, rien que pour servir le vin du roi. L'un déposa une nappe de soie, le deuxième un récipient de cristal poli avec un pied en or, le troisième déboucha un flacon de céramique noire. Le vin fut versé dans la coupe, Nemdur la leva jusqu'à ses lèvres, mais lorsqu'il voulut boire, le vin refusa de couler dans sa bouche.

Les trois serviteurs restèrent pétrifiés. Nemdur lui-même retourna la coupe pour voir si le vin allait en couler de la sorte, mais si le liquide roulait dans le cristal, il refusait de le quitter. La coupe s'adressa alors à Nemdur.

— Aie l'amabilité de me reposer sur mon pied, dit-elle.

Nemdur fut paralysé comme ses domestiques.

— Te voilà bien discourtois, dit clairement la coupe. Si l'on versait du vin en toi, le dégorgerais-tu dans la bouche du premier venu ? Non, je vais garder l'alcool et me soûler.

La coupe émit alors un rot et Nemdur, avec un juron, la laissa tomber. Le cristal se fracassa sur le dallage en une quantité innombrable d'éclats, et de chacun d'eux jaillirent des pleurs terribles et le vin se répandit comme du sang.

Sur ce, le quatrième serviteur (le quatrième ?) fit un large geste avec son manteau. Sur-le-champ, les bouts de cristal ne firent plus qu'un avec les éclats de verre sur sa cape et les pleurs cessèrent.

Sans plus prêter attention à Nemdur, trois domestiques s'enfuirent en se lamentant. Le quatrième, qui était Chuz, leva une main gantée de blanc. Rien de son visage n'était visible. La main se braqua sur Nemdur.

— Quoi ? voulut savoir Nemdur, très agité.

Chuz ne parla point. Il dirigea sa main gantée vers la large fenêtre. Derrière les rideaux, qui glissèrent soudain sur leurs anneaux, la nuit avait commencé à perdre de sa noirceur. Les étoiles étaient aussi ternes que de la cire et une lisière de rouge était apparue sur l'ourlet du ciel.

Nemdur se leva automatiquement et, comme le bizarre personnage encapuchonné lui faisait signe, il se dirigea jusqu'à la fenêtre. Sans un mouvement, le personnage se retrouva au côté de Nemdur.

Curieusement, comme la lumière commençait à poindre, le personnage se fit plus solidement et impénétrablement noir. Curieusement, Nemdur se prit à croire qu'il s'agissait d'un prêtre revêtu de la pourpre la plus sombre qui pourrait le guider.

— Cette affaire qui te trouble, dit le prêtre, ce problème de mort et de nom que tu ne peux te rappeler : la réponse est sans détours.

Le soleil emplit le ciel et le vent de l'aube défit sa chevelure. De grandes quantités de sable s'agitèrent dans l'air et Nemdur contempla un mirage.

— Quelle est cette tour ? demanda Nemdur.

Elle était gigantesque. Elle se dressait à un mille à l'est, pourtant elle avait occulté le soleil. De la base, apparemment aussi large que la ville elle-même, s'élevaient les étages en dégradé qui finissaient par disparaître dans les régions supérieures de l'éther.

— Vois-tu une tour ? demanda le prêtre Chuz.

— Une tour aux gradins innombrables qui perce les cieux.

— Voici ton oracle, dit le prêtre.

Il tendit au roi les mâchoires d'un âne. Nemdur les prit sans se méfier et aussitôt les mâchoires crièrent tout aussi fort que la coupe de vin, mais les paroles étaient différentes.

— La citerne de la Terre Supérieure ne peut risquer de se fendiller une seconde fois. Si un homme désire donc une gorgée d'Immortalité du puits des dieux, qu'il construise une haute tour, la plus haute que le monde ait jamais connue, la base sur la terre, la cime dans le ciel. Qu'il y ajoute de nouveaux étages jusqu'à ce que le haut de la tour pénètre en Terre Supérieure elle-même. Que les armées du roi escaladent alors cette tour. Qu'il fasse la guerre aux cieux, pille les dieux et saisisse par la force ce qu'ils ne veulent accorder par la prière. Cela fait, Nemdur vivra éternellement. Il ne pourra craindre que quiconque oublie son nom, car qui a oublié le nom de Simmu ? Et bien plus grand que Simmu sera Nemdur, qui prend par la force et non par la ruse.

Nemdur eut un large sourire et, au même moment, le mirage de la tour gigantesque s'évanouit. Peu importait, il l'avait vue.

Il se retourna alors et vit autre chose.

Chuz était au côté du roi, le visage tourné vers lui, sans capuche, sans cape, son horrible dualité bien visible. Nemdur le regarda fixement, bouche bée. En guise de réponse, les yeux de Chuz le fixèrent et ses lèvres s'entrouvrirent. Calmement, Chuz récupéra les mâchoires des doigts de Nemdur, pui il ôta le gant de cuir blanc de sa main droite. La main droite de Chuz était en bronze, mais quatre doigts étaient des serpents d'airain qui claquaient des mâchoires et sifflaient. Le pouce était une mouche de pierre bleu foncé qui, libérée du gant, déplia lentement ses ailes de fil d'azur et fit bruyamment claquer ses mandibules.

Nemdur bondit en arrière avec un cri et se cacha le visage. Lorsqu'il rouvrit les yeux, il était seul. Nemdur fit une grimace et trembla... jusqu'au moment où il se rappela le dessein colossal qu'il pouvait réaliser. Il éveilla alors tout le palais de ses cris, puis tout Sheve dut l'écouter.

De part et d'autre du pays de Sheve, des hommes furent rassemblés. Rassemblés d'abord, pour être ensuite réduits en esclavage, enchaînés et emmenés de force. Les soldats de Sheve s'enfoncèrent en plein désert. Ils capturèrent les nomades, les errants, les habitants des villages minuscules. Sheve fit la guerre aux royaumes voisins, de brèves guerres saintes. Des milliers et des milliers furent conduits jusqu'en un lieu à sept milles à l'est de la ville de Nemdur ; là ils furent mis au travail, jour et nuit, sous le soleil, sous la lune pleine et sous la lune nouvelle, dans les orages et les sécheresses, sous la chaleur de plomb et le froid mordant. Leur travail consistait en la construction d'un édifice monstrueux, une pyramide de marches destinée à toucher le ciel, le toit du monde et au-delà.

La reine noire de Nemdur vint le voir à la nuit avec tous ses artifices les plus subtils, mais Nemdur était comme un enfant. Il n'y avait plus rien de sensuel en lui, son élan n'était plus désormais que fièvre.

— Mon seigneur, dit la femme, pourquoi t'épuiser dans ce blasphème ? J'aspire à porter ton fils. Il est une autre tour que tu pourrais élever, bien plus belle que cet objet de brique et de malfaisance dans le désert. Élève pour moi la tour de ton amour, mon seigneur, et oublie l'autre.

Mais si Nemdur entendit sa voix, ses paroles n'étaient plus pour lui que charabia. C'était comme si elle lui avait parlé dans une autre langue.

Lorsque ses conseillers s'aventurèrent à le persuader d'abandonner cette folie, eux aussi parlèrent dans cette langue étrangère, ou une plus étrangère encore. Lorsque le peuple de Nemdur courut à lui alors qu'il chevauchait à travers Sheve pour franchir le portail et se diriger vers les dunes et la Tour, lorsque ce peuple sanglota et le supplia de se montrer miséricordieux, de ne pas envoyer ses hommes mourir sous le labeur dur et implacable, de prendre en considération les saisons de la plantation et de la récolte qui doivent être particulièrement respectées dans le désert, Nemdur ne lui prêta point attention. C'était comme s'il entendait des hurlements de chiens, des rugissements de lions et des criaillements d'oiseaux sauvages.

Et la Tour grandit. Elle monta de trois étages, puis trois encore. Sa base, dit-on, faisait plus de sept mille cinq cents arpents pour un dixième de mille de hauteur... sa base uniquement. À cette époque, demander l'altitude du ciel n'était point question futile. La base de la Tour était en argile cuite au soleil sur un cadre de pierre et de bois de palmier. Soixante oasis avaient perdu leurs arbres pour soutenir cette base. Trois royaumes que Sheve avait récemment conquis devaient envoyer un tribut en bois et en pierre à Nemdur.

Le deuxième étage de la Tour était également en bois et en brique. Pour celui-ci, quarante oasis perdirent leur ombrage.

Le troisième étage fut renforcé d'ossements humains. Ils étaient désormais suffisants, ceux qui étaient morts durant la construction, le cœur rompu, le sang appauvri ou perdu brutalement après une chute. Parfois, pris de vertige et de fatigue, les hommes pleuvaient littéralement des gradins de la Tour.

Trois étages, trois encore, puis trois sur ces deux fois trois.

Et ainsi de suite. À tel point que l'on ignore le nombre d'étages de la Tour de Nemdur.

Au début, Nemdur montait à pied les larges escaliers en zigzag qui escaladaient la Tour, de gauche à droite, puis de droite à gauche. Mais ils étaient très larges afin de permettre le passage des chariots et des chevaux, des chameaux et des carrosses, des éléphants si nécessaire, voire des créatures d'un ordre qui n'avait rien de naturel. Sur sa monture, Nemdur grimpait les gradins de la Tour, n'ayant cure de l'abîme qui s'ouvrait, tantôt à sa gauche, tantôt à sa droite. Et la maison du roi devait le suivre à bord de litières et de véhicules à roues tirés par des chevaux qui suaient sang et eau.

Tandis qu'ils montaient, le désert sombrait dans le lointain. Le désert devenait une carte fauve, dont les traits étaient marqués à coups de taches et des traînées, ici la ligne tracée au charbon d'une route, là l'éclaboussure brillante d'un lac et là la mosaïque de la cité, qui se déversait vers la ligne d'horizon. Mais en montant davantage, l'horizon s'étendait pour englober la ville. Le sable était bordé de bleu, comme si le ciel en avait souillé les limites. Et l'air était désormais plus proche que la terre.

À quelle hauteur de cette montagne artificielle étaient-ils donc arrivés ? Suffisante pour ques les aigles planent au même niveau que la tête des chevaux nerveux. Si on levait les yeux vers les niveaux supérieurs, l'on distinguait un nuage ou deux les cerclant d'ambre. Plus bas, la terre était comme une brume, elle paraissait aussi insubstantielle que le ciel naguère. Et le ciel était dur et solide.

L'atmosphère changea, se raréfia. Les hommes haletaient et se sentaient ivres. Les chevaux se traînaient, du sang sous les naseaux. Parfois, un cheval chutait et allait s'écraser dans un puits. Une fois ou deux, un chariot perdit l'équilibre et bascula par-dessus le rebord, chevauchant jusqu'à la mort l'air raréfié. La couleur de la tour, avec son revêtement en brique, était celle du sable du désert. Le soleil tapait dessus et elle semblait scintiller et flamboyer comme de l'or fondu.

Et les échafaudages montèrent encore. La maison du roi faisait halte sous des dais, on sirotait du vin et l'on jouait des instruments à cordes tandis que les esclaves grouillaient, comme de petits hannetons, au-dessus de la chrysalide architecturale.

De nuit, les étoiles brillaient, énormes et aveuglantes. À la fin, la Tour traverserait les jardins étoilés, déchirerait les racines argentées. Un viol.

— Quand sera-ce ? demandait Nemdur à ses sorciers.

Et ils frémissaient, secouaient leurs crécelles et rédigeaient des horoscopes.

— Bientôt, ô roi.

Mais ils parlaient à Nemdur dans une autre langue. Il ne comprenait que certaines paroles : *aujourd'hui, maintenant, victoire, conquête.*

Dans tous les pays environnants, l'on connaissait le plan de Nemdur et l'on avait peur. La Tour avait un nom. Elle avait été appelée Babhelu, c'est-à-dire la Porte aux Dieux.

Que faisaient les dieux, cependant ? Pénétraient-ils ou devinaient-ils l'œuvre de Nemdur et sa folie ? Éprouvaient-ils la moindre appréhension devant son ambition ?

Pâles et presque aussi transparents que le verre, fragiles comme les tiges les plus délicates de l'acier le plus robuste, baignés dans les ichors violet pâle qui naviguaient dans les pétales dépourvus de veines de leurs corps asexués, l'œil froid, absorbés par eux-mêmes, introspectifs (presque privés de raison), les dieux continuaient leur contemplation intemporelle et inanimée de l'infini. Mais ils avaient remarqué. À une certaine heure de l'Avenir, ou dans cette intemporalité de la Terre Supérieure, le Passé, ces êtres éthérés livreraient le monde entier à la mort en déclarant que l'homme ne représentait rien pour eux. En vérité, ils étaient indifférents face à lui, à ses actes, ses prières, ses espoirs et ses angoisses. Pourtant, une fois auparavant (ou dans les années à venir), ils s'étaient irrités et avaient ouvert les vannes qui retenaient la pluie. Ils avaient noyé la terre dans un déluge, soit parce que la terre les avait totalement oubliés, soit parce qu'elle se souvenait d'eux un peu trop. L'on voit donc que les dieux n'étaient pas aussi distants qu'ils pouvaient le prétendre.

Et voilà qu'un dément construisait une Tour destinée à fracasser le sol de la Terre Supérieure qu'il prévoyait d'envahir avec son armée. Il voulait vaindre les Gardiens de la Citerne de la Vie, oui, il voulait voler l'Elixir contenu dans la Citerne. Pis, il amènerait des hommes, des chevaux, des chariots, bref l'*humanité*, à piétiner la tranquillité glacée de ce pays céleste. De la sueur, du sang et des cris parmi les froids pâturages bleus, du crottin dans les palais en cordes de harpe.

Un tel événement était-il même probable ? L'on peut en débattre. Rares étaient ceux qui voyageaient jusqu'en Terre Supérieure, et ils le faisaient par de curieuses méthodes. Une fois, Ajrarn, Prince des Démons, y était venu, ou y viendrait, dans un vaisseau ailé. Uhlumé, Seigneur La Mort, ne s'y était jamais rendu, car les dieux ne mouraient point en ce temps-là. La route conduisant en Terre Supérieure, d'ailleurs, était obscure, oblique. Plus haute que la lune, au-delà du soleil. Une porte qui n'était pas une porte, une entrée qui n'existait pas littéralement... Nemdur aurait-il pu pénétrer le ciel par un moyen aussi humainement logique qu'une Tour aussi haute que le ciel ?

Et pourtant. Peut-être la bourrasque grossière d'une simple *intention* troublait-elle les dieux, comme le souffle d'un vent maléfique. Un homme ne peut-il pas tuer un moustique qui ne l'a pas piqué ?

Les dieux paraissaient inefficaces dans leur beauté caduque, mais ils ne l'étaient point. Leur indifférence, dans une large mesure, avait protégé les hommes de leurs capacités surnaturelles. Ils n'échangeaient plus désormais la moindre parole, ni le moindre regard. L'un d'eux leva-t-il la tête, ou plusieurs ? Ou bien l'élan coula-t-il simplement simultanément de leur intellect pur et sans vitalité ?

Leur Volonté, si minuscule qu'un infime grain de sable

l'eût contenue, si vaste qu'elle pouvait englober le monde, suinta hors du néant-ailleurs de Terre Supérieure et dériva comme une plume jusqu'à la Tour de Babhelu.

Désormais, le voyage de la base de la Tour jusqu'à sa cime temporaire nécessitait une journée presque entière.

Sur le gradin supérieur, sous l'échafaudage qui présageait le prochain sommet, le Roi Nemdur avait installé sa cour et, un étage plus bas, les chariots, les animaux et les soldats avaient planté leur camp.

Le gradin où se reposait la cour mesurait peut-être deux arpents et un jardin démontable y avait été posé pour enrichir l'atmosphère raréfiée. D'énormes cuves d'eau et d'humus avaient été transportées jusqu'en ce lieu grâce à des chameaux laborieux et de malheureux chevaux. Une pluie verdoyante de feuillage sortait de ces cuves ; des lianes, des fruits, des fleurs et des herbes retombaient par-dessus le rebord du gradin jusqu'à l'étage inférieur pour que les bêtes attachées au-dessous puissent se nourrir. Sous leur ombre première étaient plantées les tentes sombres de Nemdur, brodées d'écarlate et portant des médaillons dorés. Par les rabats relevés, les femmes de Nemdur regardaient, belles mais mal à l'aise, le teint plombé. Sous une tonnelle verte, sous un parasol qui ressemblait à une fleur géante, Nemdur était assis dans un fauteuil d'os sculpté. (Son histoire est bourrée d'os : des os d'enfants, d'oiseaux, d'ânes, d'esclaves.) Autour de lui, s'attroupaient ses sorciers et ses prêtres, plongés dans leur divinations interminables mais les mains tremblantes et les yeux bulbeux. Ils avaient maintenant des difficultés à se comprendre, tout comme Nemdur. En fait, tous ceux qui étaient montés sur Babhelu avaient commencé à perdre l'entendement d'autrui. Sur l'échafaudage, cela était sans importance : les contremaîtres usaient de leurs chats à neuf queues, les esclaves peinaient comme des automates. Ils ne s'étaient jamais compris ; rien n'avait changé. Mais il n'en restait pas moins que, partout, l'air raréfié était empli de phrases sans signification lâchées brutalement et que les oreilles devenaient sourdes, tout cela dissimulé par les fumées des magiciens, le parfum des roses et de l'huile de palme et les musiques vacillantes. De temps à autre, on entendait aussi un hurlement tandis qu'un esclave se détachait de sa position précaire. Au passage, plaisanterie hideuse, il croisait la Reine noire de Sheve qui montait le long escalier pour rejoindre son seigneur.

Elle portait une lune en croissant doré dans sa chevelure de charbon. C'était Nemdur qui avait ordonné qu'elle la porte car, avait-il crié, la Tour ne tarderait plus à être aussi haute que la lune elle-même et sa face blanche brûlerait comme un jour éclatant sur la façade de brique. Par la suite, la Tour s'élèverait au-dessus de la lune, qui ne serait plus qu'une jatte de lait bien plus bas.

De l'or recouvrait également les paupières et les ongles de la reine et des rubis s'enroulaient sur sa peau lisse et noire, mais des diamants dégouttaient de ses yeux.

Nemdur la vit arriver de loin. Petit à petit, sa suite émergea de la brume qui était la terre et devint visible sous forme de minuscules personnages en train de suivre les sinuosités d'une route de montagne escarpée. Là, son chariot traversa un cercle d'aigles. Là, elle baissa les yeux et aperçut les aigles qui glissaient sur leur erre un quart de mille en dessous d'elle. Elle continua de monter, cachée un instant par un anneau de nuages qu'elle traversa comme une gaze fragile. Parfois, son entourage marquait un temps d'arrêt pour reprendre son souffle, sur une large terrasse.

Toute la journée, Nemdur les regarda grimper vers lui et, lorsque le soleil se coucha, long fleuve enflammé à l'ouest, la seconde reine de Sheve fut introduite dans la partie supérieure du ciel.

Les étoiles sortirent comme des éclaboussures de vif-argent. Le vent vespéral s'envola sur Babhelu, les ténèbres firent éclosion, noires comme le raisin, et la lune commença à se lever.

La Reine de Sheve se tenait absolument immobile pour regarder la lune et elle n'était pas seule. Les soldats et les bêtes sur l'étage inférieur étaient figés dans un silence étrange. La cour de Nemdur se tut et tendit la main. Une clochette tinta quelque part, à la cheville d'une femme ou à la bride d'un cheval ; on n'entendait plus que cela. Sur leur sinistre squelette d'échafaudage, les malheureux esclaves se tordaient le cou pour regarder et la lumière blanche du disque en train de monter découpait leurs corps maigres, les moules à briques et les étais en os. Dans un silence total, maintenant.

Puis un son se fit entendre. Un son semblable à une fumée, qui s'éleva comme une fumée. C'était la voix de la seconde femme en pleurs de Nemdur, qui était noire. Elle s'enfonça dans le ciel en tournoyant, aussi sombre qu'elle, aussi sombre que le ciel, voix de son chagrin et de son imploration.

O lune qui gouverne les marées de la mer, les marées du sein des femmes et les marées de la folie du cerveau, emporte mon message avec toi jusqu'à la porte des dieux. Par ta pâleur, je jure que je les crains, et par ta brillance j'implore leur clémence. Débarrasse le Seigneur de Sheve de la folie. Mon âme s'incline et mon cœur s'agenouille, mon âme s'humilie. Mon sang n'est qu'eau et ma chair n'est que poussière.

— Qu'est-ce qu'elle dit ? voulut savoir Nemdur à l'un de ses sorciers.

— Mon seigneur, je ne comprends pas ce que tu dis, haleta le sorcier.

Nemdur insulta l'homme qui venait de lui parler dans une langue étrangère.

La lune se pencha alors sur toute la longueur incroyable de Babhelu et la plume de la Volonté des dieux l'effleura.

Rappelez-vous cette loi terrible : les humbles seront élevés, les ambitieux seront rabaissés. Fixez cette dernière vision de Babhelu, car la voilà qui disparaît.

La Tour était si haute qu'en vérité rien ne garantissait qu'elle pût se dresser ainsi. Peut-être que la seule chose qui lui avait permis de s'ériger n'était en fait que la frénétique aspiration de Nemdur, la Tour étant le chenal dans lequel il avait déversé toutes ses forces, les énergies de la vie, du sexe et du pouvoir.

Tout d'un coup, tout l'édifice vibra comme s'il avait été une corde tendue au maximum entre le ciel et la terre qui venait d'être fugitivement pincée par la main d'un maître.

La vibration fut douce, harmonieuse, imprégnant le cœur de la Tour, et finit par atteindre le sol. Elle y devint un grondement grave et morose. Le grondement s'écoula dans les artères du désert. Puis la terre trembla.

La terre se secoua comme un animal sur le dos duquel s'est logé un prédateur. Elle fut prise de spasmes, de tressauts, elle se tortilla, tenta de rejeter la bête malfaisante sur ses épaules. D'énormes fissures s'ouvrirent. Les sables jaillirent comme des jets d'eau ou de vapeur dans l'air qui palpitait. Puis ce fut le bruit d'une toile qui se déchire, le tissu des fondations de la Tour se divisa. Les fentes dans le sol remontèrent dans l'armature du gradin du bas. Ses briques furent chassées, les joints et les barres du palmier plièrent comme des arcs et lâchèrent des échardes en direction des étoiles.

Brutalement, toute cette base fabuleuse se disloqua en glissant. Dans les ténèbres de chaque côté, les énormes murs s'écartèrent comme s'ils étaient placés sur des roues et, dans l'abîme ainsi créé, comme un jet d'eau qui retombe, Babhelu s'abattit en cascade.

Sur les trois niveaux supérieurs, les écuries, la cour et l'étage encore inachevé, se fixa l'ultime folie. Les bêtes, emportées par cet instant de panique, se précipitèrent en avant et plongèrent dans l'espace. L'échafaudage des esclaves s'écroula totalement, projetant sa cargaison humaine jusqu'aux étages inférieurs. Les failles, qui avançaient comme une marée d'un gradin à l'autre, furent tout d'un coup bloquées lorsque la base centrale de chaque terrasse se mit à céder. En partie creuse, la Tour s'écroula sur elle-même tout en expulsant vers l'extérieur son épiderme de briques, de mortier et de personnages hurlants et tournoyants aux cheveux et aux membres agités en tous sens.

Telle fut donc la rosée qui s'abattit sur le désert, et bien plus loin, sur les étendues de nuit, sur la ville aux volets clos et sur vingt villages. Dans les cours comme parmi les dunes, dans le berceau des arbres, sur le toit meurtrier des maisons, par toutes les ouvertures, dans les puits et les canaux à sec, à travers l'air comme autant d'étoiles filantes, à travers tout l'échiquier de la nuit.

Des briques, des corps, des joyaux ; des fleurs du jardin suspendu semblables à des offrandes pour un mariage. Des épées brisées, des vases religieux et magiques, des chevaux attachés à leurs chariots, une main de femme qui portait encore un bracelet, un parchemin qui disait : *Moi, Nemdur de Sheve, je vaincrai les dieux. Qui omettra désormais le nom de Nemdur ?*

Assurément, son nom demeurerait et serait employé... pour effrayer les enfants et les mettre en garde contre le dangereux sentier de l'orgueil.

Lorsque le tonnerre et les pleurs cessèrent, le silence revint, tomba en énormes flocons de neige sur le pays blessé.

Nemdur était mort, enfoui sous la chair, l'argile, les pierres et les os. Tous étaient morts, sauf une personne. La reine sombre de Nemdur qui s'était inclinée devant les dieux. Mais il est douteux que les dieux, impartiaux, vaguement et presque nonchalamment implacables comme ils se l'étaient révélés, eussent réagi face à ses supplications, ou qu'ils l'eussent sauvée en raison de celles-ci.

Lorsque la Tour tomba, entraînant la seconde femme de Nemdur dans sa chute, un aigle sortit tout droit de la destruction et l'emporta vers l'ouest. Or les aigles étaient nombreux à cette hauteur et ils tournaient toute la journée autour de Babhelu. Peut-être cet aigle avait-il remarqué les bijoux de la Reine de Sheve, les rubis, le croissant doré, qui scintillaient sur sa peau noire. Il est vrai également qu'elle était jolie, très jolie, et que l'aigle possédait la même beauté : il était noir comme elle. Notons aussi que, pour s'amuser, il était quelqu'un qui aimait à prendre la forme d'un aigle noir : Ajrarn, Prince des Démons, l'un des Seigneurs des Ténèbres.

L'on ignore s'il s'agissait ou non de lui. Ce sauvetage sélectif ressemblait bien à une plaisanterie Eshva, les démons inférieurs muets et rêveurs serviteurs des Vazdru... Vazdru dont faisait partie Ajrarn. Quoi qu'il en fût, quelqu'un ou quelque chose emporta la femme noire en sécurité ou dans une sécurité relative.

Aux environs de minuit, solitaire, hébétée, titubant sur le sable, trébuchant parfois sur les terribles débris, la seconde femme de Nemdur parvint à une oasis dont les palmiers étaient encore debout avec, au milieu, un donjon encore droit. C'était la prison de Djasrin la folle qu'elle avait atteinte.

Mais plus personne n'en gardait la porte. Depuis que le Prince La Folie avait traversé les murs, il s'était produit des événements bizarres. Une curieuse histoire d'amour avait évolué lentement entre le capitaine de la garde et la jeune servante de Djasrin. La vieille avait rabroué quatre des gardes qui se comportaient désormais comme des bébés, pleurnichant lorsqu'elle les morigénait, faisant des cabrioles d'idiots pour lui faire plaisir. Le sixième garde avait péri en se noyant dans l'étang. Après avoir fixé interminablement la torche qui, quoique sous l'eau, continuait de brûler, il avait déclaré :

— Si une torche peut brûler sous l'eau, ne puis-je y vivre également, ainsi que le peuple de la mer ?

Sur ce, il avait sauté dans l'eau, s'était installé au fond, avait inhalé le liquide et avait péri. Par la suite, l'étang étant souillé, les habitants de la tour n'avaient pu boire que du vin, ce qui avait augmenté leur démence.

Devant le tonnerre terrible de Babhelu qui s'écroulait à huit milles de là et la grêle de restes macabres qui s'ensuivit, les cinq gardes et les deux servantes s'enfuirent dans le désert avec des cris extraordinaires.

L'ancienne Reine folle de Sheve, Djasrin, qui, désormais, était la personne la moins folle de la Tour, se retrouva seule dans sa chambre, hébétée de terreur.

Lorsqu'elle entendit un pas dans l'escalier, le souvenir déformé d'un prince blond ou un d'un diable roux passa sur elle. Sa peur prit une nouvelle direction à cette pensée, mais elle ne savait trop si elle devait se défendre ou implorer son amitié. Sa mémoire était d'ailleurs peu fiable. Elle avait presque oublié son mari depuis que Chuz lui avait promis la destruction de Nemdur. Il est possible qu'elle n'eût point désiré souffrir d'un nouveau sentiment de culpabilité. Une chose sûre : elle ne berçait plus d'os entre ses bras. Elle se considérait comme une femme au passé malheureux, mais elle était entièrement amorphe et anonyme. Elle ne s'était jamais mariée, n'avait jamais accouché d'un enfant, n'avait jamais conspiré avec un Seigneur des Ténèbres.

De manière quelque peu similaire, la seconde femme de Nemdur avait également effacé le choc et l'horreur de l'écroulement de Babhelu. Un événement s'était produit dans le désert... mais quoi ? Une douleur aiguë dans son âme la mettait en garde de ne point chercher à le découvrir. Par la rêverie, elle évitait des pieds, des yeux et tous les objets immondes qui jonchaient le désert. Le vol de l'aigle n'était plus qu'une nuée d'étoiles filantes. Si Ajrarn l'avait emportée, consolée, ou lui avait fait quoi que ce fût, il avait ôté cette expérience de son esprit.

Elle pénétra donc dans le donjon de pierre, grimpa l'escalier parce que, après Babhelu, l'usage des escaliers était devenu pour elle la plus courante des activités, et découvrit Djasrin dans sa chambre.

Toutes deux furent étonnées, toutes deux lâchèrent une exclamation. Nemdur les avait toutes deux perturbées de manières plus ou moins importantes. Elles étaient bizarrement liées. Dans leur abjecte situation, toute retenue mortelle oubliée, elles coururent bientôt l'une vers l'autre et se réconfortèrent tristement. Dans cet enlacement, les larmes se mêlant, celle qui était saine d'esprit perdit une fraction du fardeau de sa santé mentale et celle qui était folle se calma.

Son devoir plus qu'accompli, le méticuleux Prince Chuz fut chassé par cette union du royaume mutilé de Sheve.

Mais, alors que Chuz, qui était l'un des Seigneurs des Ténèbres, quittait ce lieu pour se rendre dans un autre lieu, incompréhensible, il rencontra quelqu'un dans le désert de minuit. Et, à la torche froide de la lune, Chuz sentit que cet autre était aussi un Seigneur, l'un de ses non-parents.

Uhlumé, Seigneur La Mort, Chuz pouvait s'y attendre, mais pas nécessairement Ajrarn.

Non, Ajrarn n'était pas seul. Derrière lui, rangés sur la poudre sombre du sable, se trouvaient quelques princes des démoniaques Vazdru. La lune éclairait parfaitement leurs merveilleux visages pâles, les charbons brûlants de leur chevelure et de leurs yeux. Ils chevauchaient, comme il était fréquent, les macabres chevaux élégants de Terre Inférieure, de Druhim Vanashta, des destriers noirs à la crinière et à la queue semblables à un gaz bleu clair ; montures et cavaliers cliquetaient et scintillaient de gemmes et d'argent. C'étaient des démons, des artisans du mal, pourtant ils tenaient leur traits enchanteurs légèrement détournés de Chuz, Prince La Folie. Ils se montraient prudents, oui, on notait qu'ils le regardaient de façon à ce qu'il ne pût en voir plus qu'ils ne le désiraient. Ils prétendaient naturellement s'intéresser à autre chose, ils jouaient avec leurs bagues, caressaient leurs chevaux ou scrutaient le ciel. Car ces démons avaient un orgueil tel que celui des humains n'était que brin d'herbe à côté d'un cèdre.

Seul Ajrarn lui-même, Prince des princes, regardait en face le demi-visage blond encapuchonné de Chuz, droit dans l'œil unique et inquiétant. Ajrarn le Magnifique (et magnifique il était, magnifique étant un terme bien piètre) était l'un des rares qui osaient faire baisser les yeux à Chuz ; et, tout compte fait, Chuz était l'un des rares à oser faire baisser les yeux à Ajrarn. Leur regard n'en était pas moins méfiant, méprisant, intéressé et énigmatique. C'est ainsi que réagissaient les Seigneurs des Ténèbres les uns en face des autres. Quelque peu attirés, ou plutôt offensés, par l'existence de l'autre.

Bientôt, Ajrarn le Magnifique (magnifique étant une piètre description, mais les termes de la Terre Plate à quatre coins qui lui rendaient à peu près justice ont disparu), bientôt, Ajrarn prit la parole. Il parla d'une voix qui reposait dans les airs comme une musique ténébreuse. Chuz sourit, la bouche courtoisement fermée en la présence d'Ajrarn. Il est probable que Chuz étudiait cette voix pour l'ajouter à son répertoire.

— Ce désert est jonché de morts, dit Ajrarn. Ton œuvre, non-frère ?

— Oui, répondit Chuz de sa voix courante la plus agréable et, admettons-le, presque aussi belle que celle d'Ajrarn, et non.

— Mais alors, que fais-tu ici, non-frère ? voulut savoir Ajrarn en manifestant la plus froidement ironique des candeurs.

— Je pourrais te poser la même question, murmura Chuz, Prince La Folie.

Or Ajrarn et tous ceux de la race démoniaque se rendaient souvent sur Terre durant la nuit. Mais ce qui les avait attirés en ce lieu précis et à cette heure précise ne pouvait être que Babhelu. Peut-être l'odeur de l'étrangeté de la Tour les séduisait-elle depuis longtemps, peut-être venaient-ils régulièrement dans le voisinage, intrigués et chatouillés comme toujours par l'instinct autodestructeur des hommes. Cette surveillance et cette proximité peuvent expliquer l'idée de l'aigle noir venu secourir la seconde épouse de Nemdur. D'un autre côté, l'aigle était peut-être une coïncidence ou un fantasme d'une tout autre nature. L'on peut concevoir que les démons n'avaient rien eu à voir dans la Tour de Babhelu avant cette nuit-là, qu'ils n'en avaient même pas entendu parler, leur génie préoccupé de maux indépendants. Il se pouvait qu'ils ne fussent montés de Terre Inférieure que pour s'enquérir des événements, à la manière d'occupants d'un entresol qui venaient d'entendre au rez-de-chaussée un terrifiant vacarme.

— Mes affaires ne regardent que moi, dit Ajrarn. Les tiennes semblent quelque peu largement diffusées.

Et il hocha la tête en direction d'une brique tachée de sang à deux pas des sabots d'argent de son destrier.

Chuz lança ses dés et les rattrapa. Ils étaient gris à la lumière de cette lune.

— La folie m'a appelé. La folie que j'ai apportée. Les hommes désiraient envahir la demeure des dieux. Les dieux les ont rejetés.

— Les dieux ?

Deux des Vazdru crachèrent sur le sable et le sable brilla une seconde comme un feu à l'endroit où était tombée leur salive.

— Les dieux sont fatigués, continua Ajrarn.

— Fatigués ou non, l'histoire de cette nuit subsistera. Tu verras construire de nouveaux autels et des temples neufs et une grande vénération pour ces dieux fatigués, après cette nuit. Seras-tu jaloux, non-frère Ajrarn ?

— Qu'est-ce qu'un siècle de mortels pour notre Seigneur des Seigneurs ? lança avec mépris l'un des Vazdru, mais toujours sans regarder Chuz. En un clin d'œil aux longs cils de Druhim Vanashta, ce siècle est achevé.

— En un siècle, dit Chuz, l'humanité peut oublier... bien des choses.

— Qu'est-ce qui te retient, Chuz ? demanda Ajrarn. Il doit t'en coûter d'être resté si longtemps loin de chez toi. Que je ne t'empêche point de partir.

— Tu ne me donneras point congé, dit Chuz. Même toi, mon cher, tu as eu, ou tu auras droit à un ou deux aperçus de mon être.

Chuz disparut alors.

Les Vazdru conservèrent un silence angoissé, attendant, troublés, la réaction de leur Seigneur. Au bout d'un moment, Ajrarn déclara doucement :

— La puanteur de la folie manque ici de subtilité. Partons.

Et, comme un rêve orageux, les Vazdru disparurent aussi, laissant le désert vide, mais pas suffisamment vide, sous la lune cruelle, à jamais en dessus et non en dessous de la portée humaine.

PREMIÈRE PARTIE

LE FRUIT DEVIENT SUR

CHAPITRE 1
LES CONTEURS

Une grande musique régnait dans le ciel : la musique du soleil couchant. À l'ouest, un mur d'ambre orangé à travers lequel le soleil descendait en flamboyant. Le reste du ciel était d'un rose brumeux, d'une couleur semblable à un parfum : rose musqué. La terre avait abandonné sa palette de couleurs. Les hauteurs, les profondeurs et les longues dunes se fondaient dans l'air. Mais il régnait une autre musique sur la terre, une musique de tambours, de tambourins, de clochettes et de pipeaux, une musique de voix et de cris, un grondement de roues et un martèlement de pieds. Bientôt aussi, tandis que la lampe sans limites du ciel perdait de son éclat, ce fut au tour de petites lampes jaunes de brûler sur les plaines, essaim de lucioles, toutes en mouvement, toutes dans la même direction. La musique du soleil couchant et la musique des hommes coulaient ensemble vers l'ouest.

— Où allez-vous ? avait-on demandé sur les larges routes, les pistes minces, aux portes des oasis et près des barrières des villages. Où allez-vous avec toutes ces chansons ?

Et la réponse était venue avec la chanson :

— Nous allons à Bhelsheved pour vénérer les dieux !

Et cette question, qui était aussi traditionnelle que la réponse, devenait un signal tout au long du chemin. Les gens du cru cessaient leurs achats, leurs ventes, leurs labours, leurs labeurs, oubliaient leurs querelles et leurs actes d'amour pour suivre la procession, y ajoutant leurs propres musiques, les flammes de nouvelles lampes à la main. Sur cette seule route, sept mille âmes dansaient au rythme des tambours en arpentant le désert vers la mystique Bhelsheved.

Lorsque le soleil eut disparu, les sept mille personnes firent halte, mais les bruits de musique persistèrent par intermittence. C'est avec cet accompagnement qu'un vaste camp avait été planté et des feux allumés, dispersant les sables comme s'il pleuvait des gouttelettes du soleil en train de tomber. Le parfum des viandes rôties et du pain chaud s'élevait avec les mélodies et les lumières. Mais l'ordre ne régnait guère dans ce camp et personne ne montait vraiment la garde. À quoi bon ? La ferveur religieuse était la motivation de ces gens qui traversaient le désert en dansant. Le froid de la nuit ne pouvait leur faire de mal, ni les bêtes sauvages qui rôdaient partout. Les voleurs et les scélérats d'aucune sorte ne pouvait s'attarder en une telle compagnie. Pas un soupçon de tromperie ni de malveillance.

Le ciel se fana, devint d'un bleu pâle lumineux, comme les cendres d'une fleur. Les étoiles apparurent de derrière le ciel. Et, du désert, sortit un homme grand et mince qui marcha comme une panthère parmi les tentes et les feux.

Une jeune fille était agenouillée dans la flaque de nuit et nourrissait trois ou quatre moutons noirs. Elle leva la tête et suivit du regard l'homme qui passait. Lorsque sa sœur aux cheveux fauves sortit de la tente, la jeune fille tendit le bras.

— Regarde, Jaret, le voilà encore.

— En effet, on le reconnaît bien, même de dos, dit la seconde fille, dont les yeux brillèrent comme des flammes. Il marche comme un roi.

— Mais il n'est accompagné d'aucun serviteur, ni d'aucun garde.

— Peut-être n'en a-t-il nul besoin, étant son propre État.

— Mais, chuchota la première, qui l'a jamais vu passer parmi nous en plein jour ?

Jaret aux cheveux fauves songea : *Je me contenterais de le voir de nuit.* Elle devait être prochainement mariée à un cousin qu'elle connaissait à peine. Elle s'imagina que l'étranger était son fiancé et ferma les yeux.

L'étranger, sous sa cape d'encre, avait déjà disparu, mais d'autres le virent, le regardèrent et chuchotèrent de la même voix rêveuse :

— Qui est-il ?

— Qui l'a aperçu sous le soleil ?

— Je l'ai vu au clair de lune.

— Est-ce un fantôme, ou un esprit ?

— Il faudrait alors qu'ils fussent aussi beaux que lui.

D'autres se montraient moins songeurs.

— Voilà le ténébreux qui revient. Au cours de voyages comme le nôtre, il n'est de place pour aucun mécontent, et lui trame quelque mauvais coup, il me semble.

— Toutes les années où je suis allé à Bhelsheved, rien n'a jamais été volé, il n'y a jamais eu d'histoires, pourtant, il y a trois nuits, la chèvre noire de mon cousin a disparu de son enclos. On n'a retrouvé que les os...

— Il est aussi furtif qu'un assassin.

— Il marche comme une ombre.

Certains, qui n'étaient pas aussi élégants, dirent :

— Il est trop élégant pour être honnête.

Et ceux qui n'étaient pas grands :

— Il est trop grand pour qu'on puisse s'y fier.

Quant à ceux qui étaient dotés d'une bonne intuition, ils frémissaient, sans trop savoir pour quelle raison.

D'autres événements se produisirent au passage de l'étranger. Un oiseau domestique perça du bec tout l'osier de sa cage ; trois nuits consécutives, l'oiseau s'était attaqué à sa cage après avoir aperçu l'étranger ; son évasion accomplie, il s'était enfui à tire-d'aile à la suite de l'homme en noir pour lui voleter autour de la tête. Sans ralentir son pas, l'homme tendit la main en l'air et se saisit de l'oiseau. C'était une main remarquable, aux articulations fines, robuste, dotées de très longs doigts. Les ongles également étaient particulièrement longs, comme ceux de quelque puissant monarque qui n'avait pas besoin de travailler, mais sans être pointus, coupés au carré et bien limés, chacun décoré d'un croissant d'argent. L'oiseau trembla sous cette étreinte froide et douce et fixa le visage qui n'était visible que pour lui, car un pli de la cape cachait autrement ses traits. Un instant plus tard, l'oiseau minuscule prit son essor dans le ciel qui s'approfondissait. Il semblait se prendre pour un aigle ou quelque mythique grand volatile nocturne. Il se précipita vers la voûte céleste avec une aspiration pleine de passion assurément trop féroce pour ses ailes fragiles.

(En fait, la chèvre noire avait rongé une partie de son enclos bâti à la hâte. Elle avait suivi l'étranger dans le désert et un lion s'était approché d'eux. En voyant l'homme, le lion s'était jeté à terre et avait roulé sur le dos comme un énorme chaton en gémissant et en ronronnant. Mais, lorsque l'homme était parti, le lion s'était rappelé la chèvre et s'était immédiatement tourné vers elle pour la dévorer. L'homme avait regardé une seule fois par-dessus son épaule. Ses yeux étaient apparus une seconde dans le noir de la cape et avaient étincelé comme deux étoiles noires avec une pitié cruelle, un regret ironique, compatissant et sans merci.)

Une outre de vin se trouvait dans le sable devant un pavillon. Le bouchon sauta du goulot dès que l'ombre de l'étranger glissa dessus et déséquilibra l'outre qui bascula. Le vin coula à flots sur le sable comme une libation.

Un chien maigre se mit à hurler sans raison apparente et se cacha sous les coussins du lit de son maître.

Une poupée mécanique qui n'avait pas bougé depuis un an commença soudain à aller et venir sur le genou d'un enfant.

Une rose dans un pot perdit tous ses pétales.

Un rameau mort dans un fagot prêt pour le feu se mit à bourgeonner.

Autour d'un grand feu, près du centre du camp, étaient assis certains philosophes, des anciens et des hommes d'autorités de diverses sortes, et tout près, sous les lampes parfumées, étaient installés des conteurs professionnels. Nombreux étaient les participants à ce joyeux pèlerinage religieux à Bhelsheved qui s'étaient rassemblés pour écouter. Comme il convenait, les contes traitaient de la gloire et de la bienfaisance des dieux.

À cette heure, juste avant l'ascension de la lune, ils racontaient l'antique histoire fort appropriée de la folie de Nemdur, roi de Sheve. De la manière dont, en cherchant à abaisser les dieux, il avait fait construire une tour blasphématoire aux innombrables étages destinée à transpercer le ciel. Mais les dieux, conscients que les connaissances et les pouvoirs que pouvaient procurer aux hommes les Régions Supérieures risquaient de leur nuire, avaient prudemment abattu la tour. Seule la reine de Nemdur, qui avait imploré le pardon des dieux, avait été sauvée. Par la suite, la région avait été sanctifiée. Les hommes venaient de fort loin pour contempler les ruines de l'imposante tour et la ville en ruine à proximité, Sheve l'abandonnée, et pour offrir des sacrifices et des prières aux maîtres du ciel.

À ce stade du récit, un enfant dans la foule les interrompit et demanda craintivement et d'une voix très forte si les dieux étaient terribles à contempler. Les conteurs sourirent et s'inclinèrent vers les philosophes. L'un de ceux-ci, un vénérable vieillard, s'adressa gravement à l'enfant.

— En vérité, non. Les dieux sont beaux et justes. Ceux qui les vénèrent et leur obéissent n'ont rien à craindre des dieux. Les dieux récompensent ceux qui les reconnaissent. Ceux qui s'écartent d'eux, ils les punissent. Ils sont alors terribles, terribles dans leur perfection et leur magnificence.

— Mais, fit l'enfant, très inquiet, à quoi *ressemblent-ils* ?

Le philosophe avait fini de parler et les conteurs reprirent leur récit.

— Chut ! dit sèchement la nourrice à l'enfant.

— Mais, continua l'enfant, si je ne peux pas les reconnaître, comment puis-je les distinguer et me garder de les offenser ?

Une voix parla alors à l'enfant, une voix qui caressa

l'intérieur des oreilles de l'enfant, merveilleusement inattendue, comme le bruit de la mer dans un coquillage.

— Les dieux sont incolores comme le cristal, car ils n'ont pas de sang dans les veines. Ils ne possèdent ni seins ni attributs sexuels. Leurs yeux sont froids comme leur pays, où tout est teinté par le givre. Mais tu ne les rencontreras probablement jamais ; ils n'apprécient guère le monde.

— Oh, fit l'enfant, qui leva les yeux et vit penché sur lui le visage d'un homme si étonnant qu'il éblouit l'enfant comme la lune.

Étourdi, l'enfant cligna alors les yeux et cela suffit à l'homme pour disparaître.

Les conteurs narraient le passage des centaines d'années sur le désert. La manière dont la divination l'avait emporté sur la prophétie, le présage sur la divination et les visions sur tout le reste. Un groupe de saints hommes qui logeaient dans les ruines de la Sheve de Nemdur commencèrent à exhorter tous ceux qui y venaient pour construire une seconde ville sur les restes de la première, ville dont la moindre des pierres devait être érigée à la gloire des dieux.

Les hommes font beaucoup par haine. Par amour, ils font davantage, bien davantage.

Ils travaillèrent sous le fouet de l'amour, de même que les esclaves construisant la tour à la folie de Nemdur avaient travaillé sous les fouets de la douleur et de la mort. Ce que le temps avait laissé de Sheve fut rasé. A partir des pierres brisées, comme un mirage, la seconde ville s'épanouit dans l'air. Une ville étrange, une ville de petite taille. Une ville rare, différente de toutes les autres. Car celle-ci ne devait pas devenir le foyer du commerce ni de la vie de famille. Le long de ses colonnades et sous ses coupoles, la marée humaine ne passerait qu'en une seule saison de l'année, lorsque les gens viendraient faire leurs dévotions et déposer les fruits de leur vie durant le reste de l'année. Une cité qui était destinée à rester pure... un temple : Bhelsheved.

Cependant qu'ils travaillaient, creusant dans les antiques rues de Sheve, ils trouvèrent de l'eau, l'or bleu du désert, un lac secret. Et cet œil turquoise qui fixait le ciel fut, pour les constructeurs, un témoignage de la faveur des dieux envers leur entreprise.

La foule poussa un soupir. Elle commença à chanter spontanément une nouvelle chanson. Elle parlait des peuples qui, à la même saison de l'année, se tournaient vers Bhelsheved. Venus de l'ouest, du nord, du sud et de l'est, tels des moutons qui rentrent vers leur enclos, tel le vin qui coule dans une coupe, tel un homme qui sombre dans le sommeil, ils se dirigeaient naturellement vers la ville sacrée. Et nous, s'écriaient ces gens, qui allons de l'est vers l'ouest, suivons chaque nuit le soleil, qui vole lui-même vers Bhelsheved pour honorer les dieux, Bhelsheved, où tout chagrin est oublié, toute douleur guérie.

Lorsque le chant cessa, la foule était heureuse et bruyante et quelqu'un demanda l'histoire sur la façon dont les dieux avaient sauvé le monde lorsque le Mauvais, le Prince des Démons, voulait le détruire.

Les conteurs gloussèrent, car cette histoire était bien ancrée dans leur esprit, vu sa popularité permanente. Ils narrèrent cette légende à tour de rôle. Le Maître de la Nuit, dirent-ils, la Bête Noire qui rôdait sous terre (si hideuse à contempler que lui-même évitait toujours les miroirs et autres surfaces réfléchissantes), vit la piété et la mine avenante de l'humanité et rassembla une force maléfique suffisamment gigantesque pour envahir la terre. Pourtant, dans cette agonie, les dieux prêtèrent attention aux prières et aux supplications des hommes. Ils projetèrent du soleil un éclair d'or qui brûla si terriblement le démon qu'il fut forcé de se retirer en compagnie de ses répugnantes énergies.

Devant la description tapageuse de cette unique monstruosité en train de se précipiter sous terre, la foule éclata de rire. Un seul ne rit point dans l'assemblée. En bordure de l'auditoire se tenait alors l'homme en cape noire. La lumière des lampes des conteurs l'éclairait et le pli du tissu avait glissé de sur son visage. Il n'était pas simplement pâle, cet étranger, mais plus blanc que la craie, et sa bouche était plus claire encore. Ses yeux brûlaient d'un feu noir, sec et inextinguible. Il était si immobile et si silencieux que l'immobilité et le silence contaminèrent petit à petit le cercle de spectateurs, comme si la passivité était devenue une corde pincée sans cesse sur la nuit.

Même les conteurs finirent par entendre cette corde. Ils se turent aussi et se tournèrent pour le dévisager en se protégeant les yeux de la lumière des lampes. Même les philosophes regardaient fixement.

Enfin, lorsque le silence fut total, l'homme parla.

— Il semblerait, dit-il, et sa voix porta comme une vague sur le sable, que si la créature dont vous parlez est aussi vile que vous l'affirmez, vous auriez intérêt à vous en méfier.

Le foule marmonna. Le philosophe qui s'était adressé à l'enfant répondit alors à l'étranger.

— Monsieur, nous ne craignons point le Démon. Nous ne sommes qu'à une journée de Bhelsheved. Ceci est un lieu entre tous où les dieux nous protégeront de lui.

— Crois-tu, fit l'étranger, qui sourit enfin.

Les yeux du philosophe se baissèrent brièvement, mais il était en route pour la ville sainte et l'apparence, l'attitude d'un seul homme ne pouvait le défaire.

— S'il devait arriver que le Malin se trouve capable de nous faire du mal, nous comprendrions alors que nous avons d'une manière ou d'une autre offensé les dieux... que nous avons *mérité* tout mal qui s'abattrait sur nous.

— Ah, fit l'étranger.

Il baissa les paupières comme s'il méditait. Lorsqu'il releva les yeux, ce fut comme une aube, une aurore sans soleil, mais à la lumière éblouissante.

— Je vais également vous conter une histoire, dit l'étranger.

Il était si beau et sa voix si agréable que rares furent les assistants capables de reconnaître l'étendue d'une telle beauté, d'un tel miracle. Comme l'on regarde un quart du ciel céleste et s'émerveille devant les étoiles qui chassent de l'esprit ces myriades de points lumineux qu'un seul petit regard ne peut suffire à embrasser, chacun regardait attentivement l'étranger en songeant qu'il était très beau et parlait très bien ; alors que son esprit les surpassait tous largement sous tout rapport, les chauffant, les droguant, les assommant de sa seule présence.

L'homme s'avança au centre des lanternes et les conteurs, jaloux de leur métier, lui laissèrent plutôt nerveusement la place. Une petite brise nocturne se leva et traversa le désert et le camp, faisant vaciller les petits feux dans les lanternes. La cape de l'étranger s'envola derrière ses épaules comme si le vent l'avait agitée, bien qu'il n'en fût point responsable. Cette cape se replia derrière lui comme deux ailes noires et la lumière bleue des nombreuses étoiles lointaines reposait sur ses cheveux. Un pouls gigantesque sembla battre dans l'atmosphère, le sol lui-même. Le vent s'allongea à ses pieds comme s'il était son chien et il commença à raconter son histoire.

La voici :

« Un prince marchait dans la fraîcheur du soir, le long de la frontière du pays qui jouxtait son propre territoire. Il n'était nulle loi en ce pays et le prince ne fut guère surpris de découvrir que tous les gens de ce lieu étaient systématiquement occis par un monstre abominable qui était apparu parmi eux. Le prince s'intéressait depuis toujours aux ébats de ses voisins et, en voyant leurs problèmes et leur annihilation prochaine, décida d'aller débusquer le monstre pour les en débarrasser.

« En conséquence, il quitta son territoire et traversa le pays sans loi et toutes les destructions causées par ce monstre. Il finit par repérer l'antre de la créature et, debout sur une roche à l'entrée de celui-là, il la héla pour qu'elle en sorte. Elle sortit, et elle était terrifiante, obèse et gonflée du sang et de la détresse des hommes, remplie de force. Mais le prince ne faiblit point. Il tira de son fourreau d'argent l'unique épée qu'il possédait. Il se précipita en avant et se mit à attaquer son hideux ennemi d'estoc et de taille. Les éclairs jaillirent et le tonnerre retentit. La terre fut déchirée et fendue. Le monstre exhala des flammes empoisonnées et des pluies d'éclats d'acier. Le prince fut brûlé et déchiré, les minces aiguilles le transpercèrent ; ses yeux si beaux furent arrachés. Aveugle et souffrant l'agonie, il n'abandonna point le combat. Pendant des siècles, du moins lui sembla-t-il, dans l'angoisse et l'horreur suprêmes, il se battit et, enfin, finalement, la bête abhorrée s'abattit, morte. Mais sur sa carcasse tomba le corps du prince, tout aussi dépourvu de vie. »

À ce stade, l'étranger pivota lentement, considéra la foule et le moindre visage, plongea ses yeux dans le moindre regard. Sa voix leur avait jeté un sort. L'histoire semblait des plus réelles. L'entendre semblait leur faire mal, et lui faire mal aussi, bien qu'ils ne pussent comprendre comment ils en savaient autant, car son ton était harmonieusement égal, le visage libre de toute expression.

« L'on apprit, dit le conteur, que les sujets du prince s'en furent le chercher et finirent par trouver son cadavre. Sachant alors qu'il y avait là quelque sorcellerie, ils se firent un devoir de le ramener à la vie. Mais l'un des ingrédients de son retour à la vie n'était rien d'autre que des larmes. En la circonstance, cela paraissait aisé à obtenir. Les sujets du prince se rendirent aussitôt auprès du peuple du pays voisin pour qui il s'était sacrifié et demandèrent qu'ils pleurent pour lui. Mais ces bons voisins détournèrent le visage et déclarèrent : "Nous savons de qui vous voulez parler, mais nous ne nous fions point à vous. Nous ne verserons pas une larme pour le prince de tels menteurs."

« Cela n'était-il pas étrange ? demanda le conteur à la foule. (Certains frémirent en l'entendant. D'autres éprouvèrent un bizarre sentiment de culpabilité, de honte et de peur...) Mais voici la partie la plus étrange de cette histoire.

« Les sujets du roi versèrent leurs larmes, qui s'avérèrent suffisantes pour l'arracher à l'oubli grisâtre où il avait été emprisonné tout ce temps. Mais, une fois revenu à la vie, alors qu'il retournait dans son royaume, il jeta un coup d'œil à ce qui se passait dans le pays voisin. La vie y était aussi désordonnée qu'auparavant, mais une fête générale se déroulait alors. Poussé par la curiosité, le prince s'approcha et fut le témoin de ce qui suit : ses voisins avaient érigé une pierre informe et dansaient autour au bruit joyeux des pipeaux et des tambours ; de temps à autre, quelqu'un enlaçait la pierre ou versait dessus de l'huile, du vin ou du parfum. Fasciné, car il l'était vraiment, le prince s'enquit des rites qui étaient en cours.

« — Nous vénérons ce dieu incroyable et magnanime qui nous a sauvés d'un monstre terrible, lui fut-il répondu.

« Le prince observa la pierre un certain temps... mais il vit qu'elle n'était rien d'autre qu'un gros caillou. Grossière, sans passion, insensible. Il fit bientôt remarquer :

« — Excusez mon ignorance, mais j'avais entendu dire que c'était un seigneur du pays voisin qui s'était attaqué au monstre avec une épée et l'avait détruit.

« Ses interlocuteurs crachèrent au sol.

« — Nous avons aussi entendu ces mensonges, mais l'être hideux et déformé du pays d'à côté est pour nous plus vil que ce monstre lui-même. Veuille avoir l'obligeance de ne plus y faire allusion. »

Longtemps après que l'étranger eut fini de parler, la foule resta assise en silence. Presque toutes les têtes étaient penchées, comme plongées dans une profonde réflexion... ou une humiliation. Toutefois, la foule ne comprenait pas ce qui l'envahissait, ce doute désagréable au milieu de la fête.

Le philosophe s'adressa alors au dos de l'étranger d'une voix forte et compassée.

— Curieuse idée, monsieur, si je vous ai bien entendu. Il semble que vous nous disiez que l'Innommable, le Seigneur des Ombres, fut un jour sauveur du monde.

Le conteur ténébreux ne répondit pas.

— Si vous avez présumé que les dieux attachent suffisamment de valeur à l'homme pour se précipiter à son secours, je pense que vous méconnaissez les dieux. Et vous, déclara sévèrement le philosophe, vous suggérez qu'ils ne sont que des pierres.

— Là, je dois admettre que je les ai diffamés. Car si

l'on frappe une pierre, elle peut dégorger un flot d'eau, ou un joyau. Ou l'on peut s'en servir pour construire une maison, ou pour graver quelque chose à sa surface à l'aide d'un couteau. Les pierres peuvent être utiles aux hommes.

— Votre blasphème est grossier, dit le philosophe et, à ce signal, la foule se mit à grommeler et marmonner d'un air boudeur. Vous devriez vous rappeler Babhelu et la façon dont la tour fut abattue par les dieux pour guérir l'humanité de son orgueil.

— Son orgueil ? demanda l'étranger d'une voix caressante. De quoi pouvez-vous bien être fiers ? Vos vies, qui périssent en un clin d'œil ? Vos souvenirs, qui sont encore plus brefs ? Vos cerveaux, qui sont tellements vides d'esprit que les araignées peuvent s'y nicher ? Ou bien êtes-vous fiers de votre religion, fruit suave et succulent de la foi ? Un fruit risque de surir. Quoi qu'il en soit, si un Seigneur des Ténèbres a jadis manqué de sagesse au point de vous sauver de vous-mêmes, il ne répétera plus son erreur.

Ce ne fut que bien plus tard qu'ils remarquèrent qu'il avait dit *vous* et non *nous* en parlant de l'humanité.

Lorsqu'il eut fini, il se produisit quelque chose de très bizarre. Bien que l'air fût tranquille, un vent se leva, sans bruit et presque sans mouvement, souffla la lumière de toutes les lampes et étouffa toutes les flammes alentour, de telle sorte que tout le secteur fut soudain plongé dans le noir, hormis la lueur des étoiles à des millions de milles de là.

Ils disparut dans le noir. Lorsqu'ils rallumèrent leurs lampes, ils furent heureux de son départ, bien qu'ils n'eussent point reconnu Ajrarn. Certains, il est vrai, mettant leur rage par-dessus leur malaise, se mirent à le chercher, car les philosophes avaient déclaré qu'un tel blasphémateur devrait être châtié.

L'on peut concevoir qu'ils avaient déjà châtié Ajrarn, eux et leurs aïeux, le soumettant à un châtiment bien particulier. Certes, il est incontestablement vrai qu'il n'avait aucun droit d'adopter cette attitude vis-à-vis d'eux. Il n'avait aucun droit à cette juste colère, lui qui jouait des tours à l'humanité depuis des millénaires ; et avant cela, n'avait-il point joué des tours aux petites créatures qui rampaient hors des mers du chaos pour aborder la Terre Plate à quatre coins, aux minuscules étincelles et atomes par où avait commencé la vie mortelle ? Ayant donc joué si souvent avec eux, comme un enfant qui craint de perdre ses jouets, il les avait vus sur le point de disparaître. Il s'était naguère sacrifié pour sauver le monde parce que, sans monde à tourmenter et embrouiller, il savait que sa propre immortalité serait bien morne. C'est du moins ce que disaient les poètes, les chansons et les histoires.

Il savait assurément depuis des siècles que son acte avait été détourné, s'était déroulé à la mauvaise porte, celle de Terre Supérieure. Mais il est certain que, démontrée aussi vigoureusement, leur ingratitude le piquait, d'autant plus peut-être qu'elle se manifestait à retardement. S'il contemplait cette adoration frénétique des dieux indifférents et se montrait jaloux, il était encore plus amer de découvrir qu'on l'avait oublié, et pis encore oublié de travers. Qu'on eût le souvenir d'Ajrarn le Magnifique comme étant *hideux* et *déformé* ! Peut-être était-ce cet affront à sa vanité qui l'avait le plus courroucé.

Ou bien se pouvait-il que ce Seigneur de la Peur eût commis, pour une quelconque égoïste raison, un acte d'amour unique et total et qu'une partie de lui-même eût attendu qu'on l'aimât pour cela ? Et il découvrait soudain que tel n'était pas le cas. Il découvrait qu'on se moquait de lui. Il découvrait, détail plus terrible que tout autre, sa propre attente erronée et non réalisée.

Plusieurs bandes de jeunes hommes s'en furent chercher le blasphémateur à travers le campement. Ils portaient des crosses et des bâtons, certains avaient même des poignards, et un ou deux avaient pris un long fouet prévu pour repousser lions ou humains le long du voyage.

— Se pourrait-il, s'étaient-ils dit, que nous atteignions la ville sacrée avec ce scélérat qui déambule librement parmi nous ? La ville ne lance-t-elle pas un chant de bienvenue aux hommes qui s'en approchent ? Assurément, ne va-t-elle point grogner de colère si ce diable nous accompagne ? Hâtons-nous donc d'aller le corriger.

Ils mirent donc les lieux sens dessus dessous, renversèrent les marmites et les fragiles montants des tentes, s'aventurèrent parmi les chèvres et les moutons, effrayèrent les enfants et les toutes jeunes filles tout en lâchant maints jurons et menaces de fureur.

Au début, ils ne trouvèrent aucun signe de l'étranger. Il aurait pu se dissoudre dans les airs ou se changer en sable. Puis ils commencèrent à l'entr'apercevoir... à tel ou tel détour ; dans l'ombre de deux pavillons ; en train de traverser un enclos et sans déranger les animaux davantage que le passage de la nuit elle-même. Pourtant, chaque fois que les poursuivants se lançaient sur ses traces, l'étranger disparaissait.

Il y avait trois frères, pleins de vin et de religion, chacun doté d'un fouet, et ils perdirent bientôt patience et s'écartèrent de leurs camarades pour partir en chasse de leur côté.

— Je crois, dit le cadet, que le vénérable philosophe pourrait nous procurer une relique spéciale de Bhelsheved auprès des prêtres, un talisman en or peut-être, si nous faisions justice de ce bandit.

— Très peu probable, dit le deuxième. Mais qui sait de quels bienfaits les dieux eux-mêmes combleront qui se sera fait leur champion ?

— Un détail, dit l'aîné en entortillant son fouet. Je soupçonne que le blasphémateur est aussi un mage et un change-forme. Comment expliquer autrement qu'il nous échappe depuis si longtemps ?

À ce même instant, ils pénétrèrent dans un espace dégagé peu fréquenté entre les tentes. Là, à la lueur des étoiles, sur les ténèbres charbonneuses du sable, se tenait celui qu'ils recherchaient.

À cette vue, le frère cadet déroula immédiatement et fit claquer son fouet. Comme s'il s'agissait d'un foulard qui tombait, l'étranger leva la main et se saisit de la corde sauvage et la retint.

Le jeune homme fut stupéfait. Aucun cri de douleur

n'avait accompagné l'action bizarre de l'étranger et il eut aussitôt une autre source d'étonnement. Une lumière froide et furieuse avait jailli de l'étreinte de l'étranger et commença à glisser, descendant en palpitant le long du fouet. Le frère cadet fixa cette lumière, en perçut la direction qui le suivit et voulut lâcher le manche de son arme, ce dont il fut incapable. En découvrant cela, ce fut lui qui émit un hurlement, mais à peine avait-il hurlé que le fil de lumière entra dans le manche. Intuitivement, il se raidit dans l'attente de la douleur, car la lumière qui avait suivi le fouet ressemblait à un distillat de foudre. Mais lorsque la force de cette lumière passa dans sa main, ce ne fut point une douleur qu'il ressentit, mais un plaisir exquis. La sensation courut dans ses phalanges, le poignet de l'avant-bras, le coude et l'épaule, puis dans la poitrine et le torse, les membres, l'aine, la colonne vertébrale et le crâne. Avec un gémissement, le jeune homme tomba à terre et son extase le fit bientôt se pâmer.

Sur ce, Ajrarn lâcha le bout du fouet et la lumière mourut.

Les deux frères plus âgés, bouche bée, tantôt devant leur frère sans connaissance, tantôt devant le magicien, se refusèrent à tout nouveau geste agressif et abaissèrent les bras et les longueurs de corde traînèrent dans le sable.

— Vous remarquez, finit par dire Ajrarn, que je vous ai rendu le plaisir pour la blessure.

— Nous remarquons que tu es un sorcier, dit l'aîné.

— Oh, comme vous me flattez.

La voix d'Ajrarn était froide, trop froide, pour qu'ils en pussent mesurer l'étendue, paraissant plus chaude qu'elle n'était, exactement comme il en est de la glace qui peut brûler.

— Un magicien voyagerait en grande pompe, rétorqua bêtement le deuxième frère, avec des serviteurs et des richesses. Ou arriverait dans le ciel sur un destrier noir ailé comme un corbeau.

Sur le sable, le frère qui était tombé en pâmoison revint à soi et murmura :

— Ce n'est point un magicien, mais un dieu.

Telles sont les lettres de créances du plaisir.

Mais Ajrarn détourna l'épaule, traversa le tissu du soir comme s'il s'agissait d'une porte étroite et s'évapora une nouvelle fois.

Le frère aîné s'avança jusqu'à l'endroit où avait disparu le Prince des Démons et, baissant les yeux, aperçut trois pierres précieuses qui rougeoyaient sombrement sur la terre. Comme les plus noirs des rubis, elles étaient déjà dures comme l'obsidienne et, avec une terreur et un embarras qu'il ne put expliquer, d'un coup de pied il les recouvrit de sable à la hâte et les enfouit totalement. Il n'aurait pu dire quels étaient ces joyaux, mais, assurément, une partie de lui-même savait qu'ils n'étaient rien moins que trois gouttes du précieux sang Vazdru tombées des doigts d'Ajrarn. Car, en se saisissant du fouet, lui qui aurait pu se protéger de toute arme et de toute force hormis celle du soleil par lequel il était déjà mort pour sauver le monde, il ne s'était point préservé et avait reçu la corde tranchante comme un poignard en travers de la paume de la main.

C'était un symbole, peut-être, le signe que la terre l'avait blessé. En vérité, en vérité, il avait été blessé cette nuit-là, et pas seulement à la main.

CHAPITRE 2

DANS LEQUEL IL EST QUESTION DE BHELSHEVED

Le fruit suave et succulent de la foi :

De l'est et de l'ouest, du nord et du sud, une fois par an venaient les peuples se rassembler autour de Bhelsheved. Les vieux l'avaient vue maintes fois, les tout jeunes la reconnaissaient d'après les descriptions qu'ils avaient entendues. L'antique Sheve, qui gisait en dessous, avait été appelée la Jale, en raison de ses sources. Bhelsheved était « La ville faite par les dieux à partir d'une jale ». Toutefois, certains lui donnaient le nom de Cité de la Lune, car elle était blanche comme cet astre.

De jour, dans le lointain, par-dessus le sable fauve et sur le bleu de l'éther, le blanc de Bhelsheved ressemblait à une magnifique omission de couleur, de telle sorte que les enfants qui la voyaient pour la première fois demandaient parfois :

— Qui c'est qui a déchiré le ciel ?

De nuit, brûlant comme une falaise de sel par-dessus les dunes, la ville semblait émettre elle-même un rayonnement. Seuls ceux qui l'approchaient de l'ouest, la lune véritable se levant derrière elle, trouvaient Bhelsheved plus sombre, comme éclipsée, mais il s'agissait en fait de ténèbres de pur argent.

Comme elle n'était approchée et utilisée par les hommes qu'en une brève saison de l'année, les quelques jours de la fête de l'adoration, la ville n'avait jamais été souillée. Les fumées qui s'y élevaient, d'encens et de feu sacré, ne suffisaient pas à l'entacher. Même durant la période du rassemblement, personne ne pénétrait dans la ville pour la profaner par les coutumes habituelles de l'existence. Les campements de l'humanité s'étendaient donc en un vaste fourmillement désordonné, aucun ne s'approchant des murs de plus de cent pas. Les portes restaient alors ouvertes jour et nuit, mais ceux qui les franchissaient n'entraient qu'en tant qu'invités rendant visite aux dieux chez eux, apportant des présents et des compliments. Jamais ils n'abusaient de cette hospitalité. Les festins, les jeux et les combats qui avaient lieu se tenaient toujours à l'extérieur et toujours à cent pas ou davantage de la blancheur de Bhelsheved. Elle était si belle et si raffinée, cette ville, que personne ne discutait jamais cette interdiction. Et elle les payait en retour, à sa manière. Car, chaque année, lorsqu'il revenaient la voir, elle leur paraissait plus belle encore.

À environ un mille de la ville, les chemins jaillissaient du désert comme des sources. Ils étaient larges, tous semblables, tous pavés de pierres curieuses, régulières, lisses et luisantes. Le sable passait de temps à autre sur ces routes, mais il les laissait toujours dégagées. Aucun des chemins qui conduisaient à la ville n'était jamais enseveli sous une dune, fût-ce un seul instant. À un mille de la ville, des alignements d'arbres parfaitement taillés surgissaient le long des routes, de telle sorte que les fidèles qui voyageaient dans la chaleur du jour avançaient alors sur des avenues d'ombre verdoyante et liquide. À un quart de mille de la ville, de petites fontaines apparaissaient à intervalles, ainsi que de petites citernes ayant la forme des élégants animaux de la région ou de bêtes bizarres de la légende, toutes sculptées dans la pierre de Bhelsheved blanche comme le lait.

Les murs de la ville dominaient alors l'horizon. Les pentes d'une montagne couvertes de neige, telle était l'impression qu'ils donnaient. À leur pied, des bouquets d'arbres luxuriants, tous en fleurs en cette saison, presque aussi blancs que les murs. Au-dessus des murs, les cônes et les flèches semblaient trembler comme des tours blanches d'hibiscus et de hyacinthes et les oiseaux blancs voletaient de tour en tour comme des abeilles en quête de nectar.

Il y avait quatre grandes portes faisant face aux quatre coins du monde. Ces portes avaient chacune trois nuances de blanc : le blanc brutal de l'acier avec des panneaux d'un doux ivoire nacré et des incrustations d'énormes zircons polis.

À l'approche des fidèles, la ville se mit à chanter à leur adresse. A l'origine, dans le lointain, un son très faible qui, au fur et à mesure qu'ils approchaient, devenait progressivement plus fort, s'amplifiant pour les saluer. La chanson était un tambourinement mélodieux et pourtant bizarre, un tonnerre qui chuchotait, le bourdonnement de mille guêpes dans une ruche de verre...

La procession se déversa sur les chemins brillants et dessablés menant à Bhelsheved et l'hymne extraordinaire déborda en moussant du chaudron sans tache de la ville. Lorsqu'il parvinrent à cent pas, l'hymne se dissipa dans le ciel.

Ils restaient émerveillés, les visiteurs, béats devant une merveille qui ne décroissait point, écoutant le silence qui avait fait suite à la chanson, sous la colline éternelle de neige du désert, des oiseaux étincelant par-dessus les minarets hibiscus.

— C'est comme une cité des dieux, déclaraient les hommes, qui ignoraient que les dieux ne possédaient nulle ville et n'en désiraient aucune.

Et ceux qui atteignaient Bhelsheved de nuit entendaient aussi la chanson qui se dépliait de la ville pour entrer dans le ciel, comme un pilier de vapeur invisible et audible. De nuit, les dômes étaient éclairés, grandes perles fantomatiques, les fleurs nocturnes s'ouvraient dans les bosquets, l'air s'emplissait de parfums qui allaient et venaient comme des esprits.

Tel était l'extérieur de Bhelsheved.

À l'intérieur, elle était ainsi :

En entrant par l'une des quatre hautes portes, le fidèle se trouvait sur un vaste boulevard pavé de mosaïques des marbres les plus pastel, dont aucune ne dépeignait de scène ou de dessin particulier, mais des volutes nébuleuses comme celles des vapeurs ou des nuages. Cette rue éthérée partait de chacun des quatre portails et conduisait jusqu'au cœur de la ville. De part et d'autre de ces avenues, les temples se serraient les uns contre les autres, comme l'auraient fait des demeures dans une cité mortelle. Certains bâtiments étaient massifs, projetant dans le ciel leurs dômes couleur de neige florale, les fenêtres éclairées aux vitres d'un bleu céleste ayant toutes une forme de fleur, de feuille ou de quelque dessin abstrait qui incitait à une rêverie surnaturelle. Certaines des bâtisses étaient délicates et petites, avec des figurines d'albâtre et des pinacles en cristal. Les escaliers montaient et descendaient comme les touches d'étranges instruments. Des colonnades entraient et sortaient, leurs piliers sculptés en forme de femmes ou d'arbres. Des arbres bien réels fleurissaient à l'intérieur de la ville comme à l'extérieur. Si le vent soufflait, une tempête de neige de pétales s'abattait.

Au cœur de la ville sacrée, les quatre rues se terminaient sur la berge du lac miraculeux, eaux turquoise qui avaient paru témoigner de l'approbation des dieux. Et par-dessus cette turquoise se penchaient les arches blanches de quatre ponts, leurs reflets blancs créant des ovales sur l'eau. Les quatre ponts blancs se retrouvaient en un diadème de lumière, saint des saints de Bhelsheved, qui n'était pas en pierre blanche, mais couvert de plaques d'un or des plus pâles, comme un fabuleux lézard. Le capiteux noyau du fruit suave de la foi.

Les hommes s'exclamaient :

— Regardez, on dirait la demeure d'un dieu.

Mais tel n'était pas le cas, car les demeures des dieux étaient des rayons de matériau psychique qu'aucun homme n'aurait probablement pu distinguer, eût-il été capable de pénétrer en Terre Supérieure pour y porter les yeux.

Sur les ponts qui étaient richement sculptés, l'architecture dorée devant eux, l'orbe brillant d'eau en dessous d'eux, ceux qui étaient venus faire leurs dévotions contemplaient bientôt des personnages en robe blanche qui se déplaçaient comme des esprits à travers l'intérieur brumeux du temple.

Si les gens habitaient ailleurs et ne revenaient qu'une fois par an à la source de leur religion, quelques-uns habitaient toujours à Bhelsheved, pour l'entretenir et maintenir en vie les flammes qui y brûlaient, pour nourrir les fleurs qui y éclosaient pour la plus grande gloire des dieux, et pour veiller à toutes les tâches à but esthétique concernant la cité.

Ceux-là étaient choisis à partir de certaines caractéristiques. Mystérieusement, il existait une idée courante de l'apparence physique des dieux et elle avait été calquée sur des critères mortels. Tous ceux qui servaient la ville étaient agréables à regarder, très minces et élancés, et avaient la peau pâle et translucide, apparence perpétuée par les jeûnes rigoureux, les régimes et les médicaments de leur ordre. Leur chevelure, qu'ils fussent hommes ou femmes, était uniformément d'un or qui ressemblait presque au platine.

Leurs caractéristiques étaient triées sur le volet, le regard obscur, les gestes gracieux. Ils semblaient sublimement évaporés, éloignés de la rudesse et de la viande rouge brute de l'humanité.

C'était pourtant parmi ces peuples qu'ils étaient choisis, ces êtres exaltés. Bien que la masse oubliât délibérément l'origine de ses prêtres et prêtresses, tout comme elle oubliait que la ville avait été bâtie grâce à sa propre fortune, dessinée par ses propres mathématiciens et érudits et imprégnée de la sorcellerie de ses propres mages.

Lorsque les serviteurs ecclésiastiques du ciel s'approchaient de ces gens, c'est avec affabilité que ces derniers s'inclinaient en tremblant de respect et de crainte.

Au cœur du temple doré, monté sur le dos de deux vastes bêtes dorées qui avaient une tête d'épervier, l'avant d'un lion et la queue d'un poisson gigantesque, se trouvait un autel de cristal translucide couleur du ciel dans lequel semblaient flotter des constellations et des nuages opalins. Lorsque le temple était plein, les portes étaient refermées et, dans la pénombre mielleuse, l'autel astrologique commençait à flamboyer. Les serviteurs du ciel chantaient de leurs douces voix aiguës, debout fièrement entre les pattes des deux bêtes, qui ouvraient soudain leur bec et criaient en une clameur sonore : *Qui aime les dieux connaîtra la joie éternelle !*

Un second soleil semblait alors exploser lentement à partir de l'autel, un éclat qui devait assurément aveugler, mais qui ne faisait rien de tel, car, au beau milieu de celui-ci, allaient et venaient des apparitions. Par la suite, nul n'était capable de décrire ce qu'il avait vu. Certains parlaient de formes divines passant lumineusement de gauche à droite dans une sorte d'admirable brouillard. D'autres parlaient de scènes de bonheur de leur propre vie et de prophéties d'événements agréables à venir. D'autres encore mentionnaient timidement des aperçus du paradis, des visions d'autres mondes. Bon nombre pleuraient, ou riaient librement, et quelques-uns s'écroulaient sur les mosaïques lorsque la presse le permettait.

Mais, lorsque s'éteignait la grande lumière brillante, ils se rassemblaient, se dirigeaient tout étourdis jusqu'aux portes rouvertes et sortaient humblement à la queue-leu-leu pour aller offrir du sang, des pierres précieuses ou du vin dans les temples étincelants qui entouraient le lac. À travers les écrans diaphanes, ils récitaient à des confesseurs entr'aperçus leurs péchés et leurs appréhensions... qui, en ces instants, semblaient sans importance, à la fois faciles à avouer et à éviter dans le futur. Car ils avaient l'impression que leur âmes avait été nettoyée et épongée par des élixirs resplendissants. Ils tranchaient donc la gorge de petits agneaux et en brûlaient la chair sur les feux bleutés, sanglotant devant la chance qu'ils avaient de se trouver protégés par ces dieux doux et magnanimes.

Les dunes du jour dérivèrent sur le ciel et furent soufflées au-delà du rebord de la terre occidentale. Les sables plus sombres de la nuit s'empilèrent sur le seuil du soleil couchant et finirent par l'enterrer.

Un jeune homme se glissa entre les groupes de tentes, le pas bizarrement hésitant quoique pressé. Les feux, les lampes et les étoiles fleurissaient sur l'obscurité et le fantôme pâle de la ville, comme la voile d'un navire à l'ancre, reposait sur les cercles des divers campements. Le jeune homme, le cadet d'une famille, avait quitté son camp lointain, parcouru les sentiers improvisés et contourné à cent pas les murs de la ville, comme il se devait. Il était enveloppé dans une cape, bien que la nuit fût chaude.

Il atteignit bientôt un bouquet d'arbres parfumés où quelques jeunes filles puisaient de l'eau à l'un des puits ornementaux.

L'une après l'autre, elles aperçurent le jeune homme loin de son propre camp. Elles virent que c'était un étranger et une ou deux d'entre elles, un bref instant, retinrent leur souffle, car il y avait eu un autre étranger qui arpentait les campements de nuit, mais il paraissait revêtu d'ailes d'encre... Celui-ci était un personnage moins important, il paraissait méfiant, le visage voilé, et les jeunes vierges se mirent à se moquer de lui en gloussant un peu derrière leurs manches.

Le jeune homme finit par faire signe à l'une des filles et, lorsqu'elle s'approcha, il lui dit :

— Excuse-moi d'interrompre ton travail, mais je recherche la tente du fabricant de sacoches.

— S'agirait-il de Barbe-Grise le fabricant de sacoches ? Ou de l'autre, celui qui boite ?

— Ou bien, avança hardiment une autre fille, s'agirait-il du vieux Nez-Tordu, dont la femme ressemble à une chèvre ?

Le jeune homme baissa les yeux et se serra un peu plus dans sa cape. Il semblait porter quelque chose sous son vêtement, peut-être une sacoche qui avait besoin d'être réparée.

— Je crois que ce doit être celui que vous appelez Nez-Tordu, répondit le jeune homme. S'il habite en bordure du camp, tout près du désert.

— À cet endroit, il n'y a pas de fabricant de sacoches, déclara une autre fille.

— Je me suis donc trompé... commença le garçon, inquiet, qui fut interrompu par une autre fille.

— Il cherche celui qui boite et qui a planté sa tente un peu plus loin hier en disant que le bruit qu'on faisait troublait ses méditations religieuses. Je doute, ajouta-t-elle, qu'il parle sacoches avec toi, car il ne pense qu'aux choses pieuses.

— Puis-je tout de même vous demander de me guider jusque-là ?

Les filles secouèrent leurs cheveux comme s'il s'agissait de fières crinières de lionnes.

— Ce n'est pas loin. Tu n'es pas capable de retrouver ton chemin, grand et fort comme tu es ?

— Hélas, fit le cadet, je suis handicapé, car je ne vois que d'un œil.

Les jeunes filles furent confuses. L'on pouvait s'attendre, dans le voisinage de la ville sainte, qu'elles se conduisent plus aimablement avec un homme infirme, qu'elles lui parlent avec davantage de gentillesse.

— Je vais te guider, dit rapidement la fille la plus hardie. (Elle s'approcha du borgne et lui prit la main.) C'est par ici.

Laissant les autres à leur discourtoisie inexpiée, la jeune fille conduisit le voyageur parmi les arbres et les tentes, puis dans un secteur plus isolé du terrain, là où les abris étaient plus clairsemés.

Les ombres s'épaississaient sur la terre, bien que le ciel fût en train d'arborer la lueur miroitante des étoiles. Le voyageur handicapé marqua soudain un temps d'arrêt et se retourna, comme s'il était embarrassé.

— Qu'y a-t-il ?

— J'avais une bourse à offrir au fabricant de sacoches et je viens de la sentir tomber de ma ceinture.

— Je n'ai pas entendu de pièces tinter.

— Rien de surprenant à cela. Mes pièces sont trop rares pour faire du bruit. Je t'en prie, regarde par terre si tu retrouves mon argent, car je ne distingue pas grand-chose dans les ténèbres.

La jeune fille se pencha donc et chercha la bourse qu'elle n'avait pas entendue tomber. Le voyageur handicapé se saisit d'elle en une étreinte terrible. Ses mains lui bouchèrent les narines et la bouche sans tenir compte de ses coups de griffe et de pied, jusqu'à ce que, par manque d'air, elle perde conscience.

Des lions patrouillaient le désert. Un nouveau lion rôdait maintenant. Il portait la silhouette molle d'une jeune fille, non pas entre ses mâchoires, mais entre ses bras. Il possédait par ailleurs certains objets auxquels un lion ne faisait pas appel : un bout de corde, un bout de tissu, et surtout un fouet enroulé.

Il traversa les sables souillés par la nuit, dépassa le plus écarté des campements avec ses lumières, ses chants, sa religion et se rendit plus loin encore de la vue des dieux de Bhelsheved. Là, près d'un rocher, le cadet attacha la jeune fille avec sa corde et la jeta à terre. Là, il lui obtura la bouche avec le vilain bâillon. Et là, il déroula et ploya son fouet, le fouet qu'il avait levé contre Ajrarn et que le Prince des Démons avait capturé dans sa main. La foudre froide s'était déversée le long du fouet jusqu'au manche et dans le corps du cadet pour devenir un délire. Il ne cessait de s'en souvenir. C'était devenu une douce torture. Finalement, une solution s'insinua.

Il leva alors son fouet et l'abattit. Sous l'impact sur la chair de son tranchant aussi acéré que celui d'un poignard, il sentit la lumière (invisible, mais qu'il ressentit dans le moindre de ses nerfs) commencer à monter vers lui le long de la peau de taureau qui ondulait. Au deuxième coup, elle remonta jusqu'au manche. Au troisième, le plaisir, comme une branche d'argent, fleurit le long de son bras et il poussa un gémissement.

Au neuvième coup, avec un hurlement, le cadet s'abattit au sol, inconscient.

Plus tard, alors que la lune se levait, il se redressa avec une appréhension affreuse, un fardeau de plomb sur les membres et le cœur. Il rampa, comme s'il se sentait abject, pour considérer l'objet de son affection. Il se pencha sur l'épaule sanglante, mais elle était morte au septième coup, une veine vitale tranchée avant de s'être réveillée... En cela du moins le sort s'était-il montré clément.

Tandis que la lune montait discrètement dans le ciel,

épiant son forfait, le dément enterra sa victime dans les dunes et, à l'aide de leur poudre, ôta le sang qui lui souillait les mains. Des larmes d'horreur lui baignaient les joues, il était malade jusqu'au fin fond de son âme. Mais, au souvenir du fouet et de la lumière qui en avait coulé, son pouls s'accéléra et, désespéré, il sut qu'il devrait tuer et tuer sans cesse. Telle était l'apparition d'amour qu'il avait reçue du « dieu » noir.

Tandis qu'il revenait en traversant les bosquets, il avisa un enfant endormi sous un arbre. Nul n'était à proximité : le cadet déroula son fouet. L'enfant n'eut pas le temps de hurler : sa gorge fut tranchée dès le premier coup ; à nouveau le destin avait fait preuve d'une clémence toute relative après avoir rédigé sa sévère sentence. Le jeune homme ravala son cri, s'étouffa de délectation, et tituba en une mort temporaire de pincements et de tournoiements, comme s'il se fût agi de grandes roues.

Cette fois-ci, quand il revint à lui, il vomit. Il ne marqua pas de temps d'arrêt pour procéder à un enterrement et s'enfuit de cet endroit en dissimulant ses mains sanglantes sous sa cape. Il ne pouvait le supporter. Il lui fallait une excuse à sa faute irrésistible. *Un dieu m'a rendu visite et m'a ordonné de faire tout cela. C'est là sa seule volonté.* En pleurs, effrayé, mais soumis aux ordres célestes, le jeune homme alla se cacher dans la tente de ses frères.

Le vénérable philosophe qui avait discuté avec Ajrarn de la nature des dieux restait assis à méditer durant les heures de ténèbres.

Dans quelque recoin de son cerveau, ou de la nuit elle-même, une rêverie s'était emparée de lui. Car s'il ne supposait pas que les dieux fussent de pierre, comme dans la malveillante parabole de l'étranger, n'était-il point concevable, par contre, que les dieux fussent *présents* dans une pierre, voire dans tous les cailloux qui jonchaient la terre ?

Le vieillard s'imagina qu'il marchait dans une plaine sous la lune et, çà et là, les pierres brillaient d'une lumière surnaturelle, çà et là, elles ne brillaient point et il se tordait le pied dessus. Une terrible peur de commettre un sacrilège l'envahit alors et il lui sembla entendre une voix qui criait dans les pierres : *Qui me marche dessus connaîtra le malheur éternel.* Après que cela se fut produit à plusieurs reprises, le philosophe prit conscience de son erreur et tenta de toujours marcher entre les pierres de la plaine. Mais, malgré tous ses efforts, il y avait toujours un caillou ou un silex pour se fourrer sous son pied et la voix se lamentait brutalement.

Le philosophe finit par décider de cesser totalement de bouger et il resta au beau milieu de la plaine, figé, supposa-t-il, pour l'éternité.

Le philosophe sortit alors de sa rêverie et entendit un bruit inquiétant qui le poussa à aller voir ce qui se passait à l'extérieur de sa tente. La lune était un grand lustre accroché au plafond du ciel. À sa lumière, le vieux philosophe contempla un rémouleur voisin en train d'affûter à cœur joie des couteaux en dehors de ses heures normales de travail. Le philosophe, en voyant les étincelles qui jaillissaient de la meule, fut pris d'une rage terrible. Il se précipita sur le repasseur et lui tapa sur la tête.

— Comment oses-tu faire violence à ce saint objet où résident les dieux ? s'écria le philosophe.

Le rémouleur bascula de son tabouret et le philosophe continua sa route. Il tomba sur une jeune femme en train de faire cuire des gâteaux sur une pierre plate devant son feu ; il la battit aussi et jeta la nourriture dans les flammes.

— Blasphématrice ! Il ne faut pas cuisiner sur le sein du ciel.

Il recula et se tordit le talon sur un caillou ; il s'agenouilla alors raidement, prit le caillou dans la paume de ses mains noueuses blessées par les coups qu'il avait donnés et implora le pardon du caillou.

Comme la lune déclinait, une fille à la chevelure fauve reposait à l'arrière d'une tente, sa sœur endormie tout près d'elle, et elle rêvait.

C'était sa nuit de noces et son cousin de fiancé, qu'elle

n'avait pas vu plus de trois fois, l'emporta dans la chambre à coucher et ferma puis verrouilla la porte.

Un profond découragement envahit la jeune fille, car si elle n'avait rien contre l'apparence de son mari, elle n'avait rien pour non plus. Et si elle n'en aimait pas d'autre, elle ne l'aimait pas non plus.

— Viens, ma chère Jaret, dit-il, allongeons-nous ici.

Ils s'allongèrent donc parmi les coussins du divan, il défit maladroitement la ceinture de Jaret, tâtonna sur les broderies de son corset et tira les épingles en cristal poli de sa chevelure fauve.

Tandis qu'il faisait cela et que les vagues sensations d'aversion et de méfiance de Jaret s'intensifiaient, elle posa les yeux sur la fenêtre étroite. Là, derrière le grillage en fer, était assis un chat en velours noir qui la contemplait de ses grands yeux semblables à des flaques d'eau. Dans ces yeux en flaque, elle lut un message aussi clair que s'il avait été écrit en symboles. *Prends simplement une de ces épingles pointues avec lesquelles ce balourd vient encore de t'égratigner et fourre-la-lui dans le crâne. Alors, tu connaîtras un autre amant bien supérieur.*

Et Jaret se rappela un homme ténébreux qui passait parmi les tentes les nuits avant que les siens fussent parvenus à Bhelsheved.

Son mari lui pinça et lui tirailla le sein et l'enfourcha comme si elle n'était qu'une mule à terre ; la fille songea alors : *Ah, si cet étranger était un dieu, un dieu ténébreux de la ville pâle comme neige. Et qu'il m'ait choisie pour être son épouse, mais voici un obstacle. Nous en débarrasser ne sera qu'un acte de foi et de vénération.*

Le mari mit alors à l'ouvrage ses doigts peu subtils sur une autre partie féminine et, avec une grimace, l'épouse s'empara de l'épingle la plus proche et la lui enfonça dans le crâne. Il mourut sans un bruit et son corps roula immédiatement sur le côté ; elle l'oublia totalement car, la seconde suivante, le chat noir se laissa tomber, léger comme un gant de velours, sur son sein.

Un instant seulement la créature demeura féline. Elle se transforma alors en homme, ou en forme d'homme.

Elle n'eut qu'un bref aperçu de son visage, qui était d'une beauté transcendante, encadré par les longues boucles noires des cheveux et éclairé par les deux flaques noires des yeux. Elle sut alors qu'il ne s'agissait pas du visage qu'elle avait aperçu parmi les tentes, ni de celui du surprenant étranger, mais d'un autre, un peu moins surprenant. Il était pourtant assez beau, cet autre visiteur, beau de forme et de corps, et comme une ombre pâle il la recouvrit et son haleine même était merveilleuse, elle la droguait... et elle conclut en ivrogne que le dieu avait endossé cet aspect mortel afin de ne point la détruire par les énergies de son apparence divine.

Le démon du rêve de Jaret (un démon, certes : l'un des Eshva, qui étaient serviteurs des princes Vazdru de Terre Inférieure, sous la caresse de qui fondaient et s'ouvraient même les serrures) se mit à la caresser et toute sa chair sembla fondre et les serrures de ses entrailles palpitèrent. Son corps se modifia à son contact, des fils de faiblesse enflammée coururent le long de ses bras sous ses doigts, ses seins bourgeonnèrent, son ventre, recevant l'impression de sa musculature argentée, devint un ruisseau de lumières. Lorsqu'il la transperça, bien qu'elle fût vierge elle ne ressentit nulle douleur, mais un rayon de perfection exquise, comme si deux portions d'un tout séparé venaient de se réunir grâce à quelque guérison miraculeuse. Il remua sur elle aussi lentement qu'un fleuve, mais, comme un fleuve, prit de la vitesse. Son corps était tout ce qu'elle connaissait, ses yeux tout ce qu'elle apercevait. Le fleuve la porta vers ces yeux, ces mares sans fond, comme si elle devait être précipitée dedans pour s'y noyer ; elle aspirait follement à cette noyade : elle se mit à nager vers elles, à les implorer, à souhaiter que leurs eaux se referment au-dessus de sa tête.

Presque l'instant suivant, elle sentit la terre, le monde même, s'évaporer et elle fendit la faille même pour trouver le tourbillon de l'extase. Mais cette extase était d'un genre bien particulier.

Les premiers instants de cette extase étaient d'un vert et d'un saphir brûlants, et en eux elle se débattit, aveuglée et sanglotante. Mais c'était la première étape et, au bout de quelques instants, elle connut une deuxième extase.

La deuxième extase à l'intérieur de la première était de la couleur du vin et, là, tous ses sens ne firent plus qu'un ; celle-là la transperça comme les aiguilles d'une étoile en train de tournoyer, de telle sorte qu'elle se mit elle-même à tourner. Mais ce mouvement de pivot la poussa, la propulsa de nouveau dans une troisième étape.

La troisième étape était blanche, bien plus blanche que n'importe quelle ville. Là, elle fut clouée, et ses tortillements, ses halètements, ses cris, sa respiration même, s'arrêtèrent. Ici, sur ce sommet, elle devint un hurlement silencieux. Elle ne pouvait ni changer davantage ni retourner vers ce qu'elle avait été. Elle ne pouvait bouger. Ses spasmes n'étaient qu'un seul et unique spasme, congelé dans ce blanc fondu, sans commencement ni fin.

Dans cette troisième extase elle resta suspendue un millier d'années.

Puis son amant démoniaque la laissa et elle retomba à travers un nuage violet dans son corps, ou c'est du moins ce qui lui sembla, comme si son âme plutôt que sa chair avait connu un ravissement orgasmique.

Jaret ouvrit les yeux et vit la tente dans le désert, dans les ténèbres. Elle était seule, en dehors de sa sœur endormie non loin de là, et tout était calme : même son cœur battait doucement. Puis, dans le noir, tremblante, elle savoura le goût faiblissant de son rêve. Et, entre ses doigts, elle fit tourner une épingle tout aussi illusoire que meurtrière.

Les gens continuaient de se déverser dans la ville sainte, pour connaître les joies sacrées, pour livrer des sacrifices, pour prier, pour confesser un péché, pour ressortir le regard dans le vague.

Dans les camps tout autour de Bhelsheved, les chants continuèrent et les festins commencèrent, ainsi que les concours d'arcs et de lances, de courses à pied, avec des prix en jeu.

Les jours passèrent comme des flammes et les nuits

comme des léopards noirs, courant d'un bord du monde à l'autre.

Quelque chose n'était pas ainsi qu'il l'aurait dû. Quoi ? Une influence inquiétante planait sur la région, un nuage, une fumée. Des dissensions. Des querelles. Des accusations...

— Quelqu'un a volé mon petit oiseau chanteur dans sa cage en osier. C'est toi ?

— Quelqu'un a fait faner ma rose dans son pot. C'est toi ?

— Qui a renversé tout mon vin ?

— Qui a fait sortir mes moutons de leur enclos ?

— Qui m'a épiée pendant que je prenais mon bain ?

— Qui a dit des mensonges à mon sujet pendant mon absence ?

— C'est toi, toi, ou *toi* ?

Au cours des compétitions, il y eut des tricheries et, lorsque les tricheries apparurent, des coups. Il y eut aussi des adultères et des viols. Il y eut des vols.

Les conteurs oublièrent leurs mythes et leurs légendes et perdirent le fil de leur histoire entre une parole et la suivante.

Les lampes refusaient de s'allumer. Les feux s'éclairaient et explosaient et les tentes s'embrasaient comme des arbres écarlates.

Les animaux dépérissaient et mouraient, comme s'ils avaient perdu un maître bien-aimé.

Les cadavres d'une série de meurtres abominables furent découverts, les victimes étaient des deux sexes, adultes ou non, horriblement mutilées par un fouet. L'on soupçonna un charpentier sans aucune parenté, que l'on lapida. Un vieux philosophe fou, autour de qui se rassemblait une secte d'une folie dangereuse, lança des injures à la foule en déclarant que les pierres souillées de sang étaient des déités.

Des jeunes filles destinées à être prochainement mariées furent surprises à des moments divers en train de jouer d'un air menaçant avec des petites images en argile de leur fiancé. Dans certaines de ces poupées, de longues épingles avaient été délibérément plantées.

Tout cela se produisit autour de Bhelsheved, la ville sainte. Tout cela, jour après jour et, surtout, nuit après nuit, se fit de plus en plus grave et de plus en plus terrifiant, comme une contagion, s'enracinant, comme une épidémie.

De vagues rapports filtrèrent dans la ville, dans les lieux sacro-saints, chuchotés par des fidèles nerveux, à travers les écrans diaphanes, à l'attention des prêtres ou des prêtresses, qui se penchaient doucement pour les écouter. Mais si les Serviteurs du Ciel y prêtèrent véritablement attention, formulèrent la moindre conclusion, cela est plus difficile à déterminer. Il était rare sinon impossible que ces élus s'adressent directement à la populace. Lorsqu'ils entendaient parler de meurtres, d'incendies criminels, de brutalités et de bouleversements de toutes sortes, leur visage translucide restait impassible. À travers l'écran, ils faisaient un signe de bénédiction ou de protection à l'intention de celui qui avait rapporté les événements, puis s'écartaient comme des foulards de gaze.

Un malaise nouveau se fixa sur les gens qui entouraient la ville lunaire à moins de cent pas. Un malaise de doute, trop ténu, trop primitif encore pour les envahir, mais qui, avec suffisamment d'espace pour mûrir, ne manquerait de le faire. Arrivés à un certain point, ils en viendraient à considérer que leurs prêtres élus ignoraient ou étaient incapables de comprendre leurs problèmes. Et puisque ces personnes étaient censées ressembler aux dieux, se pouvait-il que les dieux, eux aussi, fussent indifférents au sort de l'humanité... ainsi d'ailleurs que l'avait rapporté un certain étranger ?

Nul doute que ce défaut des prêtres fût uniquement dû à leur vie ordonnée et protégée. Ils avaient perdu, ou n'avaient jamais connu, un concept valable de bestialité et de désespérance humaine. En entendant tout cela, ils avaient dû avoir l'impression qu'il s'agissait de quelque histoire d'un autre monde. Peut-être songeaient-ils que l'on se moquait d'eux.

CHAPITRE 3
ŒUVRES NOCTURNES

C'était la dernière nuit à Bhelsheved. Dans l'après-midi brillante, les prêtres et les prêtresses sublimes avaient émergé du sanctuaire et se déplaçaient dans les camps, répandaient des produits aromatiques, des paillettes et des pétales, et bénissaient les foules. Mais les hymnes qu'ils chantaient avaient désormais une qualité un peu molle. Il arriva qu'un homme crache en expliquant rapidement que les flammes sacrées l'avaient fait s'étouffer. Il arriva qu'une jeune fille détourne le regard en mettant en pièces la fleur sainte qui était tombée dans sa main.

Les prêtres le remarquèrent-ils ? Non, semblait-il. Ils flottaient dans leurs vêtements arachnéens, leur chevelure diaphane semblable à la ferronnerie ensorcelée des Drin, ces artisans inférieurs et presque obscènes, mais habiles, de la Ville des Démons... Mais qui oserait comparer les tresses des serviteurs du ciel à ce genre d'objets ? Çà et là, quelques-uns le faisaient.

Lorsque les prêtres battirent en retraite dans leur forteresse, leur virginal sanctuaire froid et isolé, que le commun, vil et grossier, ne pouvait habiter mais uniquement visiter avec humilité, le soleil abandonna aussi la scène.

L'œil doré du jour referma sa paupière noire et ce fut la nuit.

Bientôt, un vacarme terrible éclata. La nouvelle se répandit comme des sauterelles sur les campements.

— Une bande de cambrioleurs a volé la Relique Magique qui devait être décernée au plus méritant d'entre nous, le gagnant ayant été choisi par vote populaire.

— Sacrilège ! Dans quelle direction se sont enfuis ces scélérats ?

— Vers l'est. Lançons-nous à leur poursuite !

Voilà qui était étrange. Chaque année, cette fabuleuse babiole avait été décernée. Ce n'était rien moins qu'un os enchâssé dans de l'or, censé avoir appartenu au squelette de la vertueuse reine de Nemdur, elle qui avait imploré le pardon des dieux et avait pu échapper à Babhelu. Au moment même où la dernière goutte de soleil était essuyée à l'ouest, deux ou trois personnages semblables à des ombres avaient été aperçus, filant légers comme l'air dans le voisinage du pavillon qui contenait la Relique. Des témoins dignes de foi en déduisirent qu'ils avaient aperçu l'os doré en train de passer en étincelant entre les mains minces et pâles des voleurs. Les témoins avaient eu une curieuse idée : les voleurs s'étaient ri d'eux et les avaient même insultés, sans émettre le moindre son d'ailleurs. Quoi qu'il en fût, les brigands avaient décampé vers l'est et, mystérieusement, avaient laissé derrière eux des traces bien nettes... non pas des pas, mais plutôt la piste laissée par un seul serpent énorme. Il était possible qu'il s'agît des marques que les longues capes avaient faites tandis que s'enfuyaient leurs propriétaires.

La poursuite débuta par ruisselets et se transforma en un fleuve d'individus se déversant hors des camps, lampes et torches à la main. Un peu comme la joyeuse arrivée à Bhelsheved. Pas tout à fait.

Sur les sables crépusculaires, bleuis par la couleur de plus en plus sombre du ciel, les foules, des milliers et des milliers de personnes, presque tous ceux qui étaient venus à Bhelsheved, jurant et hurlant, se précipitèrent vers l'est. L'on peut concevoir que c'était là une regrettable direction, car c'était à l'est que la Tour blasphématoire de Nemdur avait été érigée, alors que Sheve n'était qu'une ville.

Cette idée dut leur traverser l'esprit, car, alors qu'ils continuaient leur course, tous ces gens eurent l'impression d'apercevoir le terrible blasphème de la Tour s'élevant de nouveau de la plaine désertique.

La Tour s'était trouvée à sept milles à l'est de Sheve et elle était faite de briques jaunes. À sept milles de Bhelsheved, la seconde tour (s'il s'agissait d'autre chose que d'une configuration bizarre de nuages) était noire. Une ombre, alors, de Babhelu. Un fantôme, peut-être ? Car s'il se peut que des fantômes humains arpentent la terre, pourqui le fantôme d'un bâtiment ne pourrait-il reparaître ?

La masse se rapprocha de plus en plus, nuage, ou montagne, ou fantôme, ou tour. Une heure, ou moins, les gens continuèrent d'avancer, titubant désormais, les mains sur les flancs, haletant tout comme les torches. Et tous les yeux étaient fixés dessus. Et si l'un disait à un autre : « Qu'est-ce que je vois là ? », l'autre risquait de ne point répondre. Ou de répondre : « Je ne saurais dire exactement. » Ou : « Le distingues-tu également ? »

Mais, lorsqu'ils se trouvèrent à trois milles du lieu où avait été rasée Babhelu, les ténèbres complètes avaient empli les interstices entre le ciel et la terre et ce qui s'était élevé, ou non, de la terre fut dissimulé par ces ténèbres. Par endroits seulement, certaines configurations d'étoiles familières semblaient absentes, comme si une masse quelconque les occultait.

Pourtant, la mystérieuse piste serpentine continuait de sinuer. L'avant-garde de la foule, titubant de fatigue, les mains et la bouche molles, la fixait avec haine et continuait toujours d'avancer.

Deux milles plus loin, brutalement, les traces s'évaporaient.

Ils cherchèrent alentour en utilisant leurs lampes, mais ne trouvèrent aucun indice.

— Les voleurs se sont envolés dans les airs, dit l'un d'eux.

— Ou se sont enfoncés dans le sol, fit un autre.

Ces deux possibilités firent frémir bien des échines.

Puis une lampe capta un reflet à travers les dunes. Un homme partit en avant au pas de course, se pencha, se releva et poussa un cri de joie en agitant un objet au-dessus de sa tête.

— Ils ont laissé tomber la Relique ! Nous avons récupéré l'os sacré !

Le cri parcourut la foule et un nouveau tumulte s'éleva.

Au milieu de ce vacarme, une lumière apparut dans le ciel, brillante mais aussi pâle que le soleil levant, du moins leur sembla-t-il, comme si un énorme silex avait été frappé avant de s'avancer doucement d'une gigantesque chandelle noire comme la poix.

Et la chandelle s'alluma...

Des cris jaillirent de la foule, des prières, des imprécations, l'haleine âcre de la terreur.

Il y avait eu une tour, aucun doute possible, désormais, et il y avait toujours une tour. Babhelu aux étages innombrables, escalier montant vers le ciel, se perdant dans le toit lointain du ciel. Mais une Babhelu noire comme le jais, avec, sur ce jais, dix millions de lumières. Comme si son sommet avait percé les jardins des étoiles et les avait secoués pour en recouvrir la tour. Des guirlandes, des écheveaux, des filets et des colliers d'étoiles, étincelants et flamboyants, chatoyants et luisants, du vert froid de la limette, d'une pâleur tropicale d'aigue-marine, primevères métalliques et pourpres incandescentes, avec des gouttes du sang le plus pur et le plus brûlant.

La vaste foule tomba à genoux ou fit mine de s'enfuir et s'arrêta. Petit à petit, une voix après l'autre, sa clameur cessa. La beauté bizarre de la tour noire d'étoiles colorées posa sa main sur eux et les immobilisa.

Ils commencèrent alors à entendre des sons doux et séduisants qui leur parvenaient après avoir parcouru tout un mille.

Bhelsheved chantait à ses pèlerins un bourdonnement de guêpes argentées tandis qu'ils approchaient sur les routes de pierre brillante. La tour noire chantait un essaim de musiques qui se mêlaient, ne faisaient qu'une et soufflaient sur les dunes comme une brise.

Puis, avec cette musique, les arômes et les parfums commencèrent à arriver. C'étaient comme des épices, comme des fleurs, comme des vins, c'étaient comme des drogues et des choses délicieuses interdites.

La mélodie et la senteur de la tour et l'éclat de ses lampes n'étaient qu'un unique appel enchanteur.

Par petits groupes, par bataillons, la foule se releva et commença à s'avancer vers cette sorcellerie, les yeux écarquillés.

Si certains voulaient hésiter, le mouvement en avant de la presse les poussa rudement mais irrésistiblement, de telle sorte qu'ils ne purent résister. Et si certains voulaient discuter ce spectacle, la délicatesse de la musique rendit leurs paroles absurdes, le baume baigna leurs lèvres et leur langue et leur tête se balança tandis qu'ils suivaient les autres.

Au fur et à mesure qu'ils approchèrent, d'autres merveilles les accueillirent.

Sur un demi-mille, la nature du sable était modifiée. Il était devenu un champ de plantes qui recouvraient la totalité du sol, comme si chaque grain de sable s'était transformé en un être de feuilles et de pétales. Jasmins et hyacinthes fleurissaient en pleine nuit, les lis enlaçaient les roses, entrecoupés de myrtilles et de clématites. Lorsque l'on marchait dessus, ils n'étaient pas écrasés. Ils émettaient des parfums à chaque pas et se redressaient immédiatement. Des phalènes aux ailes papillonnantes semblables à des panneaux de mince cristal voletaient au-dessus de cette prairie. Des sons harmoniques et carillonnants tapageurs sortaient de leurs yeux pédonculés semblables à des étamines, donnant l'impression qu'ils n'étaient que des boîtes à musique volantes.

À un quart de mille, l'on se rendait compte qu'il régnait une folle activité sur tous les étages de la tour, beaucoup d'allées et venues, et qu'il volait autour des créatures aux vastes rémiges. À cet endroit du sol, une forêt avait aussi surgi et, tandis qu'ils avançaient, magnétisés, en direction de la tour, ils pénétrèrent dans la forêt. Les arbres étaient grands, mais sans écorce ni feuilles. Les troncs étaient en verre écarlate, en verre magenta, en verre de la teinte de l'émeraude, et éclairés de l'intérieur. Le feuillage des arbres était fait dans chaque cas d'empilements d'oiseaux phosphorescents, dont les yeux mauves clignotaient et éblouissaient et les ailes feuillues agitaient les cordes de harpes d'argent placées entre les branches, provoquant d'étranges glissandi ronronnants.

Lorsque l'on sortait de la forêt, la tour se trouvait à cent pas et, automatiquement, la foule, habituée à respecter cet espace, hésita, s'amassa sur elle-même comme l'eau derrière un barrage.

Pendant ce temps d'arrêt, ils distinguèrent les fenêtres et les portes incalculables de l'édifice qui émettaient leurs lumières goutte à goutte. Ils virent les fontaines de liquides colorés qui descendaient les gradins en s'arrondissant. Ils virent la nature de la circulation qui volait autour de la tour. Il y avait des chevaux aussi noirs que l'encre, à la crinière et aux ailes d'un bleu laiteux, il y avait des lions aussi noirs que le charbon, à la crinière semblable aux chrysanthèmes et aux ailes semblables à des fournaises. Il y avait des dragons élancés aux écailles de bronze. Et, plus près de la terre, à peut-être douze ou quatorze pieds dans les airs, était suspendu un large tapis d'écarlate et d'argent et, sur ce tapis, clignotaient des formes blanches, comme si le vent soufflait dessus.

La tour, qui ressemblait à Babhelu, et aussi à Bhelsheved, qui en différait mais aussi les surpassait toutes deux, continuait de séduire. La foule ne tarda pas à passer par-dessus le barrage invisible et se déversa au pied de la tour, jusqu'au lieu où se dressait le premier gradin gargantuesque. Ils restèrent bouche bée à le contempler, conscients de leur péché ou de leur envoûtement, incapables de partir, voire de se repentir.

Le premier tapis passa à côté d'eux et d'autres suivirent. Il plut des glands, des soies volèrent. Des femmes blanches dansaient lentement au rythme des musiques multiples. Leur corps était tantôt masqué, tantôt révélé, à travers des rideaux de perles semblables à des cascades. Elles levaient leurs bras, qui étaient des cous de cygnes, qui étaient des serpents. Leurs membres brunis se frottaient, se caressaient. Les boucles de leurs cheveux noirs comme le raisin étaient tressées d'ornements d'argent sinueux. Leurs ongles allongés ressemblaient à des croissants de lune. Les bouts de leurs seins étaient comme des boutons de roses.

Cependant que la multitude de mortels contemplait cela, un tremblement soudain courut sur le sol.

Les gens découvrirent que le monde s'élevait dans l'atmosphère. Il y eut encore des cris, des génuflexions, mais tous étaient désormais hypnotisés. Ces protestations de terreur n'étaient plus sincères, mais une simple coutume, car avoir peur dans une telle situation faisait naturellement partie de l'étiquette humaine, c'était l'usage.

Ils comprirent soudain que les champs de fleurs, la forêt de vitrail, l'anneau d'un mille de large qui cerclait la tour et sur lequel ils se tenaient tous, n'étaient rien d'autre qu'un autre tapis volant. Un tapis doté d'un trou en son centre, à travers lequel dépassait la tour. Et ce tapis était en train de monter doucement, tranquillement, le long de la tour, comme une bague que l'on enlève d'un doigt.

Le tapis rattrapa les danseuses (bien entendu, ce n'étaient pas des femmes, mais des démones) qui se posèrent dessus. De la même manière, les bêtes volantes atterrirent parmi les fleurs en claquant des ailes. Elles broutèrent les jasmins et les asphodèles. Elles marchèrent parmi les gens, qui s'écartèrent avec des soupirs angoissés, car il s'agissait de créatures mécaniques, ou des illusions, artefacts démoniaques faits pour les rêves et que les rayons du soleil pouvaient détruire.

L'homme qui avait recouvré dans le sable la relique en os doré l'agrippait toujours lorsque l'une des bêtes, un lion, s'avança sur lui et le fixa de ses grands yeux topaze. Peut-être ce lion était-il l'un des Vazdru en personne, sous une autre forme, parce que l'animal s'adressa à l'homme avec des intonations hypnotiques.

— Cet os, dit le lion, ne provient ni du squelette de

la reine noire de Nemdur ni de celui de quiconque d'important. Donne-le-moi donc. Je m'amuse à collectionner les babioles.

L'homme, frissonnant, tendit alors la relique sacrée pour laquelle il avait parcouru tant de lieues et le lion la prit entre ses mâchoires. Il y eut un craquement terrible ; des bouts d'or fin et d'ivoire brun furent recrachés sur les pattes de hyacinthe. Le lion partit alors, les yeux fermés comme s'il était écœuré. C'était probablement un démon, effectivement, car le contact de l'or, qui rappelait le soleil aux Vazdru comme aux Eshva, les emplissait d'allergie. Seuls les Drin parvenaient parfois à le travailler, car ils étaient moins sensibles que les aristocrates de Druhim Vanashta. (L'écœurement, sans nul doute, expliquait la façon dont les Eshva qui l'avaient volé se l'étaient passé sans arrêt, chacun prenant une part d'inconfort dû à l'or pour épargner ses compagnons.)

L'anneau du tapis continuait cependant de monter. De la même manière que, jadis, la cour de Nemdur avait escaladé les interminables escaliers en une course folle, les gens étaient désormais emportés vers l'étage le plus élevé.

Il est certain qu'ils continuèrent comme d'habitude d'exprimer poliment leur inquiétude. Si cette œuvre nocturne, cette tour, était aussi haute que Babhelu, se pouvait-il qu'elle irritât également les dieux, qui allaient donc les faire basculer à terre ? Pourtant, il était en eux quelque chose, un vague souvenir inscrit dans les cellules de la race, qui comprenait que même les dieux ne pouvaient renverser le pouvoir d'Ajrarn, ou, s'ils s'en croyaient capables, ils n'avaient jamais songé le tenter.

Les gens se rendirent-ils compte alors qu'ils se dirigeaient vers cette présence, la présence d'un Ajrarn sans masque, un Ajrarn dans l'aura totale de sa dignité de prince ? Lequel, leur avait-on toujours dit, était hideux et déformé, vil par son apparence comme par ses actes ?

Peut-être ces panoramas, ces harmonies, ces fumées de drogues leur avaient-ils déjà appris que le mal n'avait pas toujours une forme laide.

Le tapis continuait de monter. Il traversa les fontaines

qui ne semblaient pas produire de fluide mais une combustion sans chaleur. Il dépassa les fenêtres aux couleurs somptueuses, derrière lesquelles évoluaient des puzzles exotiques d'activités, jamais complètement distingués ni explicables. Il dépassa des fêtards aux cheveux noirs qui dansaient ou s'enlaçaient, ou se penchaient languidement aux balcons.

Ils furent soudain au dernier étage. C'était une boîte sans lumière cerclée de portes en laque noire. Les étoiles étaient si proches qu'on eût dit que l'on pourrait les blesser d'un coup de lance, pourtant leur éclat soyeux n'adoucissait pas ce sommet nocturne, et la lune était ancienne.

Or le gradin supérieur, comme celui du modèle original de Nemdur, était le plus petit de tous, comme il était normal. Il est vrai qu'il s'agissait d'un édifice massif, mais malgré tout il n'était pas suffisant pour accueillir plusieurs milliers de personnes d'un seul coup. En conséquence, ce qui se produisit ensuite n'était peut-être qu'une illusion. À moins qu'Ajrarn, Maître de la Nuit et de bien davantage, n'eût percé un chemin dans une seconde dimension, en ce lieu, peut-être, que l'on appelait parfois l'Autre-Terre. Ici (ou là), il put distraire toute cette multitude.

Mais, quoi qu'il fît, voici ce qui sembla se passer et que rapporta tout homme, toute femme ou tout enfant monté cette nuit-là sur la tour noire dans le ciel.

La musique enchanteresse cessa d'un seul coup et l'on n'entendit plus que les vents qui jouaient autour de la cime de la tour. Toutes les portes en laque s'ouvrirent brutalement et, un par un, comme s'ils avaient reçu des instructions préalables, les milliers de gens les franchirent.

L'intérieur de l'étage supérieur n'était que ciel nocturne. Une sphère de noir sans limites, saupoudrée d'étoiles et de voiles stellaires sur lesquels, de temps à autre, une comète ou une météorite déroulait ses rubans, ou à travers lesquels un corps cosmique tombait comme une grande pièce de monnaie. En fait, certains enfants tendirent la main et s'emparèrent des produits de cette grêle astrale. Chacun d'eux raconta par la suite qu'il avait attrapé et gardé un moment une étoile de la taille d'une grosse pièce d'argent, qui ne pesait pas plus qu'une petite pierre. Mais l'étoile était brûlante et les enfants virent à sa lumière le vin rouge dans leurs mains ; s'ils ne ressentirent aucune douleur, des cloques apparurent dans les paumes et ils lâchèrent prudemment l'étoile qui retomba, passa sous leurs pieds et descendit jusqu'à se perdre dans la nuit. Une fillette prétendit également avoir attrapé une étoile par ses racines à l'air libre, le point où elle s'était séparée de son arbre ou de sa liane d'origine. Mais elle aussi la relâcha lorsqu'elle sentit son visage se rider comme sous l'effet d'une trop longue exposition au soleil. Tous s'accordèrent pour admettre qu'ils ne reposaient sur rien, car tous ces débris célestes leur étaient passés à côté avant de tomber plus bas. Pourtant, mystérieusement, ils n'éprouvaient aucune peur et l'air sur lequel ils se tenaient semblait aussi solide qu'un plancher. De toute façon, ils se savaient bien plus haut dans l'éther que le sommet de la tour et, par suite, plus proches des dieux. Il n'en reste pas moins qu'ils ne virent pas les dieux, ni leurs petits cousins, les élémentaires du ciel supérieur.

Le plus étrange, peut-être, fut que, comme chacun pénétrait dans ce royaume d'espace sauvage, il se retrouva seul, ou c'est du moins l'impression qu'il ressentit. Mais toujours aucune panique.

Puis ils ne furent plus seuls. Quelqu'un d'autre se trouvait en leur compagnie.

Initialement, on eût dit la silhouette d'un homme qui s'approchait d'eux en marchant sur le plancher sans planches de la nuit. Presque tous reconnurent le conteur bizarre, celui qui avait une cape aux ailes d'aigle, car presque tous avaient vu cet homme au cours du voyage qui les avait conduits à Bhelsheved.

Lorsqu'il ne fut plus qu'à trois ou quatre pieds, l'homme s'arrêta, emmitouflé dans sa cape. L'espace d'un battement de cœur, il resta ainsi.

Puis...

Un vent d'encre se leva, dissimula les étoiles, tourbillonna et devint une colonne de fumée diabolique ; elle se condensa et se transforma en une nuée d'orage d'un bleu menaçant parcourue de paillettes et fendue par un éclair formidable. Et de la foudre s'envola une mouette noire aux ailes semblables à des épées ; la mouette, tout en volant, devint un aigle dont les yeux, apparemment, étaient deux étoiles ; l'aigle agrippa la nuit dans ses serres, ses rémiges crissèrent et il fut un dragon qui écrasa les ténèbres, noir comme un foyer brûlé, la gueule emplie de feu, de magma, un volcan. Les flammes baissèrent alors et un loup noir aux yeux rougeoyants devint un chien noir qui se dressa sur ses pattes arrière et devint le chien des chats, panthère et, après la panthère, un jaguar qui, à son tour, se dressa et arbora la taille mince et les hanches rondes d'une amphore, les seins gonflés d'une courtisane, un visage de femme d'une beauté sans égale, la bouche souriante et un océan de cheveux noirs. Elle aussi se transforma alors et chacun de ceux qui se tenait debout, agenouillé ou incliné devant cette force métamorphosante, contempla un être familier, sa femme, son frère, un voisin ou en enfant. La similitude était à ce point parfaite que quelques-uns parlèrent à l'apparition et, stupéfaits, l'appelèrent par le nom sous lequel ils la connaissaient. Mais cette forme disparut également.

Il prit alors devant eux sa forme masculine, à côté de laquelle, disait-on parfois, tous les autres hommes n'étaient qu'ombres d'une ombre, et toutes les femmes aussi, comme s'ils n'étaient que des statues inachevées et qu'il fût la seule création parfaite, mais, dans ce cas, qui aurait pu le créer ?

Ils le virent en tant que Seigneur. Seigneur des Ténèbres. Prince. Tel que le voyait son propre peuple.

La maille noire collée à son corps était parcourue de variations bleutées. Si cette armure était de maille et de métal, elle était aussi faite de velours. Sa cape n'était pas en tissu, mais une cascade de bijoux, noirs et du plus noir des verts, et aussi cuivrés, comme si elle avait été plongée dans un courant de métal fondu. Un collier d'un poids invraisemblable reposait sur sa poitrine, en plaques crâniennes de dragon, creusées de rubis et complexement enchâssées dans un pur argent démoniaque qui ressemblait à la perle mais était aussi dur que l'acier : l'œuvre des Drin, nul ne pouvait se méprendre. Ses bottes étaient en peau humaine, nul ne pouvait davantage se méprendre, des peaux teintes en noir, car même la chair saine et sombre des hommes noirs n'était, ou n'est, aussi noire que cela, et pour les démons le noir était une sorte de lumière. Ces bottes étaient également ornées d'argent repoussé, mais les scènes représentées dessus changeaient sans cesse, miroitant comme des serpents. Un vrai serpent était enroulé autour de son bras gauche, un cobra qui sifflait, capuchon levé. Son visage ressemblait à une ciselure fine placée parmi les tentures de chevelure noire à laquelle nulle autre n'était comparable. Son visage brûlait et aveuglait, comme les étoiles, et, comme elles, sans faire de mal. Son visage ne peut être décrit, de même que, de tout temps, il ne pourra être représenté. Dans la vérité absolue de sa forme, il était d'une telle beauté que la seule apparence de son visage aurait pu blesser, voire, comme pour Chuz, Prince La Folie, rendre fous ceux qui le contemplaient. (Le soleil n'était pas le seul à être capable de destruction.) Pourtant, il était prodigieux, d'un prodigieux qui dépassait tous les prodiges des hommes ou des femmes ou de tous les êtres terrestres.

Il avait aux doigts des bagues de jaspe, de jade et de jais. Ses yeux étaient des bijoux plus brillants et plus noirs que le soleil ou l'absence de soleil.

Grand, plein de vie, à couper le souffle, immobile, il dominait le moindre d'entre eux. Il était Ajrarn, que l'on appelait à juste titre et très insuffisamment le Magnifique.

Chacun éprouva une terreur qui n'était pas exactement de la terreur, un plaisir qui n'était pas totalement du plaisir. Chacun se recroquevilla. Chacun, à sa manière, lui rendit hommage. Mais l'hommage n'était pas précisément ce qu'il avait attendu d'eux. Il était par ailleurs trop tard pour cela.

Finalement, il eut un sourire. Son sourire était cruel et par là même empli d'une merveilleuse tendresse. En tant que Vazdru, c'était un artiste de la vengeance, un aristocrate dans ses modes d'ironie.

— Chacun peut me demander de réaliser un unique souhait, puisque je suis ici, leur dit-il.

— Seigneur, bégayèrent-ils, maître...

Ils avaient des doutes sur sa nature et, comme bien d'autres avant eux, décidèrent qu'il était un dieu. Ils s'aplatirent devant ses bottes en peau humaine. Et chacun chuchota un vœu très cher. Chaque vœu était différent, mais tous étaient malveillants ou, au mieux, égoïstes et irréfléchis. Les jeunes filles voulaient qu'il asservisse les hommes dont elles désiraient l'amour et les garçons voulaient que des filles viennent les rejoindre là où elles pourraient coucher avec eux, de leur plein gré ou non. D'autres, jeunes et vieux, exigeaient la chute ou l'infirmité de relations ou d'ennemis fortunés.

Certains demandèrent la richesse, d'autres le pouvoir et un très grand nombre demanda une vengeance. Même les enfants émirent de méchants souhaits. Certaines de leurs requêtes étaient les plus immondes qui fussent.

Dans toute cette foule, qui aurait pu demander dans plusieurs cas un renouveau d'énergie, de santé, de jeunesse, de capacité à aimer ceux qui les avaient aimés, ou d'assistance pour ceux qui les aimaient, nul ne se sentit poussé à rien demander de tel. Il avait fait bourgeonner en un instant leurs pires qualités, de même que le levain inspire le pain.

Les ayant entendus, il dit à chacun d'eux :

— Je vais remettre cette possibilité entre tes mains. Uses-en comme tu le désireras.

Ce qu'ils firent par la suite. Et, dans un miroir de Terre Inférieure, l'on peut présumer qu'il les regarda user de ces possibilités et forcer, asservir, utiliser soit un oreiller pour étouffer, soit une viande pour empoisonner, soit la confiance aveugle ou la malchance de quelqu'un. Mais cela était pour plus tard.

Les ayant réduits à la partie la plus vile d'eux-mêmes, il s'enveloppa dans sa cape de joyaux cuirassés et, au même moment, l'ensemble du ciel nocturne de l'étage s'enveloppa autour de lui ; tous deux se replièrent sur eux-mêmes pour disparaître et un néant noir engloutit les humains qui l'avaient vénéré.

Lorsqu'ils se relevèrent, ils se trouvaient à nouveau au

camp, le camp à l'extérieur de Bhelsheved. Tout le monde supposa avoir rêvé être parti à la poursuite des voleurs Eshva, avoir foulé les lis, traversé la forêt d'arbres en verre, escaladé la fantomatique tour noire et rencontré un dieu des ténèbres et obtenu de lui un présent.

Seuls certains qui repartirent assez tôt constatèrent que le sable avait été dérangé au point qu'on eût dit qu'une armée s'était dirigée vers l'est pour revenir ensuite vers Bhelsheved. Ils se retinrent d'émettre des commentaires. La tour elle-même avait naturellement disparu avant que l'aube ne pût la faner.

Ce ne fut que plusieurs années plus tard, lorsque morts et mutilations eurent mûri parmi ce malheureux peuple, qu'ils durent admettre le rêve de cette nuit-là et, l'ayant comparé à celui de leur voisin, ils en furent glacés. À cette époque, leur religion s'était corrompue, leur foi n'était que comédie et, lorsqu'ils allaient à Bhelsheved, ce n'était que par habitude, par cupidité et uniquement pour prendre des vacances. Le fruit suave de la religion et de la foi avait suri, avait pourri. Le fruit suave n'était plus.

Il en était bien sûr une poignée qui ne rejoignit point la tour cette funeste nuit. Parmi ceux-ci se trouvait un jeune meurtrier que ses deux frères retrouvèrent plus tard pendu à un arbre des bosquets à l'aide d'un fouet. L'autre était une jeune fille à la chevelure fauve qui faisait tourner une épingle entre ses doigts et qui, plongée dans ses rêves d'un amant démoniaque, n'avait pas vu les démons qui avaient volé la Relique et ne s'était donc pas souciée de courir derrière les brigands. En troisième se trouvaient un philosophe et ses adeptes, qui étaient occupés à adorer les pierres.

Quant à la Relique elle-même, comme les trois gemmes sombres formées à partir du sang d'Ajrarn lorsque le fouet lui avait ouvert la main, elle restait cachée sous la robe du désert. Mais, à la différence des trois pierres précieuses, les éclats de la Relique ne devaient jamais être retrouvés.

DEUXIÈME PARTIE
ÂME-DE-LUNE

CHAPITRE 1
UN SACRIFICE

Il avait démoralisé les pèlerins. Il lui restait à s'occuper des prêtres de Bhelsheved. L'extirpation était le sceau des démons en matière de représailles. Nulle brique ne devait rester entière. Ni une seule lampe éclairée.

Les gens étaient repartis par milliers, porteurs de l'épidémie de désillusion et de discorde après avoir quitté le sanctuaire blanc dans le désert. Repartis avec leurs torches brûlées, le pas lourd, le sommeil empli de rêves brutaux. La cité sainte referma ses quatre portails d'ivoire, d'acier et de pierres polies. Ainsi close, toute l'eau se trouvant entre ses murs, elle aurait pu soutenir un siège interminable. Car si personne n'avait encore tenté de piller cette cache à trésors, le moment pouvait venir où quelqu'un y songerait. Mais cela était pour un avenir de plus en plus sombre. Pour l'instant, serein, irréel, le glacier de Bhelsheved dormait sous une lune mourante.

Sous cette lune spectrale, une panthère rôdait autour des murs. Elle allait et venait. Elle passait devant les portes luisantes et les blocs de pierre polie, à travers le voile des arbres et les bosquets où les pétales fouettaient sa fourrure. Sept fois sept fois la panthère fit le tour de Bhelsheved.

Le Maître de la Nuit était en train de considérer le parfum intéressant de la vengeance. Ainsi peut-être que l'élancement de l'étrange blessure qu'on lui avait causée.

Car il est utile de rappeler que, chose stupéfiante, on l'avait douloureusement blessé et que, de manière détournée, il était vulnérable à l'humanité. Ses actes de vengeance compliqués, ses actes malveillants complexes ressemblaient aux élégants mouvements de plume et autres soulignements dont les hommes qui manquent d'assurance rehaussent leur signature sur un parchemin.

Au bout du quarante-neuvième tour, la nuit engloutit le grand félin.

Trois secondes plus tard, Ajrarn se tenait sur le rivage pastel du lac primordial au cœur de Bhelsheved.

Au clair de lune, le temple doré était d'argent, l'eau turquoise était une plaque de ciel noir ébouriffé reflétant les quatre ponts incurvés dans son miroir. Un jardin courait à cet endroit, jusqu'à la bordure en mosaïque au-dessus du lac, et les arbres exsudaient leur parfum et avaient tout saupoudré du sucre de leurs fleurs. Quelque part, un oiseau nocturne était en train de chanter. Il ne se doutait pas de l'identité de celui qui l'écoutait, ou bien il se serait tu.

Une heure ou plus il demeura en ce lieu à ruminer. Une heure mortelle, qui n'avait peut-être été qu'un instant pour lui. Au fur et à mesure de ses méditations, des images se formaient de temps à autre dans l'eau près de ses pieds, représentations de ce qu'élaborait son cerveau, se modifiant en même temps que ses pensées. Et certains de ces tableaux n'étaient en rien agréables à regarder.

La lune mortelle reposait sur son coude au-dessus de lui.

Un fil de blanc qui se déplace dans l'eau, plus brillant que la lune, qui ressemble d'abord au passage d'un cygne, puis d'une flamme. Pourtant, en suivant son origine jusqu'au rivage opposé, l'on voit que ce n'est ni l'un ni l'autre.

Une silhouette féminine marchait autour du lac, suivant le tracé de sa rive, la pâleur de ses vêtements et de ses cheveux fidèlement copiée dans l'eau. Dans sa main droite, elle portait une petite lampe de la couleur verdâtre d'une luciole.

Ajrarn attendit dans l'ombre sous les arbres. Peut-être sourit-il. Peut-être se rappela-t-il la bête innocente qui, en le suivant dans le désert, avait rencontré un lion.

Assurément, elle ne pouvait se douter qu'il pouvait se trouver là une autre personne qu'un des habitants du temple, créatures chastes, modestes et simples qu'elle pouvait accoster sans appréhension.

Tout comme eux, elle était avenante. Les prêtres étaient choisis pour leur charme.

Elle était aussi fuselée qu'une baguette, sa taille paraissait si fine qu'on eût pu la rompre entre les mains, tout en étant aussi souple qu'un roseau. Ses pieds avançaient prudemment comme de petits oiseaux blancs. Sa démarche était une musique. Sa chevelure qui, pour l'exercice de son métier et selon la loi du temple, était blanchie et teintée pour accroître ses reflets pâles, semblait bien trop fine, trop claire, trop étincelante pour être naturelle. Et ces cheveux étaient très longs ; au repos, ils l'enveloppaient, leur extrémité touchant le sol. Mais, en mouvement, ils étaient d'une légèreté de plume et d'un diaphane tel qu'ils se soulevaient et volaient derrière elle comme des ailes blanches.

Son vêtement était une robe du temple, tissu de gaze aux franges irisées. Des incrustations scintillantes qui brillaient comme des silex frappés au clair de lune étaient brodées sur son corsage. Chaque sein, coupe d'une fleur, remuait doucement en dessous.

Il avait distingué sa beauté de l'autre extrémité du lac. Pourtant, sa beauté s'approchait de lui comme une chanson.

Elle traversa les fleurs, ses ailes blanches volant derrière son dos, la gemme verte de lumière dans la main. L'extrême beauté de son visage s'ouvrit devant lui comme une porte.

Les démons étaient très beaux. Les mortels rivalisaient rarement avec une telle beauté qui était commune à Druhim Vanashta. Ajrarn avait connu, joué avec, corrompu et brisé presque toutes les beautés mortelles qui existaient. Il s'était jadis lui-même transformé en femme admirable qui, en son temps, avait été l'une des merveilles de la Terre.

Mais cette blanche beauté était une nouveauté pour Ajrarn. Il ne pouvait la sonder, en trouver le fond, il ne pouvait ni la mesurer ni la rejeter, il ne pouvait déduire de quel ordre elle était issue. Soyez sûrs qu'elle l'intrigua véritablement.

Il était à ce point immobile qu'aucun des sens humains n'aurait pu lui permettre de le voir ou d'en pressentir la présence. Pourtant, elle s'avança sans hésiter et, lorsqu'elle fut à dix pas de lui, elle s'arrêta. Elle regarda entre les arbres la portion de sol qu'il occupait. Elle avait les yeux grands ouverts, la paupière supérieure se haussa légèrement. Ils avaient la couleur turquoise du lac et, comme le lac dans la nuit, ils s'étaient assombris et emplis de reflets.

— Seigneur, dit-elle en regardant dans les arbres. Seigneur, je sais que tu es ici et je suis venue te retrouver.

Sa voix aussi était très belle.

Ajrarn demeura à peine visible et continua de la regarder et de l'écouter. Comme une mélodie, elle continua de jouer pour lui.

— Seigneur, je ne sais qui tu es, mais je comprends ton essence et ton dessein. Je sais que tu es ici pour nous causer du mal et recouvrer de nous une créance parce que nous t'avons irrité.

Sur ce, il lui parla alors, dans l'obscurité, avec une certaine ironie.

— Comment se fait-il que tu saches tout cela ?

Elle ne sursauta point devant cette voix soudaine, ni sa magie inhérente. Elle parla sans peur ni vanité. Elle répondit simplement :

— Tout cela, je le sais, pourtant j'ignore d'où je le sais.

— Une devinette, alors.

Elle reprit :

— De même qu'un homme sent un feu qui brûle dans une maison voisine, j'ai senti ta présence dans ce jardin. Et de même qu'un homme peut connaître la nature du feu sans le voir, je connais la tienne.

— Dis-moi donc quelle est ma nature.

— Cruelle, oui, très belle. Inexorable, terrible. Ton désir de faire du mal est comme une douleur. Plus profond que la nuit, plus froid que l'hiver, aussi impossible à détourner que le lever de la lune.

— Pourquoi donc venir me retrouver ?

Elle leva sa lampe.

— Les rigueurs et la discipline de la prêtrise de Bhelsheved m'ont rendue endurante et je suis bien plus résistante qu'il ne paraît. Pourtant, je puis être aisément blessée. Je pourrais être longuement torturée avant que la mort ne m'emporte. Telles sont mes recommandations, car je m'offre à toi en sacrifice. Déploie ta rage sur moi, Seigneur des Ténèbres, et épargne ce peuple.

— Un sacrifice. (Y eut-il un amer amusement dans sa voix ?) Les hommes ne respectent pas ceux qui souffrent l'agonie pour eux.

— Le respect n'est point mon but.

— Quel est-il donc ?

— Je te l'ai dit. Détourner ton courroux.

— Ta petite mort est-elle capable de tout cela ?

— Peut-être, si tu me fais beaucoup souffrir.

— N'as-tu point peur ?

— Si, Seigneur. Il n'y aurait pour toi aucune satisfaction à me faire du mal si je ne te craignais point.

— Tu présumes que je suis sans pitié.

— Je présume que tu as besoin de vengeance.

— Tu es bien jeune pour quitter ce monde comme une flamme de chandelle.

— Il est un autre monde où je me rendrai, ou bien peut-être reviendrai-je sur celui-ci.

Dans la tour noire, ils s'étaient accroupis devant lui par milliers et n'avaient souhaité de lui que méchanceté et avidité. Et voici qu'il en venait une qui lui demandait de la tuer afin que sa colère et son désir fussent assouvis. Elle qui était plus jolie que les étoiles dans le ciel.

— Regarde-moi, dit-il.

Il sortit de l'obscurité et elle le vit.

Elle le contempla très longuement, et sachez qu'Ajrarn, Prince des Démons, la contempla tout aussi longuement.

— Maintenant, dit-il enfin, énumère de nouveau ce que je suis et de quelle manière tu m'apaiseras.

Sa main trembla, elle abaissa la lampe, mais elle eut un tout petit rire.

— Pardonne-moi. Je savais aussi que ton apparence serait divine et que tu serais très beau. Mais je vois maintenant que ta beauté est comme le battement de cœur de la Terre. Comparée à la beauté que j'imaginais, la tienne ressemble à la mer comparée à une petite goutte d'eau. Et comment une telle beauté peut-elle être le mal que je comprends que tu représentes, Seigneur des Seigneurs ? Oh, toi qui voudrais nous conduire dans le mal, quel gaspillage, car ne pourrais-tu conduire toute l'humanité vers la joie et la bonté par un seul regard de tes yeux ? Mais peu importe. Tu mérites que l'on meure pour toi, Seigneur. La Terre elle-même mourrait pour toi, je pense, si elle savait ce que tu es véritablement.

Ce fut alors le silence. Depuis des siècles et des siècles, qui lui avait jamais adressé de telles paroles ? Qui l'eût même pensé, en vérité, étant celui qu'il était ?

Il finit par lui répondre :

— Je suppose, vierge blanche, que tu te méprends sur ce que je suis réellement.

Sur ce, elle leva son regard, comme elle avait levé sa lampe.

— Te serais-tu mépris toi-même ?

Sa colère lui revint alors. Une colère semblable à l'extinction de toutes les lumières du ciel.

— Femme, tu es folle.

Il disparut alors, et devant elle, il y eut un loup noir, dont la tête mince n'était qu'yeux flamboyants. Le loup trottina jusqu'à elle, saisit sa main dans sa gueule et croqua l'index jusqu'à l'os en une terrible morsure. (L'on doit admettre qu'elle avait dû lui faire perdre contenance, car il était généralement plus subtil.)

La jeune fille poussa un cri et les larmes jaillirent sous ses paupières. Le loup la lâcha dès qu'il l'eut blessée. Lentement, toujours en larmes, elle lui tendit alors sa main mutilée et le pria en silence de reprendre son œuvre affreuse.

Ajrarn, il y avait bien longtemps, s'était soumis à la souffrance absolue, dans son unique sacrifice inflexible, et par cet acte avait vaincu la Haine sous l'une de ses formes les plus puissantes. Maintenant, la haine d'Ajrarn était ce que cette prêtresse s'offrait à enlever.

Ceux qui partagent des aventures similaires sont d'une certaine manière frères et sœurs.

L'homme, et non le loup, lui reprit la main : le loup s'était évaporé.

À ce contact, soit la douleur la quitta, soit elle se mêla à l'exquise sensation que l'attouchement d'Ajrarn était capable de produire. Il la tint d'un bras. Du long ongle carré de son majeur, il fendit sa peau de démon, de la première phalange jusqu'à la dernière. C'était la seconde fois qu'il répandait son sang à Bhelsheved, mais cette fois-ci il ne se répandit point. Il pressa son ichor luisant et nigrescent contre la pauvre main qui saignait humainement. En un instant, sa chair se mit à guérir. En sept instants, elle fut intacte et immaculée.

Il continua de la tenir et lui dit bientôt, plus doucement encore que le bruit des feuilles qui les entouraient :

— Mon sang est désormais mêlé au tien. Te ternira-t-il de ma méchanceté ? je me le demande, fille de la lune.

— Le feu et l'eau ne se mélangent point, chuchota-t-elle, l'un éteint l'autre.

Sa douleur avait disparu, mais, comme si elle l'éprouvait encore, elle s'appuya contre lui de tout son poids léger et les vagues de ses cheveux pâles se répandirent sur le noir de ses vêtements.

— Tu ne conviens pas pour un sacrifice, lui dit-il. Après tout, tu es trop belle pour un tel gaspillage.

— Mais épargneras-tu Bhelsheved ?

— J'ai déjà façonné une épée qui frappera cette Jale des Dieux. Dans un an, ou dix, ou vingt. Aujourd'hui même, les fondements de votre religion sont en décadence. Et penses-tu que je sois autre chose que ce que je suis, mon enfant ? Autre qu'un Prince des Démons ?

Mais, étourdie par son enlacement, comme tendaient à l'être tous les mortels, elle avait sombré dans une sorte de pâmoison somnolente ou de transe, allongée contre lui, la tête sur sa poitrine, sa chevelure éclaboussée sur lui comme un fleuve de lune.

Pourtant, Ajrarn savait fort bien que quelque chose l'avait quitté avec son sang et que, si le sang des Vazdru pouvait transmuer, il ne s'affaiblirait point et n'éteindrait pas celui de la prêtresse.

Il la prit entre ses bras et elle lâcha la petite lampe que, depuis le début, elle tenait fermement. Puis il prononça un mot magique et ils quittèrent ensemble le bord du lac.

Il l'emporta dans une région du désert dont rien n'est connu, bien que nombreux soient les endroits qui furent par la suite considérés comme étant celui-là.

Peut-être des palmiers s'y élevaient-ils et l'eau miroitait-elle. À moins qu'il n'y ait eu ni arbres ni eau et seulement les marées des sables qui vont et viennent comme une respiration au bon gré du vent.

Il la déposa alors sur le tapis de mousse, d'herbe ou de poussière et s'allongea sur elle. Mais s'il se coucha sur elle, ce ne fut point dans un sens charnel. Il plongea dans ses yeux d'un regard de démon qui ne cillait point et ses yeux, enchaînés par les siens, cessèrent aussi de cligner, ne reflétant que les siens. Ils passèrent ainsi la nuit, immobiles, telles des pierres posées l'une sur l'autre, dans une extase bizarre de stase totale. Et la jeune prêtresse eut l'impression que le sang d'Ajrarn coulait effectivement dans leurs deux corps, que leur chair n'était plus séparée, ni leur esprit, ni leur âme... son âme à elle et ce qui, chez lui, passait pour une âme, son immortalité.

Ce ne fut que lorsqu'une vague demi-note de couleur filtra à travers l'est qu'il s'écarta d'elle, mais elle eut encore l'impression de sentir son poids et la caresse de ses cheveux qui avaient effleuré ses joues.

— Il me faut te quitter, lui dit-il, car l'aube est proche. Où voudrais-tu que je t'emporte ?

— À Bhelsheved, puisque c'est ma patrie.

— Viens donc.

Il la souleva et, grâce à sa magie, la ramena dans le jardin en fleurs près du lac. Elle se retrouva seule et la lampe brisée finit de s'éteindre sur le sol tandis que le soleil fendait l'horizon.

Elle s'appelait Dunizel, c'est-à-dire Âme-de-Lune, dans cette langue. Il était sept langues en Terre Inférieure et sept langues principales plus haut, sur terre. Mais ces dernières étaient subdivisées en dix, de telle sorte qu'il existait en fait soixante-dix langages parlés par les hommes. Les démons les connaissaient tous et Ajrarn connaissait donc son nom et sa signification. Peut-être l'avait-il lu dans son cerveau ; elle ne l'avait pas prononcé à voix haute. Sans nul doute savait-il également toute son histoire, bien qu'elle ne pût avoir une bien grande importance à ses yeux. Ses amants avaient été aussi variés que leur beauté, enfants de rois, d'esclaves ; et même, une fois, l'enfant d'un cadavre.

Mais la mère de Dunizel avait été une simple d'esprit qui bavait et divaguait, une demeurée qui titubait dans les rues de son village, arrachant ses cheveux crasseux et raclant les murs des maisons de ses ongles ébréchés.

CHAPITRE 2
LA MACHINE MAGIQUE

La fille innocente, assurément, n'avait jamais fait le voyage jusqu'à la sainte Bhelsheved. En temps normal, elle pouvait rôder comme elle le voulait, ou bien, lorsqu'elle s'excitait un peu trop, l'on pouvait la capturer dans un filet et l'attacher à un poteau comme une chienne en attendant que sa crise fût passée. Sa violence se dirigeait essentiellement contre elle-même ; elle n'insultait jamais personne d'autre et se contentait parfois de déchirer du linge qui séchait sur les buissons ou de voler des fruits sur les arbres. Le village la supportait pieusement, on lui jetait même les reliefs de nourriture qui la maintenaient en vie. Une tradition voulait aussi que, lors d'une noce ou de funérailles, l'on plaçât près du poteau, qu'elle y fût attachée ou non ce jour-là, une cruche de bière ou de vin coupé d'eau. Mais, tout en faisant cela, les villageois se sentaient souillés par sa présence et considéraient qu'elle était une malédiction que les dieux leur avaient envoyée pour un méfait qu'ils avaient dû perpétrer dans le passé. Lorsqu'ils la traitaient bien, selon leurs propres critères, ils espéraient obtenir les faveurs du ciel, qui la leur enlèverait alors, ou la ferait mourir.

Mais elle ne mourait pas, cette jeune idiote. Et nul n'osait la tuer, bien que, parfois, on lui jetât des cailloux ou la frappât.

Une année, quelques mois avant la moisson, un mage

vint habiter dans un vieux manoir sur la colline qui dominait le village. Il annonça qu'il s'était retiré des villes afin d'étudier ses arts dans la paix et qu'il était d'ailleurs un homme dévot qui craignait Dieu. Le village l'accepta comme une bénédiction, de la même manière qu'il avait accepté l'innocente comme une malédiction. Toutefois, il avait peu de relations avec ces gens-là, car il s'occupait surtout de ses expériences. De temps à autre, un grondement s'élevait du toit du manoir, mais ces bruits n'étaient pas nuisibles en soi. Une fois ou deux, un villageois frappa à la porte bardée de cuivre qui avait été installée dans le portail de la demeure. Et une fois seulement, un berger, voyant le mage qui marchait avec son serviteur sur le coteau, se précipita pour aller demander au savant de le soulager d'une douleur qu'il avait dans une dent. Mais le mage ne parut point l'entendre et continua sa route, ses longues robes sur lesquelles étaient cousus des symboles extraordinaires caressant l'herbe. Le serviteur, quant à lui, se retourna et, lorsque le mage fut à une certaine distance, s'adressa au berger.

— Quelle dent est-ce ? demanda le domestique.

Le berger, grillant d'impatience, ouvrit la bouche et désigna la canine coupable.

— Oh, je peux m'en charger, déclara le domestique du magicien — et, faisant tournoyer sa crosse, il fit sauter la dent de la bouche du berger, en compagnie de deux de ses consœurs.

Laissant le berger à ses hurlements, le serviteur, hurlant lui aussi, mais d'une joie malsaine, repartit sur les pas de son maître inattentif.

C'est à cette époque que ce domestique s'avéra une malédiction aussi grande pour le village que toutes celles qu'il avait connues. D'apparence répugnante, toujours sale de sa personne, il était conservé par le magicien en raison de sa force prodigieuse en tant que garde, et aussi par un souhait pervers formulé par l'intellectuel d'observer un tel individu à l'ouvrage. Son esprit étant occupé par des questions plus élevées, et lui-même étant protégé du caractère horrible du serviteur, le magicien ne remarquait rien de ce qui se passait à l'extérieur.

D'abord, cet individu s'adonnait à des plaisanteries sinistres sur la personne des villageois. Il avait par exemple attaché ensemble les parties sexuelles des boucs et, lorsque le chevrier était accouru à leurs cris, il lui était tombé dessus et l'avait également entravé aux animaux de la même manière. Le scélérat était aussi descendu par une cheminée après avoir éteint le feu en urinant dessus et était tombé chez une vieille qui avait failli avoir une crise de nerfs sous la terreur qu'elle avait éprouvée. Il avait ensuite surpris une femme qui se baignait dans un étang. L'issue de la rencontre n'eût fait aucun doute si elle n'avait été la femme du coupeur de roseaux et n'avait décidé de couper elle-même des roseaux, ce qui lui avait permis de sortir un couteau dont elle avait frappé le serviteur à la cuisse. Ainsi reçu, le vaurien s'enfuit en beuglant. Ce soir-là, tandis que la femme préparait le repas de son mari, un oiseau couleur vert-de-gris passa par la fenêtre et lui dit sévèrement :

— Je parle pour le magicien et il demande pourquoi tu as poignardé son serviteur ?

La femme fut alarmée, mais son mari s'avança et s'interposa pour répondre à l'oiseau :

— Que ton maître réfléchisse à ceci. Lorsqu'une femme aussi jolie que la mienne est assez proche pour donner un coup de couteau à tel endroit du corps d'un homme aussi laid et repoussant que lui, il doit y avoir une bonne raison à son acte et il devait y avoir une raison à cette proximité.

À ces mots, l'oiseau plaça sa tête sous son aile comme s'il était embarrassé et le mari ajouta :

— Suggère à ton maître qu'il surveille un peu ce balourd. Si nous respectons le mage, ce vaurien qui le sert ne tardera pas à se faire trancher la gorge.

Lorsque la lune se leva cette nuit, le magicien lança contre le serviteur des esprits qui le cinglèrent et le scélérat courut en tous sens en se lamentant. Quelques menaces s'ajoutèrent à cela et par la suite les villageois n'eurent plus à subir de mauvaises plaisanteries.

Mais le domestique n'était pas satisfait. Son phallus le troublait énormément, s'élevant dans les heures de la nuit pour le gourmander. Sporadiquement, il arrivait que le mage lui fournît des illusions qui avaient l'apparence et la texture charnelle de jeunes personnes délectables et amoureuses, mais il était rare que le savant, qui était bien au-dessus de ce genre de questions, se rappelle que son serviteur n'était pas dans son cas. En ville, le scélérat s'était généreusement alimenté d'un régime secret de viols et de terreur... qui rassasiait tous ses appétits. Désormais, en ce lieu isolé, ses crimes étaient rapidement apparus en plein jour et tous ses plaisirs lui étaient interdits.

Or, un jour, alors qu'il épiait (puisqu'il ne lui restait plus que cette possibilité) deux amants dans un pré, il aperçut la jeune demeurée qui passait par là. Les deux amants se relevèrent alors de l'herbe et aperçurent aussi l'innocente. D'après les paroles qu'ils échangèrent, le vaurien découvrit qu'ils la considéraient comme un fléau et qu'ils en souhaitaient la disparition.

À cette nouvelle, le serviteur se mit à suivre la fille et ne tarda pas à savoir de quelle manière l'aimait tout le village. Il eut vite fait d'imaginer un plan.

Sous le manoir, dans les salles supérieures duquel le mage pratiquait sa sorcellerie, se trouvait un complexe de caves qui donnait dans la grande salle d'un ruisseau souterrain. Le serviteur s'y était fréquemment aventuré pour ramasser des fungus et des plantes occultes dont avait besoin son maître et il avait aussi inscrit des graffiti licencieux sur les parois et martyrisé les créatures inoffensives qui rampaient en ces lieux.

En outre, la ressemblance de ce souterrain avec une prison ne lui avait pas échappé.

Comme il avait fréquemment suivi l'innocente, le serviteur avait une idée des endroits qu'elle affectionnait pour errer ou se reposer. Il profita d'une nuit, où la pleine lune était rouge et que le mage se trouvait sur le toit oriental occupé à effectuer des calculs sur les lunaisons, pour sortir écumer la campagne et il finit par tomber sur la fille dans l'une de ses cachettes, une cahute sans toit ni porte. Il se glissa à l'intérieur et la considéra sous ses cheveux emmêlés ; de son côté, la pauvre créature sans esprit le fixa de son regard vide.

Étant lui-même répugnant, le serviteur ne fut pas affecté par l'état répugnant dans lequel elle se trouvait. Il ne perdit pas de temps : il la jeta au sol, lui sauta dessus et la força violemment. Heureusement, son excitation était telle qu'elle n'eut pas à subir très longtemps son activité.

D'un autre côté, les cris de douleur qu'elle poussa étaient presque sommaires et elle ne se débattit point. Elle était tellement habituée aux mauvais traitements des hommes et de la nature elle-même qu'elle ne distinguait guère le caractère particulier de ces nouvelles brutalités.

Lorsqu'il eut terminé, le serviteur se secoua comme un gros animal qui émerge de la boue, releva sa maigre maîtresse de fortune et la hissa sur son épaule. Il la porta ainsi jusqu'à la demeure du magicien et, sans se faire remarquer de son maître, la conduisit dans les caves jusqu'à la caverne où coulait le ruisseau. Il l'attacha alors à une stalagmite fort commode : elle avait été si souvent attachée qu'elle n'émit aucune protestation. Puis il la viola encore deux fois (car le pauvre bougre avait souffert de longues privations), après quoi il remonta sereinement se présenter au magicien. Il arriva juste à temps pour travailler aux lourds mécanismes que le mage voulait faire fonctionner sur le toit. C'était une machine aux roues énormes, avec des pistons impressionnants activés à la fois par les muscles du serviteur et une énergie mystérieuse dérivée de certaines radiations en provenance des étoiles et autres corps éthérés.

Tandis que le serviteur poussait péniblement les leviers et que la machine grondait, le mage s'écria :

— Encore cent neuf jours et cent neuf nuits et, d'après ce que je peux en juger de l'aura de la lune et du rythme des étoiles, la comète que j'attends apparaîtra sûrement.

— Oui, maître, lui répondit fidèlement le domestique.

Son esprit à lui était fixé sur des questions plus terre à terre et s'y trouvait joyeusement impliqué.

Le mage, quant à lui, avait atteint cette cime pâle et brillante d'élévation auquel parvient l'intellectuel lorsqu'une irradiation mentale longtemps attendue arrive à éclosion. Tel était le cas. Car, en vérité, le seul but du magicien dans sa venue en ce lieu isolé avait été de se trouver en face de la comète. Il avait appris, au cours de ses études des mois précédents, que l'apparition devait se manifester dans cette portion du ciel que jouxtait le village. Il avait donc abandonné tous ses autres travaux et s'était hâté de se rendre dans la région. Et, ayant ordonné au serviteur de construire cet étrange engin, le mage était maintenant en train de l'amorcer, car il avait l'intention, grâce à lui, d'attirer et de capter un fragment des émissions de la comète.

Le serviteur, toutefois, s'intéressait fort peu aux désirs du mage, car il était agréablement occupé par les siens. Il poussa les leviers de la machine et la lança. Son travail accompli, il se glissa une fois de plus dans la caverne souterraine où il introduisit du pain rassis et du vin aigrelet dans la bouche de l'innocente avant de la monter de nouveau avec le plaisir du maître sur son bien. Car il n'avait jamais rien possédé auparavant.

Quatre-vingt-dix jours durant, les choses allèrent donc ainsi. Le serviteur descendait dans la cave et la grande salle souterraine où il satisfaisait ses désirs. Par intermittence, il nourrissait la fille de reliefs de nourriture. En guise de boisson, elle avait gracieusement l'usage du ruisseau, du moins de ce dont elle pouvait profiter, car elle était toujours entravée.

Toutefois, au bout de quatre-vingt-dix jours, un détail intrigua l'esprit borné du domestique. Il se prit à penser qu'un rite mensuel propre aux femmes ne se manifestait nullement chez sa maîtresse. Au début, il espéra que son idiotie avait affecté ses entrailles, mais il ne tarda point à détecter chez elle certains changements apparents liés à la conception.

Le serviteur fut pris d'une terrible détresse. Non pas, assurément, par intérêt pour cette dame, mais pour le sien propre. Faible, à demi morte de faim et stupide comme elle l'était, elle ne survivrait certainement pas à la naissance d'un enfant et il la perdrait presque aussitôt après l'avoir faite sienne. En conséquence, il débattit avec soi-même de diverses méthodes et, finalement, apporta du vin et la fit boire, puis la battit et lui donna de sévères coups de pied, certain qu'elle allait avorter et survivre. Hélas, trois fois hélas, l'innocente récupéra et demeura pleine.

Il fut pris d'un tel désespoir qu'il songea demander au magicien un moyen de résoudre son problème, mais les cent neuf jours étaient désormais presque écoulés et le mage s'était retiré dans sa cellule pour jeûner et méditer, se purifiant pour le sort puissant qu'il avait l'intention de mettre à exécution. Il n'en émergeait que de temps à autre pour aller examiner la machine sur le toit et, à ces moments-là, il était très occupé.

— Maître, fit le serviteur d'un ton cajoleur, une pauvre fille du village est venue hier à la porte t'implorer de lui fournir un remède contre une grossesse non désirée, car sa mère, qui a déjà le bonheur de posséder quarante-trois enfants...

— Non, non, murmura le mage, tu te trompes totalement dans ton addition. Quarante-sept est le nombre de syllabes du mantra astral que je dois réciter à la dissolution de la comète.

— Maître, gémit le serviteur, si je te confessais que j'ai permis à une femme de mauvaise vie folle de désir d'abuser de moi et de me détourner du chemin de l'abstinence vertueuse, et qu'elle me menace maintenant du courroux de son père si je ne la libère point de son état...

— Quelle est cette absurdité ? L'état du mécanisme est parfait. Mais il faut que tu graisses ce rouage.

Le domestique finit par abandonner. Il se mit en fait à descendre des aliments de meilleure qualité à la fille dans la caverne, des fruits et de la viande. Il lui apporta même des tissus chauds pour dormir. Il la détacha parfois de la stalagmite et la fit marcher pour qu'elle prenne un peu d'exercice. Si elle eut conscience de ces attentions nouvelles, elle ne le manifesta point. Elle ne paraissait d'ailleurs pas consciente de son état. Lorsque le serviteur la jetait périodiquement à terre pour la saillir frénétiquement (préoccupé de ne pas gaspiller de temps, car il ne tarderait probablement pas à la perdre), elle fixait le plafond de pierre en fronçant légèrement les sourcils à travers sa crinière crasseuse et emmêlée.

Le cent huitième jour de la veille du magicien, les premiers signes de la comète émergèrent d'un ciel crépusculaire.

Or les comètes de la Terre Plate étaient d'origine et d'inclinaison différentes de celles qui visitent le monde rond. Certaines naissaient dans la masse de chaos au-delà des coins de la Terre d'alors et, passant par erreur ou par quelque bouleversement cosmique ou sismique dans les hauteurs de l'air du monde, étaient rapidement recouvertes par les éléments instinctifs de cet air de particules protectrices... car le chaos pur et les atomes standardisés du monde ne pouvaient coexister sans adjonction formant un tampon qui isolait l'un des autres. Ces comètes allaient et venaient et rendaient rarement une nouvelle visite au ciel, car, une fois qu'elles avaient regagné les limites extérieures, le chaos les récupérait. Une seconde forme de comètes étaient créées uniquement par des étoiles filantes qui, suivies par leur flamme de traîne, rataient la Terre pour une raison quelconque et étaient alors ballottées d'un côté puis de l'autre par les courants aléatoires de l'atmosphère ou les ensorcellements exquis des élémentaires célestes (qui pouvaient chevaucher ce genre de fanaux pour parcourir l'éther). Cette seconde sorte de comètes pouvaient reparaître à intervalles réguliers ou irréguliers, faisant le tour du dôme qui surmontait la Terre pendant des siècles pour finir par être totalement brûlées. Mais il existait aussi une troisième variété, et c'était à celle-ci qu'appartenait la comète du magicien.

En ce temps-là, le Soleil, qui demeurait toujours à une distance égale durant ses voyages au-dessus de la Terre, croissait et décroissait comme la lune, créant ainsi l'été et l'hiver. Chaque nuit, de plus, le Soleil, s'étant couché, était plongé dans les limbes difficilement explicables sous-jacents aux régions inférieures de la Terre... profondeurs extrêmes qui se trouvaient au-delà et encore plus bas que la Terre Intérieure elle-même, le royaume de la Mort.

Cette « mort » psychique à chaque période de ténèbres revitalisait mystérieusement le disque solaire, de telle sorte qu'il était capable, chaque matin, de se relever vivement à l'est et de rafraîchir le monde par sa lumière. (La Lune connaissait un processus similaire). Toutefois, il arrivait parfois, peut-être une fois tous les mille ans, que, durant sa croissance, le Soleil fût revêtu d'un peu plus de vitalité qu'il n'était sain ou nécessaire. Cette surcharge se répandait alors comme de la vapeur d'une bouilloire, visible parfois sous la forme de nuages, mais elle restait généralement invisible à l'œil des mortels. La vapeur solaire remontait bientôt au-delà de l'apogée de la trajectoire quotidienne du Soleil. Là, dans l'environnement plus froid du ciel supérieur, elle fermentait et se condensait, se réchauffait et refroidissait alternativement, pour finir par se transformer en une sphère de gaz enflammés.

Une fois qu'elle était totalement formée, le magnétisme de la Terre commençait à appeler cette boule de feu spectrale et elle se mettait à tomber lentement pendant des mois, voire des années, sa traîne marquant sa route à travers l'atmosphère. Sans exception, à un point assez peu distant de la surface de la Terre, les gaz enflammés se déroulaient une nouvelle fois. La radiation qui était alors lâchée était stupéfiante mais bénéfique. Les gaz eux-mêmes étaient absorbés par le tissu de la Terre, ou bien se dissipaient dans le néant.

Ce type de cas était des plus rares ; le magicien s'était estimé très chanceux mathématiquement et astrologiquement parlant d'être tombé sur l'une de ces comètes, car il y avait peu de signes visibles. Seule l'image de la comète projetée en avant pourrait être distinguée la nuit précédant son arrivée, effet similaire à celui d'une lampe qui se reflète sur un mur.

À la vue de cette arrivée, le magicien ne sut maîtriser sa joie.

Il n'en était pas de même au village. Ignorant le caractère de ce genre de phénomène, les villageois observaient cette nouvelle étoile bizarre et bulbeuse dans le ciel sans aucune manifestation de bonheur. Comme la nuit avançait et qu'elle ne cesser de croître, leur nervosité s'accrut proportionnellement. Lorsque l'aube arriva et que la chose demeura visible et même de plus en plus brillante, suivie par sa traîne claire comme un diamant bien apparente derrière elle, l'horreur emplit tous ces cœurs.

Certains se précipitèrent pour aller marteler la porte cerclée de cuivre du manoir du magicien. Comme d'habitude, il n'y eut aucune réponse, mais, au bout d'un certain temps, le serviteur apparut, qui remontait la colline. Il avait été envoyé ramasser des herbes particulières et ne fut guère réjoui de trouver cette foule qui lui barrait le passage, car il savait par expérience que les foules auguraient rarement quelque chose de positif sur le plan personnel.

Pourtant, le village, dans sa panique, décida d'oublier sa répugnance envers lui.

— Nous t'implorons d'implorer ton maître de sortir nous dire quel sort terrible est suspendu dans les airs au-dessus de nous, s'écria la foule.

Le serviteur bâilla d'ennui. Il savait à quoi la comète allait ressembler et il n'en avait nullement peur.

— Oh, ce truc ? Ce n'est qu'une bulle de flatulence éructée par le soleil. On n'en parlera plus demain et on sera bien débarrassés.

La foule se consulta, en partie rassurée, mais indécise. Pendant ce temps-là, le domestique se glissa jusqu'à la porte, qu'il déverrouilla rapidement grâce au sceau que lui avait donné le mage.

— Mais attends, fit un homme. Ne peux-tu demander à ton maître de nous parler ? Malgré tes paroles, certains de nous sont convaincus que cet objet est une force terrible aux intentions maléfiques. Déjà, rien qu'à le contempler, trois femmes ont avorté.

Le serviteur hésita en franchissant la porte. Sa mine odieuse se convulsa en une réflexion profonde.

— Attendez un moment, dit le serviteur à tous ces gens, et il leur claqua la porte au nez.

Au bout de trois ou quatre heures sans nouveau signe de vie en provenance de l'intérieur, les villageois abandonnèrent le manoir et se précipitèrent chez eux. Là, ils se mirent à emballer avec leurs femmes meubles et vêtements et à rassembler leurs troupeaux. Au milieu de l'après-midi, le village était pratiquement désert.

À sa première inspiration, le domestique avait désormais ajouté la subtilité.

Une fois les ténèbres venues, le magicien aurait besoin de la présence de son serviteur auprès de la machine magique, mais, du fait desdites ténèbres, toute la majesté de la comète serait également révélée. Suivrait l'apogée de sa dissipation. Le serviteur songeait que, s'il pouvait amener l'innocente en haut du manoir et l'attacher peut-être sur le toit ouest, loin de l'emplacement de la machine et du mage, elle verrait assurément l'activité maximale de la comète et serait forcément terrorisée par celle-ci. Le bruit de la machine surnaturelle couvrirait ses cris. Si la fortune accompagnait le serviteur, comme les autres femmes elle serait délivrée de son fardeau avant la fin de la nuit. Quant au mage, sous le contrecoup de l'enchantement, il serait comme drogué et ivre et rejoindrait sa chambre en titubant sans remarquer grand-chose des événements extérieurs.

La nuit vint. Le ciel était tout noir et toutes ses étoiles aveuglaient. Même la lune, lorsqu'elle monta à l'est, était opaque. Mais il y avait de la lumière à revendre. Tel un médaillon doré sur une chaîne en argent, la comète se tenait en stationnaire au-dessus de la Terre et la luminosité s'en déployait comme des ailes, chaque instant plus claire que le précédent. Tout le camaïeu des pierres était apparent ainsi que les couleurs des fleurs sur le coteau, plus bas, comme pris dans les rayons d'un début de matinée.

La machine se découpait en silhouette comme un jouet fait par un enfant géant à partir de bouts de métal, hormis le fait que, çà et là, de petites auras clignotantes montaient et descendaient le long des tuyaux, des tubes et des rouages. Le mage, occupé par ses ultimes préparatifs, n'était pas encore sorti sur le toit. Le serviteur apparut par un chemin dérobé et émergea d'une trappe en poussant la jeune demeurée devant lui. Elle avait les poignets entravés et il lui avait placé un tissu noir sur la tête pour que le spectacle de la comète fût pour elle une surprise.

Le domestique rabattit la trappe et attacha la corde liant les mains de la fille à l'anneau en fer. Il lui laissa si peu de mou qu'elle dut s'accroupir sur la trappe. Dans une telle position, il était peu probable que le mage, très absorbé, l'aperçût. En fait, ainsi que le serviteur le savait depuis longtemps, le mage voyait, entendait ou remarquait à peine ce qui n'avait aucun rapport avec sa science.

Lorsque le caillou terne de la lune fut une poêle dans le ciel et que l'éclat de la comète fut tel que celui d'un matin, le mage s'avança sur le toit et se dirigea droit vers la machine, ne regardant rien d'autre que l'objet tout là-haut.

Cette fois-ci, les leviers étaient prêts et le mage n'eut qu'à poser la main sur une résistance pour déclencher le processus. Ce faisant, il appela le serviteur.

— J'arrive, ô maître, s'écria celui-là sur son ton le plus servile.

Comme le bruit de l'engin démarrait, le serviteur courut aider le magicien après avoir arraché l'étoffe de sur la tête de sa dulcinée, l'abandonnant, à ce qu'il croyait, à une terreur insensée avec ses conséquences abortives.

Que se passa-t-il dans l'esprit dérangé de la fille ?

Contrairement à l'espoir du serviteur, au début, pas grand-chose. Le long de son existence, tout n'avait été que désarroi, rien n'avait eu de sens. Un désarroi de plus ne pouvait guère la bouleverser. De plus, le violeur balourd n'avait pas songé que, comme elle était restée plus de cent jours et cent nuits dans les ténèbres, sans profiter du soleil ni de la lune, elle ne pouvait que conclure que la comète était simplement le jour qui se levait et n'y rien trouver d'anormal.

Naturellement, ses yeux, affaiblis par l'obscurité de la caverne, furent blessés par la lumière et elle les couvrit de ses mains en gémissant. Il ne s'agissait point là de peur, mais d'une douleur de plus à ajouter au catalogue des souffrances qu'elle avait déjà connues. Elle acceptait la plupart des douleurs comme étant de peu de conséquence.

Mais alors, comme la comète devenait aussi brillante qu'une journée d'été en plein midi, un événement extraordinaire commença à se produire.

Les hommes, tandis que la logique et la raison s'amplifiaient en eux, avaient perdu la majeure partie de leurs talents instinctifs, talents qui, dans le cas des magiciens, devaient être généralement réappris. Grâce à cette formation, le mage avait pu comprendre que les rayons de la comète, loin d'être maléfiques, étaient un tonique, voire une panacée. Eût-il été un homme véritablement dévot, moins enfermé dans sa tête, il eût déclaré aux villageois :

— Restez et profitez de cet événement miraculeux. Placez vos malades là où ils pourront recevoir le maximum de particules et de rayons et l'effet en sera bénéfique.

Il avait préféré garder tout cela pour soi, de peur d'être importuné. Il avait aussi prévu de capter certains de ces bienfaits dans sa machine pour s'en servir dans l'avenir dans les arts de la guérison et de l'embellissement. Disons aussi que le mage s'intéressait aux effets que les radiations produiraient sur son affreux serviteur... mais il s'agissait là d'une expérience annexe. Quoi qu'il en fût, le mage savait que la comète devait être bien accueillie et non redoutée et le serviteur y était jusqu'à présent indifférent, car il lui avait dit qu'elle était incapable de lui faire du mal et aucun doute ne pouvait se faire jour en lui.

À l'inverse, les gens du village, ayant perdu toute conscience animale et ne sachant que faire d'autre, s'étaient enfuis.

Les animaux domestiques et toutes les autres créatures, ne sachant rien en particulier mais étant instinctivement sagaces, au lieu de s'enfuir, s'étaient *rassemblés*.

Comme la comète brillait de plus en plus fort, tous les oiseaux de la région se mirent à chanter leur chœur matinal le plus mélodieux et le plus luxuriant pour accueillir la grande lumière. Et, tout en chantant, ils volaient et tournoyaient comme des feuilles dans un tourbillon, pris d'un délire de plaisir. Les abeilles, les papillons et les scarabées emplissaient aussi l'air comme des joyaux volants. Les lézards et les serpents se déroulaient hors du sol et paressaient. Les chats, les lièvres et les renards arrivaient, les moutons que l'on avait abandonnés, les chèvres, un ocelot ; ils ne prêtaient pas attention les uns aux autres et se mirent à se rouler et à ronronner sur l'herbe. Les singes grands et petits piaillaient dans les arbres en se jetant joyeusement des gourdes. Les fleurs s'ouvraient en éventail. Les fruits mûrissaient et explosaient, emplissant l'air de senteurs de parfum et de vin. Même les pierres du manoir et celles du village en bas de la colline semblaient se relever, ouvrir leurs fentes comme des bouches assoiffées désirant boire la lumière dorée.

La machine magique en train de gronder noyait tous ces sons, hormis le chant de ravissement des oiseaux qui semblait les transpercer comme autant de clochettes tintinnabulantes. Elle eût assurément noyé les cris de l'innocente, eût-elle crié.

Dépourvue de raison, elle n'avait jamais rien appris en dehors du fait, peut-être, que la vie était cruelle et que ses frères et sœurs humains la détestaient. Dépourvue de raison, elle n'avait eu aucune cause de repousser ses instincts.

Elle protégea ses yeux de la lumière pendant environ une minute, mais son instinct la poussa à baisser les mains. L'eau coulant à flots sur son visage crasseux, elle leva donc franchement les yeux vers le cœur de la lumière. Comme ils étaient une panacée, les rayons aveuglants ne tardèrent pas à guérir la faiblesse de sa vue ; elle put donc voir et se réjouir de ce qu'elle vit.

Tout lui parut soudain magnifique à partir de l'endroit où elle était attachée. Les criquets émeraude qui dansaient sur les pierres au bord du toit, les oiseaux qui écrivaient des chansons d'un bout à l'autre du ciel, tout l'éclat de ce jour-dans-la-nuit. Et brutalement, pour la première fois depuis bien des années, voire depuis toujours, l'innocente éclata d'un rire de bonheur absolu.

Un rat couleur fauve était assis tout près sur le toit. Attiré comme le reste par la comète, il avait été interrompu dans son repas qui était constitué des reliefs de celui du mage. Il méditait maintenant sur la corde juteuse qui liait les mains de la fille à l'anneau de fer. À sa manière, le rat était également habitué aux mauvais traitements et il ne s'aventura pas plus près pendant un certain temps. Puis, voyant que la fille ne lui prêtait pas attention, il se glissa en avant et se mit à grignoter la fibre riche en sève et en graisse, lesquelles, marinant dans la lumière de la comète, étaient dignes d'un gourmet.

La fille découvrit soudain que ses mains étaient libres, mais ne se posa aucune question. Jamais elle ne s'en était posé.

Au même instant, la comète commença à se diversifier.

Le ciel, qui était noir derrière cet or, se changea en un bleu rosé somptueux, un bleu qui s'empourprait, chaud et adorable. Et, sur cette nappe de couleur, une pluie dorée commença à se déverser dans toutes les directions, comme des étincelles jaillissant d'un feu d'artifice. Puis les étincelles commencèrent à tomber sur la terre en chaînes scintillantes.

— Ecarte-toi bien, maintenant, mon ami, dit le magicien à son serviteur. (Même le mage avait été affecté.)

Mais le domestique était déjà à distance respectable de la machine grondante, bouche bée devant les cieux. La machine palpitait et vrombissait et des convulsions qui ressemblaient à des pierres précieuses allaient et venaient autour de ses rouages. Prestement, avec l'assurance d'un habitué, le magicien commença à entonner son mantra à quarante-sept syllabes. Lorsqu'il prononça les derniers mots, un zigzag doré descendit de l'air brillant et transperça la partie supérieure de l'engin où il resta planté. La machine poussa un cri sur un registre affolé. Des ondes d'électricité statique y pénétrèrent en palpitant à partir de l'éclair solaire pétrifiant et toujours visible et toutes les nuances du spectre se déversèrent sur la machine.

— Regarde ! s'écria faiblement le mage, presque hors de soi.

Il avisa alors autre chose.

Attirée, sans logique aucune, naturellement, plutôt comme un insecte séduit par une fleur aux couleurs brillantes, la jeune innocente traversa en courant les toits de la demeure pour se diriger tout droit sur la machine et sa tour céleste d'arcs-en-ciel.

— Arrête-la ! cria le mage au serviteur, mais celui-ci s'était écroulé, la bouche toujours ouverte.

Le mage essaya de jeter un sort, mais ses efforts avaient amenuisé ses capacités. Avant qu'il eût pu affirmer son pouvoir, la fille avait atteint la machine. Les phalènes vont se frotter au cœur flambant des bougies, puis ils meurent. Elle alla voler en plein cœur flambant des fragments de comète capturés par la machine qui frissonnait. Mais elle ne mourut pas. Loin de là.

Elle se serra contre l'armature de l'engin, la joue contre son nœud de tuyauterie. Son visage était en extase... transparent. Le mage émit un gémissement de chagrin en voyant que les lumières d'arc-en-ciel couraient désormais du ciel pour s'introduire dans la machine sonore... puis dans le corps de la fille.

Il n'avait jamais eu l'intention de construire un conducteur et une citerne. Ou un instrument de transmission directe.

Malgré le réconfort de la pluie solaire, il fut empli de déconvenue et de rage. De même que l'air se précipite pour remplir un vide, le pouvoir entrant dans la machine était aimanté par la vacuité de la fille. Il n'osa détacher la fille de l'engin. Cela risquait d'être dangereux pour celui-ci... comme s'il avait ôté une sangsue de la chair. Une explosion risquait de s'ensuivre, qui détruirait le manoir. Ou bien il risquait de recevoir directement la concentration de rayons cométaires. Il se savait trop encombré de ruse et de pensées civilisées pour pouvoir survivre à un contact aussi cru. Seul un idiot pouvait y survivre... un vase vide. Voilà : elle seule !

Il fut donc forcé de voir se disperser dans son corps féminin maigre et malsain cette énergie exceptionnelle pour la capture de laquelle il œuvrait depuis si longtemps.

CHAPITRE 3
FEU-DU-SOLEIL

Lorsque l'aube revint sur le ciel psychiquement nettoyé, l'averse dorée était terminée, les gaz magiques dispersés, absorbés et désormais invisibles. Le magicien avait aussi disparu : il était allé se coucher pour se lamenter d'un air on ne pouvait plus boudeur.

Bien au-delà du village, dans une avancée de collines, les villageois s'étaient abrités dans des cavernes et des crevasses... et avaient ainsi manqué la totalité du flot miraculeux de rayons cométaires.

Sur le toit oriental du manoir, un homme était assis, qui jouait avec un rat couleur fauve, le laissait courir en tous sens sur son corps et lui caressait de temps à autre le dos et les oreilles. Homme et rat semblaient tout à fait heureux de cette occupation.

L'homme était puissamment charpenté et apparemment très robuste. Sa peau était claire, propre et donnait l'impression d'être faite de bronze. Ses yeux étaient grands, attentifs, pleins de compassion. Au repos, son visage était curieusement attirant, presque beau, bien que ce ne fût que la beauté de la paix et de la quiétude.

Le ciel n'était pas seul à avoir été innondé. Cet homme n'était autre que le serviteur du magicien. Il est probable que s'il eût soupçonné ce que la comète allait faire de lui, lui aussi se fût enfui. Elle lui avait ôté les écailles de crasse que portaient son corps comme son esprit. Physiquement et spirituellement, elle l'avait relevé et avait lavé son ego de toute ignorance. Comme s'il était une commode, le moindre de ses tiroirs avait été brutalement ouvert, épousseté et rempli d'objets de valeur. Jamais plus il ne jouerait de vilains tours, ne brutaliserait ni ne violerait. Les désirs de sa chair seraient sains et rares seraient celles qui se refuseraient à lui. Par sa gentillesse et sa compréhension, désormais, cet homme gagnerait l'amour d'autrui.

Voilà donc ce qui était arrivé au serviteur sous l'averse de rayons.

Et qu'était-il donc arrivé à l'innocente qui avait enlacé la machine et par là même la source de pouvoir ?

À l'autre bout du toit oriental, une apparition dansait lentement avec ses ombres. Une jeune fille à l'allure de fée, propre et blanche comme une fleur, les cheveux dorés comme la vapeur du soleil, comme la chevelure de la comète elle-même. Ses mouvements étaient infantiles et pourtant gracieux. Elle regardait son ombre en dansant, ses propres bras, ses mains et ses pieds, emplie de plaisir et d'étonnement.

Finalement, elle se dirigea en dansant vers le serviteur du magicien et sourit au rat installé à cet instant sur son genou.

— Il ne faut pas que tu te fatigues, dit le domestique. Comprends-tu que tu attends un enfant et que j'en suis le père ?

— Oh, oui, dit la jeune fille. C'est vraiment magnifique.

— Cela aurait pu être encore plus magnifique si je n'avais abusé de toi. J'en suis navré. Mais je vais prendre soin de toi, dorénavant.

— Inutile. Je crois que j'aurais pu mettre au monde un monstre ou une créature déformée, mais même mes entrailles ont reçu ce grand feu du ciel. En moi se trouve maintenant quelque chose d'extrêmement beau.

Elle s'assit alors auprès du serviteur et lui prit la main. Elle avait elle-même tout d'une enfant, mais une enfant intelligente et confiante, aux pensées qui allaient bien au-delà de son âge réel.

— J'étais une créature sans raison et presque sans

âme, mais j'ai été transformée. Je soupçonne que je puis encore changer, mais pas encore. En attendant, vivrons-nous ici ? Jusqu'à la naissance du bébé ? Je suis impatiente de la voir, car elle sera exceptionnelle. Commencée par ton corps et le mien, mais formée à la lumière d'une étoile.

— Que tes cheveux sont beaux, dit le serviteur. Ils ont la senteur du tilleul et de la cannelle. Quel est ton nom ?

— Je n'en ai jamais eu.

— Je t'appellerai Feu-du-Soleil, à cause de tes cheveux tels qu'ils sont devenus.

Le rat couleur fauve vit qu'on ne s'intéressait plus à lui et courut rejoindre sa famille. Ayant été exposé aux rayons de la comète, il comprenait désormais une partie du langage des hommes. Il se vanta à ses femmes :

— Deux humains d'une beauté exceptionnelle m'ont caressé. L'homme m'a dit qu'il m'appellerait Feu-du-Soleil à cause de mon pelage.

— Oh, et ooh, firent ses femmes, qui lui léchèrent les moustaches avec tact pour lui montrer qu'elles croyaient la moindre de ses paroles.

Plus tard, lorsque le jour faiblit, ils remontèrent rendre visite au magicien et mangèrent le souper qui était apparu pour lui, comme d'habitude, par enchantement, et que ses nausées l'empêchaient de manger. Ils furent heureux de lui rendre ce service, finirent par renverser la cruche de vin et se mirent à chanter de bruyantes chansons de rats remontant à l'époque où leur race dominait le monde.

Le magicien, cependant, était retourné sur le toit.

Tandis que les espaces libres du crépuscule laissaient la place aux ailes de la nuit qui se refermaient, il observa le couple qui bavardait doucement et bizarrement en arpentant la colline.

— C'est bien ce que je pensais, marmotta le mage en voyant son serviteur courtois et galant qui cueillait un fruit sur un arbre et le donnait à la jeune fille. Mon désespoir me confond ! ajouta le mage en contemplant la vague luminosité immobile qui semblait émaner de la peau et de la chevelure éclatante de la fille.

Il s'appuya sur le rebord du toit et lança à son domestique :

— Je vais retourner en ville. Veux-tu m'accompagner ?

— Cher maître, dit le serviteur, si je puis t'aider, je viendrai volontiers. Mais je te demanderai alors la permission de revenir rejoindre ma femme.

Cela fut prononcé sur un ton si doux, avec un désir si évident de l'obliger, que le mage en fut empli de fureur.

Il se retourna et donna dans la machine magique un coup de pied sonore, puis repartit à grands pas pour ses appartements. Là, il invoqua une sorte d'appareil volant, emballa ses livres et ses instruments et évacua rapidement les lieux.

Les amants ne virent point son départ. Ils étaient entrelacés pour la première fois avec amour parmi les longues herbes de la colline.

Lorsque les villageois revinrent des cavernes en poussant devant eux leur bétail bêlant, ils découvrirent que les terres avaient quelque peu changé. Et, avec le passage des jours, des semaines et des mois, des modifications plus profondes se produisirent encore. Les hommes craignent tout changement ; cela fait partie de leur instinct de préservation et de défense. Mais, comme ces changements étaient bienfaisants, charmants ou gracieux, leur peur fondit peu à peu.

Dans toute la région où les radiations de la comète s'étaient dispersées, il ne se trouvait pas une plante ou un arbre mort qui n'eût arboré des feuilles ou des fleurs, pas un lieu bréhaigne qui n'eût commencé à se couvrir de pousses neuves. Les fruits avaient mûri avant la saison et, lorsqu'ils tombaient ou étaient cueillis, d'autres mûrissaient et s'ouvraient à leur place. Une moisson abondante envahit la terre et, comme un épi était fauché, un autre commençait à repousser, et ainsi de suite. Trois, quatre ou cinq fois la production habituelle du sol furent ainsi obtenues, et cela sur plusieurs décennies.

Il était une mine ancienne, depuis longtemps vidée de

tous ses minéraux. Cinq mois après la dispersion de la comète, les premières traces de cuivre et d'or y furent découvertes.

Des roses bleues, ces fleurs précieuses de la première terre, se mirent à s'épanouir sous les haies, à côté des fossés. Des orchidées émergèrent des fentes dans les murs.

Les félins sauvages n'attaquaient plus les troupeaux. Les renards ne se nourrissaient plus de poulets. Ici et là, des animaux se mettaient à parler (bien que la substance de leur conversation fût en général dénuée de toute conscience).

Et, avec le passage du temps, des arbres inconnus sortirent du sol, aux feuilles dorées et aux parfums entêtants. L'on découvrit dans les cours d'eau des poissons aux écailles dorées, dont la chair n'était pas comestible... mais, lorsqu'ils mouraient, ils se solidifiaient en métal pur et leurs yeux étaient des saphirs.

Une source jaillit de la roche au-dessus de l'étang où poussaient les roseaux. La chute d'eau produisait une musique dont les notes ressemblaient à celles d'une harpe.

Les villageois se disaient :

— Si autant d'excellence naît de ces lieux du fait de la lumière dans le ciel, elle n'était donc sûrement pas maléfique.

Une femme déclara :

— Si seulement nous ne nous étions pas enfuis. Si seulement nous avions attendu le bien et non le mal.

— Si seulement nous avions reçu cette flamme céleste, nous aurions aussi fleuri comme nos terres.

Ils avaient remarqué de surcroît que l'idiote avait enfin disparu. Le ciel avait ôté la malédiction. Le ciel avait envoyé la lumière. Ils bénissaient les dieux.

À peine remarquée, totalement méconnue, Feu-du-Soleil habitait près de la cascade musicale en compagnie de son mari. Leur maison était une cabane de boue et de branchages dont le jardin était le monde extérieur.

Ils passaient joyeusement leurs jours et leurs nuits dans ce jardin. Des animaux accouraient pour jouer avec eux. Des aliments jaillissaient du sol et des arbres pour les nourrir. L'eau chantait et l'homme apprit à chanter grâce à elle et fit des chansons par lui-même. Et Feu-du-Soleil coupait les roseaux pour les tresser en formes fantastiques : des barques délicates, des cages à oiseaux fragiles, des figurines élancées, et elle laissait tout cela au bord de l'étang. Les femmes qui venaient s'y baigner ramassaient ces jouets, s'émerveillaient de la complexité de leur conception et les emportaient chez elles. Elles laissaient en échange des pièces, des cruches de miel et des objets de ménage.

Chaque matin, Feu-du-Soleil embrassait l'homme endormi allongé à son côté. Lorsqu'elle tissait les roseaux, elle parlait doucement à l'enfant dans son sein.

— Mon amour, je ne serai jamais aussi proche de toi que maintenant.

Et la nuit, parfois, Feu-du-Soleil marchait seule autour de l'étang. Elle plongeait son regard dans les yeux des étoiles. L'homme venait alors lui demander :

— Es-tu dans le désarroi ?

— Non, il n'est et ne sera en moi nul désarroi.

Mais son âme et son esprit étaient au loin, très loin, s'envolaient dans l'éther comme deux plumes attachées ensemble par un fil soyeux.

— Je pense, dit-il, que tu ne seras pas toujours auprès de moi. Déjà, tu voyages vers un autre lieu.

Elle l'enlaçait alors et sa chevelure et sa peau luisaient dans les ténèbres. Les phalènes voletaient jusqu'à elle comme si elle était une lampe et les guêpes nocturnes qui rendaient visite aux fleurs aquatiques pour leur prendre leur nectar se perchaient sur le bout de ses doigts. Elle grossit du fait de l'enfant, mais de manière nette et agréable.

— Que je suis impatiente de pouvoir te contempler, disait-elle à l'enfant du viol et de l'horreur, qui était devenu l'enfant de l'innocence et de la flamme éthérée.

Un jour, alors que l'homme avait quitté leur demeure pour cueillir des gourdes sauvages, Feu-du-Soleil fut prise de douleurs. Dans son innocence, la jeune fille n'éprouva aucune peur. Les douleurs avaient quelque chose de parfait, qui l'encourageait, et elle avait la capacité de les supporter. Elle en connaissait d'ailleurs l'origine et son inconfort se mêlait d'impatience. Très bientôt, la visiteuse qu'elle attendait serait devant elle. Elle se préparait dans la simplicité de ses instincts animaux. La lumière l'avait rendue forte. Son travail fut bref.

Une heure et quelque après midi, lorsque l'homme franchit le rideau d'arbrisseaux qui surmontaient la cascade, il entendit un bébé pleurer, laissa tomber les gourdes qu'il avait cueillies et se précipita vers la cabane.

Lorsqu'il atteignit la maison, tout était en ordre, et Feu-du-Soleil était assise avec son enfant qui ne pleurait plus mais buvait à son sein.

Lorsque l'enfant s'endormit, ils la contemplèrent. Le nouveau-né était pâle comme un lys et, sur son petit crâne, fins comme une brume matinale, fleurissaient des cheveux de lys les plus pâles qui fussent.

Elle avait trois parents : un homme, une femme et une comète. Pourtant, chez elle, l'éclat du soleil était devenu la lueur de la lune. Elle ne luisait point dans la nuit comme sa mère. Seule luisait la beauté du bébé. Elle serra les poings autour des doigts de la femme et de l'homme. Une goutte tomba du sein de Feu-du-Soleil jusqu'au sol et rayonna un instant comme une perle laiteuse avant que la terre la bût avec plaisir. Plus tard, une fleur poussa à cet endroit.

— Soveh, roucoula la femme.

Soveh était le nom qu'elle avait choisi pour son bébé. L'homme ne discuta point, car Soveh signifiait *flamme.*

Dans les ténèbres du coin de l'habitation, l'homme était caché et des larmes lui coulèrent sur le visage, car il savait que sa femme ne tarderait pas à le quitter et il savait que l'enfant n'était pas destinée à rester avec lui ; il savait aussi qu'il avait la capacité d'éprouver des sentiments et qu'il devait être doucement et tristement puni pour sa méchanceté précédente.

Pendant près d'un an, parents et enfant vécurent ensemble. Feu-du-Soleil faisait avec les roseaux des jouets pour son bébé. L'homme fabriqua un berceau avec les branchages. Parfois, ils riaient et chantaient, et parfois ils restaient silencieux. Parfois, l'homme et la femme faisaient l'amour et l'enfant les regardait avec tendresse.

Mais souvent, au sein de la nuit, l'homme qui avait été le serviteur du magicien se réveillait seul auprès de l'enfant. Il allait à l'entrée de la cabane et apercevait une flamme de chandelle qui glissait le long de la rive de l'étang et une seconde flamme qui se reflétait dans l'eau. Au début, il crut qu'il s'agissait d'un feu follet ou de phosphore, mais, comme la flamme se déplaçait, il se rendit compte que ce n'était point une créature élémentaire, mais Feu-du-Soleil, sa femme.

Vint alors une nuit, alors que l'année touchait à sa fin, où il observa Feu-du-Soleil qui marchait près de l'eau, poupée de verre doré, éclairée de l'intérieur par un charbon argenté.

Elle finit par le rejoindre, pleine de regret et de joie, l'air étrangement et inévitablement lointaine.

— Tu vas donc partir, dit-il.

Il ne lui laissa point voir sa tristesse pour ne pas gâcher son départ.

— Il doit en être ainsi. Je ne crois pas que je conserverai longtemps cette forme. Si la période où j'ai été femme en ayant conscience fut brève, quelle douceur n'ai-je point partagée avec toi et notre fille ? Je suis désolée de te quitter mais je ne dois point l'être, car telle est ma destinée. Le feu du ciel qui m'a donné la vie me rappelle désormais.

— N'as-tu aucune crainte ? chuchota-t-il, car il distinguait ses os à travers la peau, semblables à des tiges de cristal, et des constellations brûlantes s'étaient développées dans ses yeux.

— Un enfant n'a point peur de grandir, ni un fleuve de retourner à l'océan.

Ils entrèrent ensemble dans la cabane et considérèrent le bébé qui avait reçu le nom de Soveh.

— Je suppose, dit Feu-du-Soleil, que notre enfant ne pourra vivre comme les autres enfants, et que son avenir ne pourra être banal. Il te faudra guetter les présages. Les événements te montreront ce que tu dois lui octroyer.

— Ne pourrai-je donc la garder ?

— Pas davantage que la lumière de la lune dans une cage.

Il ne put rester coi à ces paroles.

— Lorsque je serai seul, je mourrai.

— Garde-toi en vie et apprends, lui dit-elle.

Au matin, elle avait disparu.

L'on dit que des bergers sur les collines voisines aperçurent une femme qui marchait sur les coteaux et que l'un d'eux s'exclama qu'elle était vêtue d'or, et un autre que ses vêtements étaient éclairés. Mais un troisième déclara que, comme le soleil franchissait le seuil de la terre, une étoile topaze s'envola comme un oiseau et traversa le ciel en tournoyant pour aller à la rencontre de l'aube. Il était à ce point brillant, cet oiseau stellaire, qu'il eut de la peine à le regarder, et pourtant, selon lui, il avait la forme d'une jeune fille de métal fondu, bien qu'elle fût dotée d'ailes comme une colombe...

Il y avait une femme au village, l'épouse du coupeur de roseaux. Un peu plus de deux ans auparavant, elle était allée se baigner et couper elle-même des roseaux à l'étang. Là, le serviteur hideux du mage lui avait sauté dessus et elle l'avait poignardé à la cuisse. Bientôt, alors qu'elle préparait le souper de son mari, l'oiseau messager du magicien était venu la morigéner, son mari s'était interposé entre elle et le messager et il avait envoyé des répliques sévères au magicien. Lorsque l'oiseau s'était humblement retiré, la femme s'était approchée de son mari et l'avait enlacé.

— Que tu es brave et malin ! l'avait-elle loué.

Ils avaient alors laissé brûler le souper et s'étaient couchés. Lorsque la comète était apparue au-dessus du village, ils s'étaient enfuis avec tous leurs voisins. Mais, bien que la femme attendît un enfant, elle était de celles qui ne l'avaient pas perdu. Elle avait pris soin d'éviter que les rayons surnaturels ne la touchent et, par la suite, avait repris sa vie au village avec les autres gens. Au moment prévu, elle mit au monde une fillette en excellente santé, dont chacun de ceux qui la voyait s'accordait à dire qu'elle était extrêmement charmante. Ainsi qu'on le disait et qu'on le dit de tous les nouveau-nés.

Vint un matin où la femme se trouvait encore une fois à l'étang pour y couper des roseaux, son enfant en sécurité dans son petit panier, ou du moins le pensait-elle. Il faisait très chaud et la femme travaillait lentement en chantant au rythme des harmonies de la cascade. Son esprit se mit à songer aux miracles qu'avait connus le pays et le rythme de son couteau l'hypnotisait partiellement, elle coupait et coupait les tiges vert-gris... L'enfant, cependant, s'était débrouillé pour rouler hors de son petit nid. Il pénétra alors parmi les roseaux qui, à ses yeux mal ajustés, ressemblaient à une jungle absurde, et se mit à ramper. Sur les piliers des roseaux, les araignées semblables à des dattes vertes le regardèrent de leurs multiples yeux en groseille qu'elles portaient sur la tête comme des casquettes de joyaux. Des scarabées malins et cuirassés décampèrent devant ses petites mains molles avec force bruits, en faisant claquer leurs longues cornes.

La mère marqua une pause pour se reposer et leva les yeux ; elle eut un halètement d'horreur. À quelque cinquante pas, son enfant était en train de tituber comme une ivrognesse au bord de l'eau. Avant de pouvoir s'en empêcher, la femme lâcha un grand cri d'alarme. L'enfant sursauta et perdit l'équilibre. L'eau s'ouvrit comme de la mélasse pour la recevoir. Puis la surface se referma pour ne plus laisser reparaître l'enfant.

La femme du coupeur de roseaux se mit à hurler et se serait immédiatement jetée dans l'étang si un homme ne s'était précipité parmi les roseaux pour plonger au plus profond de l'eau. Sans un mot, dans cette télépathie de passion humaine qui se produit parfois, la femme sut que cet étranger avait dû voir sa fillette au moment où elle tombait et s'était rué à son secours. Elle fit donc le tour de l'étang en suivant la rive, sanglotant des prières de terreur et de frustration, tout en voyant la vase noire qui remontait à la surface du fait de l'activité du plongeur.

Il s'était alors écoulé suffisamment de temps pour que tout autre que la mère fût convaincu que l'enfant était morte. Mais elle, naturellement, ne voulait croire cela. Finalement, la sinistre preuve apparut. L'homme sortit une nouvelle fois de l'eau, portant cette fois-ci quelque chose dans les bras. C'était un ballot tout couvert de vase. On eût dit qu'il venait de remonter un paquet de boue qu'il offrit, présent incongru, à la pauvre mère ; mais l'expression défaite peinte sur son visage était tout à fait explicite.

La femme du coupeur de roseaux ne regarda pas le visage de l'homme, mais seulement l'objet noir et bizarre qu'il lui tendait. Elle donna l'impression de ne pas le reconnaître, car elle recula du bord de l'étang devant l'homme et le ballot, se mit de nouveau à hurler et tapa des poings sur le sol.

À cet instant, l'homme, le serviteur du magicien qui vivait près de l'étang, entendit un bêlement de chèvre. Sur l'autre rive venaient d'arriver la petite chèvre blanche qui donnait du lait à sa propre enfant, ainsi que la petite Flamme. L'homme ne voulut point voir se renouveler la tragédie, déposa le macabre fardeau boueux dans les roseaux et remonta sur la rive pour prendre sa progéniture entre ses bras. Soveh, déconcertée par les cris de la femme et trempée par les vêtements de son père, lança un hurlement de désapprobation aussi pénétrant qu'un mince fil en or.

Ce son transperça l'oreille de la mère, malgré ses propres cris. Elle eut l'impression d'entendre sonner dans sa tête une cloche qui lui disait : *Écoute, écoute ! C'est bien ce que tu pensais. Ton enfant ne peut mourir.*

Un battement de cœur, et la femme fut dans l'étang, nagea frénétiquement jusqu'à l'endroit où se tenait l'homme avec la petite fille dans les bras. Lui, surpris, se contenta de regarder la femme qui, elle aussi, sortit de l'eau et remonta sur la rive. Elle tendit soudain les mains et lui arracha l'enfant des bras.

— Tu lui as rendu la vie... Oh, sois mille fois béni. Tu le seras mille de plus par son père lorsqu'il l'apprendra.

L'homme, qui vivait désormais dans une sereine naïveté, ne trouva pas ses mots devant cette mélopée, mais il finit pas désigner les roseaux où il avait déposé l'enfant noyée et s'écria :

— Hélas, c'est ma propre fille que tu viens de prendre. La tienne gît là-bas.

À ces mots, la femme du coupeur de roseaux sembla prise de folie. Son visage se ratatina sur son armature et le sang lui engorgea les yeux.

— Sale escroc ! hurla-t-elle. Vouloir me donner un tas de boue pour me faire croire que c'est mon enfant morte ! Avec l'intention de garder mon bébé dans je ne sais quel but ! *Mon* bébé, encore toute mouillée, je le sens bien.

Il devait y avoir une certaine ressemblance superficielle entre les deux petites filles, ou bien elle n'aurait assurément pu s'abuser à ce point. Nul doute, toutes deux étaient blondes et du même âge. Pourtant, il semble bizarre qu'une mère ne pût reconnaître sa propre enfant, qui était éclose dans son corps, qu'elle avait nourrie de ses propres seins, bercée pour l'endormir, et portée avec elle près de deux ans, d'abord dans ses entrailles, puis sur ses épaules. Mais il y a aussi ceci : c'était son cri instinctif qui avait précipité son bébé dans l'eau. Un acte irréfléchi, meurtrier par inadvertance. Le sentiment de culpabilité, en ce temps-là, était un chien fou qui se mordait la queue. Peut-être cette mère voulait-elle se tromper avant de sentir ses crocs se serrer sur son cœur.

— Vil voleur, s'exclama-t-elle. Quel méfait combinais-tu ? Tuer et manger ma fille, peut-être ? Ou pratiquer des actes encore plus affreux ?

Alors, tandis qu'elle déblatérait ainsi, elle aperçut une cicatrice bleuâtre sur sa cuisse. Ce fut pour elle comme une gorgée d'alcool fort, car le souvenir lui revint brutalement : celui du violeur et de son couteau. Elle le reconnut en un éclair de haine rouge sang et se retourna et s'enfuit en serrant son fardeau contre elle. Elle traduisit ses lamentations en peur de l'homme diabolique qui s'était saisi de l'enfant. Non en peur de l'acte qu'elle venait de commettre elle-même.

L'homme resta interdit en fixant la femme affolée. Pourtant, comme elle fuyait, il voulut la poursuivre, mais la petite chèvre lui barra la route. Il baissa les yeux et se rappela Feu-du-Soleil qui avait joué avec la chèvre. Puis Feu-du-Soleil parut dire dans sa tête : *Les événements te montreront ce que tu dois lui octroyer*. Il se rappela également qu'il avait deviné que cela devait être son châtiment. Il ne suivit donc pas la femme et se mit à pleurer ; la petite chèvre se frotta contre lui, il la prit entre ses bras et pleura sur ses longs poils blancs, ses larmes semblables à un chant amer suivant la musique de la cascade.

La femme, s'étant elle-même convaincue, convainquit son mari et presque tout le village. Mais lorsqu'ils voulurent retrouver le scélérat pour l'occire, il avait disparu. Seuls furent retrouvés la cabane, quelques-uns des jouets en osier qu'avait fabriqués Feu-du-Soleil et un berceau vide. Les villageois brûlèrent tout cela sans scrupules. Et, à la lumière du feu, dans les roseaux au bord de l'eau, araignées et scarabées festoyèrent.

Il est probable que, pendant un mois ou deux, certains firent cette remarque à la femme :

— Que ta fille paraît différente. Ce doit être l'accident qui a laissé sa marque sur elle. Mais elle n'en est que plus jolie.

La femme souriait alors. (Bien que, dans les dernières heures de la nuit, elle souffrît souvent d'un cauchemar et vît un minuscule paquet d'os à travers lesquels poussaient des roseaux verts.)

L'enfant ne s'appelait plus Soveh, c'est-à-dire Flamme. Elle prit le nom de l'autre fillette. Ce nom n'est pas resté dans la mémoire, mais elle était fort belle et devint plus jolie encore. Feu-du-Soleil ayant donné la Flamme-de-Lune. Elle qui aurait pu naître monstrueuse, titubante, hideuse et dépourvue de raison, transmuée par la lumière de la comète.

Mais son côté remarquable commença à faire d'elle une personne à part. Bien qu'elle fût modeste et douce, sa retenue même, sa douceur, alliées à son extraordinaire préciosité, la placèrent à l'intérieur d'une coque de cristal.

On la voyait, on lui parlait, elle répondait et on l'entendait. Pourtant, qui peut traverser de la main une coque de cristal ? Et qui peut aimer à travers celle-ci ?

CHAPITRE 4
FLAMME-DE-LUNE

L'enfant grandit. Elle avait quinze ans. Elle était très belle. Elle était distante, peut-être impossible à atteindre.

Les autres jeunes du village réagissaient étrangement vis-à-vis d'elle. Avec l'instinct fréquemment juste des enfants, ils surent dès le départ qu'elle n'était pas l'une d'eux. Pourtant, ils ne la craignaient ni ne la détestaient. Elle était calme, paisible dans sa beauté. S'ils étaient malheureux ou dans le désarroi et que leurs parents n'étaient pas disponibles, ils allaient la voir, même lorsqu'elle n'avait que trois ou quatre ans, et elle parvenait mystérieusement à les réconforter et les apaiser. Ils la traitaient comme une adulte, une adulte de leur taille et de leur âge, mais plus sage qu'eux. Par certains côtés, en tant qu'enfants, ils étaient fiers d'elle. Lorsque venaient des visiteurs, on les emmenait voir la fille du coupeur de roseaux, qui s'était noyée et avait repris vie. Elle était un objet de curiosité typique, presque un spectacle saint, bien qu'ils ne la reconnussent point comme telle, ne le voulussent ni ne le pussent.

Puis elle grandit et les enfants du village commencèrent à être obsédés par elle. Les fillettes s'asseyaient auprès d'elle et lui disaient tout ce qu'elles avaient sur le cœur, impatientes d'avoir ses réponses paisibles. Les garçons évitaient ses yeux qui semblaient soudain plus bleus que le ciel et considéraient avidement sa minceur fluide, son voile de cheveux couleur de platine. Ils pensaient à elle en s'occupant de leurs troupeaux, en labourant le sol, en moissonnant ou en martelant les pièces métalliques sur l'enclume. Ils pensaient aussi à elle lorsqu'ils s'allongeaient sur le corps d'une autre fille, ou avec les sympathiques catins de la taverne qui venait de s'établir dans le manoir sur la colline. Mais, alors même qu'ils songeaient à copuler avec la fille du coupeur de roseaux, un certain sens inné d'anomalie les envahissait. Ce n'était pas qu'elle ne fût point désirable. Ce n'était pas qu'elle ne fût point emplie à ras bords des promesses et des formes de la béatitude. Ni qu'ils n'eussent décelé de passion en elle, car tout en elle était passion au-delà de toute expression, une quiétude passionnée, comme celle d'une fleur fermée en train de dormir, la passion de ce qui attend de se libérer, de fleurir, de déborder ses propres limites... et chacun se demandait : Serai-je celui qui la libérera ? Mais il y avait autre chose qui dépassait tout cela. La coque de cristal, vaguement perçue psychiquement, au sein de laquelle reposait cette fleur.

Toutefois, l'aspiration humaine est souvent aveugle, sa devise étant : *Je veux, donc j'aurai.* Ce qui est une excellente chose dans certains cas, mais une folie dans celui-ci.

Les jeunes hommes commencèrent à demander la jeune fille en mariage.

Les parents pleins de fierté avaient moins conscience des qualités inaccoutumées de leur enfant, car ils savaient uniquement qu'il s'agissait de la meilleure fille du monde, la plus jolie, la plus obéissante et la plus vertueuse... tout cela, ils le considéraient comme normal, puisqu'elle était leur fille et ne pouvait donc être que parfaite. Mais leur plaisir fut alors doublé, car ils reçurent une proposition de mariage de la part du fils du riche forgeron, puis une autre du fils du gros propriétaire terrien qui possédait plus de deux cents oliviers et plus de deux cents chèvres. Puis une proposition de chacun des trois fils du boulanger. Et une autre du frère cadet du vigneron. Puis (oh, ne parlons point de celle-là) une offre de la nièce du soyeux qui habitait en ville et, venue au village, avait observé la fille du coupeur de roseaux à travers la fenêtre de son carrosse.

— N'est-ce pas magnifique ? demanda le coupeur de roseaux à sa fille.

Et il se mit en devoir de lui parler de chacun des jeunes hommes qui avaient demandé sa main, vantant leurs charmes et leurs qualités. Puisqu'il était honnête homme, il ne favorisa point les plus fortunés, mais distribua à mesures égales.

La jeune fille ne bougea pas, aussi muette qu'une feuille, et son père fut enchanté de sa modestie. Chose étrange, ce fut la mère rayonnante qui se sentit mal à l'aise et cessa lentement de rayonner. La mère songeait à l'étang vert et à l'enfant morte qui était revenue d'entre les morts, transformée d'un cadavre ou d'un tas de boue en un bébé bien vivant. La mère eut l'impression de distinguer un miroitement léger qui jouait sur sa progéniture miraculée, mais il ne s'agissait probablement que du soleil estival qui passait par la porte. La mère voulut poser la main sur le bras de son mari et murmurer : « Ne dis plus rien. » Mais ce n'était probablement qu'une peur maternelle de perdre sa fille.

— Bon, fit le père à la fin de sa récitation, tu peux disposer d'autant de jours que tu voudras pour décider lequel tu choisiras. C'est un choix difficile, car ils sont nombreux à être beaux, et plusieurs sont fortunés. Mais rappelle-toi : ne pense pas uniquement à l'argent. Ta mère et moi sommes pauvres, mais nous avons toujours trouvé le bonheur l'un dans l'autre.

La jeune fille leva la tête. Elle leur adressa un sourire qui était comme une bénédiction, mais elle répondit :

— Il n'est aucun homme que j'aie rencontré avec qui je désirerais vivre.

Le père fut bouleversé. C'était un homme et il pensait que les hommes étaient d'excellentes personnes.

— Allons. Voilà une façon stupide de parler. Quel avenir meilleur pourrais-tu trouver que dans celui d'épouse ?

Elle avait toujours été obéissante et douce. Elle avait toujours été aimante, attentive et calme. Elle avait été également robuste et bizarrement sagace, mais cela leur avait échappé, car ils avaient confondu l'un avec l'autre. Pourtant, elle leur dit doucement et précautionneusement :

— Je ne désire point me marier. Ma réponse à chacun d'entre eux est *non.*

Le père en resta interdit. Ce n'était pas un homme sévère, mais la colère se mit à bouillonner en lui. Comme il ne put obtenir d'elle d'autre réponse, il commença à tempêter et pester.

— Il le faut. Tu te marieras.

— *Non,* répondit-elle d'une voix qui était comme une goutte d'eau qui tombe sur une pierre, la même goutte qui s'écrase sans cesse pendant des années.

— Tu ne me diras pas *non !* lança-t-il.

Et il l'enferma dans la maison et ne la laissa point sortir. Il la fit s'asseoir parmi les pots en argile près de la cheminée. Comme elle lui répondait toujours *non,* il força sa femme à ne lui donner que du pain à manger et de l'eau à boire. Il ne ressemblait plus à lui-même, car il ne pouvait comprendre. Sa femme pleurait nerveusement et suppliait sa fille d'entendre raison. Le soleil se glissait par la porte et touchait la jeune fille au pied, à la cheville et au poignet, et chuchotait : « Dis oui, et vis en liberté : nous jouerons ensemble. » Ou bien le parfum des fleurs entrait et faisait : « Dis oui, et vis en liberté : je te couvrirai de guirlandes. » Ou bien les oiseaux lui chantaient une chanson qui disait : « Chacun de nous a un compagnon et trouve la joie dans cette compagnie. Dis oui, dis oui. » Mais elle continua de dire *non.*

Au bout d'une semaine, le père reprit ses sens. Il entra dans la maison et prit sa fille entre ses bras. Il lui mit une orange dans une main et une cruche de vin dans l'autre.

— J'ai été bête, dit-il, de ne point respecter la témérité d'une jeune fille. Il faut que tu me pardonnes. (Puis il lui passa au doigt une grosse bague en or.) Je n'aurais pas dû te laisser choisir. J'ai pris conscience de mon erreur et j'ai choisi pour toi. Voici l'engagement du fils du propriétaire terrien. Dans un mois, tu passeras avec lui devant l'ancien et vous serez mariés.

Il marqua alors un temps d'arrêt en observant sa fille, comme s'il s'attendait à un éclat de colère. Mais elle se contenta de lever ses yeux turquoise et lui adressa un regard sans reproche ni hystérie.

— Tu t'imagines avoir agi pour le mieux. Je ne peux que le regretter.

Devant cette autorité inflexible et la couleur de ses yeux, la colère se ralluma chez le coupeur de roseaux. Il leva le poing pour la frapper à la tête, mais sa femme lui saisit la main et la retint.

— Réfléchis un instant, s'écria-t-elle. De quoi aurions-nous l'air ? Notre fille dévoilée à la noce avec un anneau en or au doigt et un anneau noir à l'œil !

Elle ne pouvait connaître sa curieuse naissance, cette flamme-de-lune-là. Comment l'aurait-elle pu ? Qui y aurait-il eu pour lui en parler, une fois qu'elle avait atteint l'âge de raison ? Assurément, elle ne savait rien, car les étoiles ne l'appelaient point, ni le soleil, ainsi que l'avaient fait pour sa véritable mère ces êtres cosmiques. Elle vivait parmi les hommes, l'enfant de la comète, et grandissait parmi eux. Elle n'avait jamais protesté ni tenté d'échapper à sa fortune. Jusqu'alors, elle n'avait jamais rien refusé de raisonnable.

Qu'est-ce qui la motivait donc ? Une secrète compréhension intuitive de sa nature ? Elle était la fleur à l'intérieur du cristal. De quoi étaient faits son esprit et sa volonté ?

C'est peut-être un fait que, pour ceux qui sont véritablement bons, la vie et les habitudes humaines, et le bien lui-même, sont des choses très simples. Ce qui, pour les autres, apparaissait comme de la vertu, n'était pour elle que son état naturel. Elle n'avait pas décidé d'être bonne. Elle était naturellement bonne, ainsi que d'autres respiraient. La haine, l'amertume, l'envie et le désespoir, ces quatre serpents venimeux qui rongent le foie de l'humanité, ne pouvaient l'atteindre. Mais, vis-à-vis de soi, elle n'était rien d'exceptionnel ; elle n'était qu'elle-même. Et son sentiment d'attente inexpliquée, qui était total, d'un dessein inexplicable, qui était absolu, faisait également partie d'elle-même comme tout le reste. Elle ne protesta point auprès du coupeur de roseaux, bien qu'elle n'acquiesçât en rien à son plan. Elle n'émit pas davantage de protestations auprès des femmes qui vinrent préparer ses habits de noce, ni auprès des voisines qui lui apportèrent des cadeaux. Lorsqu'un ou deux des jeunes hommes qui n'avaient pu obtenir sa main vinrent rôder autour de chez elle avec des expressions hébétées, elle alla vers eux et, détail curieux et en porte à faux, comme par le passé, s'avéra capable de les consoler. Lorsque le fils du propriétaire terrien arriva, son beau visage rendu pâle par les sentiments, elle se montra courtoise envers lui et ne refusa point l'hommage de son baiser. Ce ne fut que lorsqu'il se vanta en lui disant : « Je pense que tu n'auras point à te lamenter de m'épouser, car c'est là ce que tu souhaites », qu'elle répondit paisiblement : « Je ne le souhaite pas. »

Une scène s'ensuivit naturellement. Le coupeur de roseaux apaisa le fiancé. On entendit le serviteur hautain du fiancé faire remarquer que le propriétaire terrien ne désirait pas davantage ce mariage et ne l'avait accepté que par crainte que le jeune homme ne se suicidât.

Lorsque les invités furent partis, le coupeur de roseaux se précipita à l'extérieur pour éviter de battre sa fille s'il restait à l'intérieur.

Cependant, le jour des noces arriva bientôt.

Les femmes vinrent avec leurs chansons et leurs fleurs et escortèrent la jeune fille jusqu'à la porte de l'ancien. Là, vêtue de ses atours brodés, elle fut mariée au fils du propriétaire terrien, qui leva alors son voile et le déchira en deux en signe de rupture de sa virginité.

Dans un carrosse tiré par des juments blanches comme des colombes, les deux époux furent conduits jusque chez le propriétaire terrien ; là, avec tout le village, ils festoyèrent parmi les tamaris, les oliviers et les paons domestiques.

L'après-midi expira, le soleil prit poliment congé et les ténèbres suivirent à contrecœur. Mais le banquet et les danses continuèrent et les étoiles ne tardèrent pas à sortir. Elles ne purent voir la mariée, car elle venait d'entrer dans la maison, conduite par ses nouvelles domestiques, qui l'emmenèrent jusqu'à une chambre éclairée de lampes parfumées et tapissée de draperies soyeuses. Là, elles la déshabillèrent, la parfumèrent de la même manière qu'avaient été parfumées les lampes, et la revêtirent de draperies de soie de la même manière qu'avaient été couverts le lit et les murs. Ce faisant, les servantes s'émerveillèrent à voix haute devant sa grâce extrême, ainsi que l'exigeait l'étiquette. Elles portaient tant d'attention à leurs compliments qu'elles ne virent point que tout ce qu'elles disaient était exact. En vérité, elle était mince et souple comme une tige de lotus, ses seins étaient vraiment comme des clochettes de mélianthe. Ses reins et ses membres étaient assurément un régal pour les yeux, les mains et tous les sens ; sa chevelure une fontaine d'étoiles, ses yeux comme le lac sacré de Bhelsheved. Pour une fois, ce qu'elles dirent n'était que vérité, mais les femmes le remarquèrent à peine. Si on leur avait demandé par la suite si la mariée était belle, elles auraient répondu : « Oui, assez. » Elle était pourtant comme la pleine lune qui luit sur la mer. Elle était comme le matin du matin.

Ce fut peut-être cette expression qui flambait doucement à travers sa robe de soie, la chute luisante de ses cheveux, qui arrêtèrent le jeune homme lorsqu'il la rejoignit. Il était brûlant de boisson et de désir, mais peut-être manquait-il aussi un peu de certitude.

— Mon père a enfin admis que ton absence de dot est largement compensée par ta beauté, annonça-t-il toutefois.

Il s'approcha alors et l'enlaça. Il le fit avec art. L'amour était une occupation dans laquelle il était versé et il avait appris ses talents avec diligence. Il caressa et embrassa sa jeune épouse en cherchant à produire les réactions auxquelles il était habitué. Mais, petit à petit, une prise de conscience terrible se fit jour en lui.

Ce n'était pas qu'elle fût froide envers lui, car, comme toujours, elle était tendre et douce. Mais elle ne s'enflammait pas à son contact et ne reculait pas davantage par timidité. Elle semblait connaître tout ce qu'il pouvait faire, et pourtant indifférente, ou plutôt distante. C'était à la coque de cristal qu'il faisait l'amour, et non à la fleur. Il n'arrivait pas jusqu'à elle. En découvrant cela, une fureur terrifiante aurait pu l'envahir. Il eût pu la forcer, son désir ne pouvant être repoussé. Mais il ne ressentit aucune fureur et ne tarda pas à ne plus ressentir le moindre désir. Sa passion sombra et s'endormit en lui, et il n'en fut ni incommodé ni chagriné. Il se trouva uniquement intrigué.

— Est-ce là un enchantement que tu as créé ? dit-il enfin. Un sort pour me rendre impuissant ?

Mais il ne croyait pas vraiment cela, car il n'avait souffert d'aucun mauvais pressentiment.

— Ta virilité est assurée avec les autres, dit-elle. Mais je ne suis pas pour toi, ni pour aucun homme, je crois.

Il blêmit alors et chuchota :

— Les dieux eux-mêmes sont-ils responsables de cela ?

— Je l'ignore.

Il resta longtemps à boire du vin et, finalement, éclata de rire et lui dit qu'ils étaient des idiots : il allait quand même coucher avec elle. Elle s'allongea avec lui, sans regimber, mais le même phénomène se reproduisit, sans douleur ni résultat. L'impulsion du viol, du courroux ou de la peur ne pénétra point davantage dans la tête du jeune homme, bien qu'une profonde tristesse entrât en son cœur.

Il s'endormit alors dans ses bras, qui étaient toujours ceux d'une vierge ; ainsi se passa la nuit de noce.

Au matin, il fut honteux, mais elle le raisonna prudemment et démêla les fils de son anxiété pour restaurer sa fierté.

Lorsque le père fortuné vint donc les féliciter et les taquiner et les femmes constater la marque sur le drap nuptial (ou, si nécessaire, falsifier les gouttes de sang), ils découvrirent le couple tranquillement assis en train de jouer aux dames.

Déconcerté mais voyant que son fils était le maître et

la fille l'élève dans ce jeu, le père présuma qu'il s'agissait là d'un symbole du rituel amoureux de la nuit.

— Ta femme accepte-t-elle bien tes instructions, mon fils ?

Le jeune homme leva son visage triste et calme et répondit :

— Hélas, elle n'est point ma femme. Et elle ne pourra l'être.

Les femmes avaient découvert le lit immaculé, dépourvu de la moindre tache, et se tordaient les mains d'inquiétude.

— Existe-t-il quelque obstacle ? voulut savoir le père qui regarda la fille et n'en put en découvrir aucun.

Il ne pouvait donc s'agir que d'un détail horrible et dissimulé. Mais son fils lui parla toujours aussi calmement.

— L'obstacle est la volonté des dieux. Ce sont eux qui la désirent. Elle ne peut appartenir qu'au seul ciel.

L'altercation qui éclata alors est facile à imaginer et la répéter serait inutile, puisqu'elle reparut par la suite dans toutes les maisons du village, et en particulier celle de l'ancien et surtout celle du coupeur de roseaux. Et elle n'eut pas lieu qu'une seule fois. Car le fils du propriétaire, un jeune homme qui avait du caractère, soutint sa femme durant toutes ces manifestations de stupéfaction et d'injures, lui-même recevant sa part d'insulte, dont on peut deviner la nature. Mais il ne dévia point de son affirmation selon laquelle c'étaient les dieux et non lui qui devaient la posséder. Au bout de quelques mois de célibat et de discussions, l'on commença à lui accorder créance.

Or, tous les vingt ans environ, certains anciens de certains des villages, ainsi que des hommes fortunés ou détenant un certain pouvoir, étaient tirés au sort. Ils voyageaient alors à travers tous les pays qui avaient Bhelsheved comme centre religieux et sélectionnaient parmi les enfants, et très rarement parmi les jeunes adolescents, ceux qu'ils jugeaient aptes à servir les dieux dans la blanche cité de la lune en plein désert. Ces jeunes gens étaient alors confiés à un établissement tout proche de Bhelsheved. Ils y étaient soumis à des épreuves et des jugements particuliers pour déterminer lesquels d'entre eux étaient préférés des dieux. En conséquence de quoi, certains retournaient chez eux, ayant été considérés comme indignes. Certains demeuraient et devenaient membres de la prêtrise éthérée de la ville sainte.

La saison de ce genre de choix était encore distante de six ou sept années, mais le problème de la fille du coupeur de roseaux était la preuve qu'un cas unique venait de se manifester. Comme la colère et les discussions retombaient, un cadre nouveau s'imposa pour les remplacer. La religion coulait comme l'eau dans un creux. Ils considérèrent enfin la jeune fille sous un regard nouveau et la virent, stupéfaits, pour la première fois. Elle était d'une pâleur luisante, elle avait les cheveux argentés et son regard était d'un bleu aquatique... Oui, par sa forme même elle était faite pour Bhelsheved.

Des hommes importants rendirent visite au village. Une atmosphère solennelle visita le village dans leur sillage. Même le coupeur de roseaux se remit à sourire. Une fierté devait être récupérée en échange d'une autre. N'importe quelle fille pouvait faire un beau mariage. Mais être choisie par les dieux eux-mêmes... N'exprimait-il point des doutes sur ce mariage depuis le début, allant jusqu'à l'enfermer chez elle pour s'assurer qu'elle réfléchît correctement à ce mariage ?

Elle fut examinée, Soveh Flamme-de-Lune, qui n'était plus connue sous ces noms. Elle fut interrogée. Elle était restée sereine durant toutes ces tribulations et elle demeura sereine lorsque les femmes aux yeux glacés sondèrent son corps pour constater sa chasteté, lorsque les hommes à la mine sévère sondèrent son cerveau pour y trouver une promiscuité de pensée, promiscuité sexuelle ou intellectuelle, ou une méditation malfaisante, ou un rêve impur solitaire.

Mais elle fut une fleur pour eux aussi. Retournée comme un gant, elle s'avéra immaculée, délicieuse, et bien davantage. Car, au fur et à mesure de leurs interrogatoires, ils découvrirent qu'ils ne pouvaient l'érafler, ni la souiller, fût-ce par la parole. Ce ne fut qu'ainsi qu'ils comprirent qu'elle était à l'intérieur du cristal. Et ils interprétèrent ce cristal comme étant un objet de création sacrée, un récipient en verre dans lequel l'avaient placée les dieux, et qu'ils avaient bouché par la volonté divine.

Le village pleura lorsqu'elle fut emportée dans le désert jusqu'à l'avant-dernier bâtiment à un mille des portes de Bhelsheved. Mais, en pleurant, ils se réjouirent pour elle. Son père se réjouit. Sa mère. Ceux qui l'avaient aimée, enfants et adultes. Tous. Tous sauf le fils du propriétaire terrien, qui ne pleura ni ne se réjouit. Il coucha avec une fille, réelle, imparfaite et merveilleuse comme une rose, il coucha avec elle, plein d'amour parmi les ombres des oliviers. Et ce ne fut que lorsque la félicité fut atteinte et achevée qu'il sentit, une nouvelle fois, la cellule vide en son cœur, plus petite qu'une goutte de pluie, ou qu'une larme unique. Un petit vide. Une place minuscule dans le palais de ses émotions et de ses appétits. Elle ne lui causerait jamais plus de grand chagrin. Et ne pourrait plus jamais, ô grand jamais, se remplir.

L'endroit où se déroulaient les épreuves et la préparation : ce n'était autre que l'ancien donjon de Sheve, la tour de Djasrin, où elle avait joué avec l'os de son enfant ; où Chuz, Prince La Folie, ce maître de l'illusion et de l'effarement, était venu lui rendre visite. Mais les siècles avaient passé. L'ancien donjon était renforcé par un nouveau revêtement en brique et un certain nombre de petites cours et de bâtiments attenants. L'étang, où une torche avait brûlé sous les eaux, était désormais doublé d'une citerne et en partie voilé par un entremêlement de plantes. Les palmiers étaient plus hauts, bien que l'un d'eux fût mort, et son grand tronc avait été transformé en colonne qui se dressait au centre de la salle d'entrevue.

Assise ou agenouillée, ou debout, seule ou accompagnée, la petite villageoise, dont le nom était jadis Soveh, subit maintes épreuves, verbales et spirituelles, sous cette colonne.

Mais il lui fallait parfois se rendre ailleurs. Elle était alors enfermée au secret pendant bien des heures ou des jours, ou dans une pièce où grouillaient des serpents venimeux, dorés et verts, ou entre des parois de miroirs où elle ne voyait plus que sa propre personne, ou entre des parois de ténèbres où elle ne voyait rien du tout. À toutes ces épreuves assistait toujours quelqu'un d'autre, invisible mais à portée de voix. Quiconque subissait ces épreuves et ne pouvait les supporter n'avait qu'à crier trois fois pour être libéré. Mais après cette libération compatissante venait le plus doux des renvois. Les prêtres devaient avoir une étoffe plus robuste. Ou plus *étrange*. Car aucune de ces épreuves n'était destinée à peser la force ou la puissance physique, mais les puits intérieurs, l'élasticité de l'être psychique. Car elles demandaient en substance : Qui peut créer l'équilibre en soi, à partir des seuls rêves et de la foi ? En prenant cela en compte, toutes les expériences étaient justes et précises.

La jeune fille les supporta. En fait, l'étrangeté paraissait en elle aussi naturelle que la normale auparavant ; davantage, peut-être. Elle n'affrontait rien avec agitation. Certaines épreuves comportaient même une dose de douleur... comme le jeûne destiné à donner l'impression que l'on allait mourir de faim... mais elle ne manifesta pas davantage de répugnance. Elle allait sans hésitation au-devant de tout cela, les yeux grands ouverts, comme son cœur.

Les étapes finales des examens étaient plus obscures. Elles concernaient la perception et la sensibilité. Par exemple, on pouvait poser une pomme devant le novice.

— Que vois-tu ? lui demandait-on.

Certains étudiaient la pomme et répondaient :

— Ceci est la vie. La nourriture dans sa chair, la nourriture de l'avenir dans ses pépins, que l'on peut planter en terre.

Ou bien :

— Voici l'emblème de l'homme : la peau, la chair, les graines... qui, chez l'homme, sont les graines de son âme.

La jeune fille prit la pomme et sourit. Elle la lança en

l'air et la rattrapa entre ses mains. Elle surprit ses interrogateurs attentifs et les jeta dans la consternation en disant avec légèreté :

— On dirait une balle avec laquelle jouent les enfants.

Elle les surprit et les jeta dans un profond silence en disant :

— Ronde, comme pourra l'être un jour le monde, qui est plat aujourd'hui.

Tard dans la journée, ils l'emmenèrent jusqu'au toit du donjon. Ils la laissèrent auprès du parapet.

— Veille jusqu'à la venue des ténèbres.

Le désert était plus doux en ce temps-là qu'il n'avait jamais été. Le jour se fana derrière les feuilles et les frondaisons et l'air se transforma en une mer d'azur. Des grappes d'étoiles apparurent. Dans la nuit, la jeune fille entendit plus bas une faible musique et une voix de femme qui murmurait :

— Bientôt il me reviendra.

C'était la voix de Djasrin, hors du temps, qu'elle entendit.

La jeune fille ne fut point alarmée... Rien ne pouvait produire cet effet en elle. Toute sa vie, elle avait été consciente des essences surnaturelles qui l'entouraient. Qu'elle les vît et les entendît désormais plus clairement, sensibilisée qu'elle avait été par la formation en ce lieu, était inévitable.

Elle se retourna et vit, sur le ciel bleu marine pailleté, une femme noire, jeune, mince et très belle, accompagnée d'une femme à la peau pâle et aux cheveux jaunes. Elles les eût reconnues, ne fût-ce que par tous les récits, comme étant les deux reines de Nemdur. Mais elle les identifia en fait grâce à une espèce de sens de la vision mystique. Les deux femmes dialoguaient, doucement, et marchaient sur le toit. La jeune fille ne capta point leurs paroles (il est aussi possible que la langue de cette région se fût considérablement modifiée) et, lorsqu'elles arrivèrent sur elle, elles la traversèrent. Elle ressentit leur passage comme une légère brise d'été qui souffla entre ses os et sur son sang.

Toutes les personnes présentes sur le toit ne perçurent

point le passage de la femme basanée et de la femme blanche. Seules les sentirent les plus sensibles, et il ne s'agissait que de cette brève scène, gravée, pour quelque raison inexplicable, dans les briques et l'aura du donjon... peut-être parce qu'il s'agissait d'une scène harmonieuse, rare parmi toutes les souffrances, folies, méchancetés et lamentations qu'avait connues cette tour. C'est ainsi qu'un jour de bonheur ressort dans le souvenir d'une année de tristesse.

Mais, après le départ des deux fantômes, la jeune fille, qui était l'enfant de la comète, aperçut un troisième personnage qui marchait sur le toit.

Assurément, elle ne le vit pas parfaitement. Il y avait, dans l'intensité du crépuscule qui s'empourprait, quelque chose de brumeux autour de lui. Sa cape violette se mêlait aussi aux eaux montantes de la nuit et de curieux éclats sur ladite cape pouvaient se confondre avec des étoiles lointaines moins brillantes.

Elle ne connaissait pas cette apparition, car les légendes d'alors s'étaient corrompues et n'étaient plus représentatives... ainsi que devait l'apprendre Ajrarn lui-même. Pourtant, sans le savoir, elle le *devina* et baissa aussitôt la tête et se protégea les yeux.

— Ah, fit-il d'une voix des plus musicales, tu as donc deviné ?

— Je ne devine point ton nom, mon seigneur. Mais l'air ondoie comme un ruisseau devant toi.

— Je vais te dire qui je suis : je suis ta folie, dit Chuz, Maître des illusions, Prince La Folie, l'un des cinq Seigneurs des Ténèbres. Car tu es bel et bien folle, ma chère, de suivre cette vocation. Même ta bonté est démente. Mais il est vrai que tous les gens très bons sont fous, de la même manière que ceux qui sont très méchants. En fait, il existe à peine une différence entre le sacré et le profane, sauf par leurs idéaux et leurs actes. Les deux sont des fanatiques, les deux sont sans pitié. Demain, on t'enverra au temple. Avant longtemps, ton destin te rejoindra. Te demandes-tu ce qu'il peut être ? Non, ajouta soudain Chuz, ne me regarde pas. Tu as jeté un coup d'œil, ne cherche pas à m'inspecter davantage. Je comprends que la tentation puisse être forte, mais je ne veux pas que tu saches plus d'une fraction de mon sujet. Je vais donc dissimuler mon visage.

— Je t'en remercie. Percevant ton pouvoir, je comprends que tu es généreux.

— Je n'ai point pour but de t'asservir. Un autre viendra te voir en temps voulu. Ce qui est peut-être sa folie à lui, je crois, une illusion qui dépasse toutes celles qu'il ait réalisées en ce monde et qui ne sont pas de mon fait. Voudrais-tu son nom ? Mieux vaut l'ignorer. Mon oncle issu de germain au troisième degré à travers les noires dynasties de la nuit. Un lézard est davantage parent avec moi, mais il m'est plus proche qu'un grain de sable d'un autre. Et tu le reconnaîtras également. Je pense que tu es assez folle, ma chérie, pour le prendre un peu en pitié. Et cela ne manquera de lui faire écarquiller les yeux !

L'ourlet de la cape, couleur prune comme l'était désormais le ciel, caressa le toit poussiéreux devant elle comme une aile allongée. Elle vit que ses étoiles étaient des bouts de verre. Et elle entendit un claquement de dés lorsqu'il s'évapora.

Ceux qui l'interrogeaient restèrent perplexes.

— C'était peut-être la tentation d'un démon et elle a échoué, dirent-ils. Ou bien pouvait-ce être une proclamation occulte, un quelconque messager des dieux ?

Quoi qu'il en fût, on la conduisit le lendemain jusqu'à Bhelsheved, blanche comme le sel, avec ses tours hibiscus, son lac de miroir turquoise assorti à ses yeux. Elle était prêtresse. On la nomma Dunizel, Âme-de-Lune.

Elle flottait désormais dans sa bulle de cristal auprès d'autres prêtres dans des bulles similaires (qui étaient d'ailleurs loin de lui ressembler), chacune dérivant magiquement dans les courants de la cité céleste, cette Terre Supérieure sur Terre.

On s'y liait rarement d'amitié. Il s'y tissait des joies intérieures, chandelles introverties allumées, excentricités divines. La religion était la fleur et ils étaient les abeilles qui lui rendaient visite sans cesse et sans cesse, leur seul but étant de produire un miel spirituel avec lequel adoucir l'âpreté du monde extérieur. Bhelsheved la ruche.

Dans sa beauté calme et expectative, son innocence d'acier iridescente, elle y vécut donc trois ans durant. Jusqu'à ce que le parfum d'un feu ténébreux lui parvienne dans la nuit et qu'elle reconnaisse la créature mauvaise qui brûlait en ce lieu comme une lampe à la flamme noire. Elle sortit alors et le trouva, Ajrarn, que Chuz avait désigné comme étant son destin.

CHAPITRE 5

UNE IMAGE DE LUMIÈRE ET D'OMBRE

Le soleil était remonté au-dessus du monde et Dunizel, l'Âme de la Lune, était retournée dans le jardin en fleurs près du lac sacré de Bhelsheved. Et celui qui s'était couché sur elle, mais pas en elle, de tout son poids merveilleux qui n'avait rien de pesant ni d'oppressant, avec toute sa substance qui avait semblé se combiner à sa propre chair, était retourné en sa ville de Druhim Vanasha, sous terre.

En cette métropole des démons, éternellement éclairée par la lumière de Terre Inférieure, qui n'était ni celle du soleil ni celle de la lune ou des étoiles, mais ressemblait beaucoup à celle des étoiles (quoique plus vive), brillante comme un soleil composé d'ombre (et pourtant plus douce), plutôt comme la lune, quoique différente de la lune, car les couleurs luisaient pâlement et brûlaient obscurément en ce lieu... Druhim Vanashta lui parut-elle belle lorsqu'il retourna dans son éclairage blafard et son temps modifié ?

Les tours étaient toujours aussi hautes et élancées, toujours aussi fantastiquement ornées, les parapets en dentelles contenaient toujours leurs flèches de joyaux brûlants, les fenêtres leurs teintes multiples de verre, de cristal et de corindon. Les murs s'élevaient toujours comme des épées ou d'incurvaient comme des ailes à demi fermées. Le bronze et l'argent, le jade, la porcelaine et le platine étaient toujours aussi purement magnifiques à contempler. Les jardins et les parcs de noir pailleté, où les poissons chantaient dans les arbres diaphanes, où les oiseaux nageaient dans les étangs et les fleurs tintinnabulaient comme des cloches, n'avaient pas changé, ne changeraient jamais et ne pourraient jamais changer. Et les citoyens enchanteurs passaient en s'inclinant, rendant hommage à Ajrarn, chacun de ses sujets plus fabuleux l'un que l'autre, tous amoureux de lui, car les démons servaient rarement ce qu'ils ne vénéraient point, et ils vénéraient Ajrarn, et bien au-delà. C'est un plaisir que d'être aimé.

Mais aimer...

Les démons agissaient peu à la manière médiocre des hommes. Leurs passions, comme eux-mêmes, ressemblaient à l'absolu de lumières grandioses. Ils avaient probablement inventé la sexualité, l'amour physique. Ils n'auraient pu inventer une telle chose si l'amour lui-même n'avait été pour eux une sorte de clé du cœur du monde. Mais le feu se consume, se dévore avec ce dont il s'alimente.

Jadis, il avait pris un autre humain, encore enfant, au sein même de la ville démoniaque, il l'avait regardé y grandir comme une plante, comme un jeune arbre, et, dès le début, Ajrarn lui avait dit :

— Je ne donne point mon amour à la légère, mais une fois donné il est sûr.

Ce qui n'était pas totalement exact. L'on pourrait procéder à un inventaire des liaisons d'Ajrarn, et certaines étaient superficielles, passagères, l'affaire d'une année mortelle, une journée à Druhim Vanashta. Mais l'amour a bien des demeures, bien des pays. Tous existent, en ce temps-là comme aujourd'hui et aussi longtemps que ce qui vit pourra voir, sentir et penser. Car l'amour est aussi le produit de la réflexion. S'il semble détruire la raison, rien de ce qui est *incapable* de raisonnement ne pourra jamais aimer.

Ajrarn parcourut sa ville, ses jardins et les environs dans le matin-soirée, le crépuscule du matin et du soir du sub-éclairage de Terre Inférieure.

Ceux qui le voyaient, réagissant à ses humeurs comme

toujours, perçurent en lui une obsession de tout et de rien, ou de quelque chose d'autre que ce lieu souterrain. Ils avaient déjà eu conscience de sa colère glaciale. Ils s'étaient apprêtés à le servir dans sa colère et l'avaient déjà fait lorsque la tour ensorcelée de ténèbres et de lumière s'était élevée dans le désert. Pourtant, les démons de cette caste princière, les Vazdru, se dirent alors :

— Notre seigneur n'a plus besoin de nos services. Il est tombé sur quelque chose avec quoi il sera aux prises tout seul.

Sachant grâce à une espèce d'empathie ce que devait être ce quelque chose, ils connaissaient aussi la vive et splendide jalousie de leur race.

Même dans sa réalisation, l'amour peut comporter la douleur. Au-delà du moment de l'accomplissement, qui peut ignorer d'autres moments qui restent tapis, des moments de doute, de possibilités de malchance ? Il est vrai que la plupart des amants (mortels) d'Ajrarn l'avaient trahi... non pas, assurément, en se liant à un autre que lui, puisque cela était virtuellement impossible, mais plutôt en le décevant, en cessant de répondre à ses attentes, en ne pouvant plus le surprendre ni le charmer. Ou bien en s'attachant à autre chose qu'ils avaient désiré aussi fort que de conserver son affection. Et comme la loi suprême de l'amour veut que rien ne puisse avoir autant de valeur que celui-ci, cet attachement leur avait coûté chaque fois sa considération et, habituellement, la vie. Car les démons avaient tendance à tuer ceux qui leur faisaient faux bond, moins par vengeance que par désir de mettre de l'ordre dans une affaire qui traînait. (L'on ne chérit point la nourriture pourrie, mais on la brûle ou la jette.)

Au centre du jardin du palais d'Ajrarn, jouait une fontaine, une fontaine de feu rougeoyant qui n'était ni brûlant ni éclairant, et pourtant magnifique par cela même.

Ajrarn, Prince des Démons, s'assit sur la pelouse noire près de la fontaine. Les guêpes de jais et de topaze voletaient autour des fleurs transparentes et il les regardait parfois. Son peuple ne l'approchait point ouvertement, mais une femme Eshva passa, l'une des servantes de son palais, qui nourrissait les poissons ailés dans les arbres à partir d'un panier en argent. Ajrarn observa la femme qui, comme toute la gent des démons, était d'une beauté suprême. Il examina sa joliesse avec plaisir, mais comme au même niveau que les fleurs et les buissons du jardin. D'après les regards portés sur cette Eshva, il apparut clairement que, s'il se représentait une femme, c'était Dunizel qu'il distinguait.

Quel étrange état de fait. Le soleil pouvait le réduire en cendres ; Dunizel était l'enfant d'une comète solaire. Mais peut-être cela n'était-il pas aussi étrange.

Cependant, les jours et les nuits passaient sur terre. Sept jours et deux fois sept jours. Un mois s'écoula. Deux mois, et un troisième mois commença.

Il n'était pas retourné la voir. Il ne lui avait envoyé aucun signe. Bien que le temps de son monde inférieur fût différent de celui du monde d'en haut, il était capable de mesurer l'un comme l'autre et de les comparer à un troisième. Il savait depuis combien de temps il l'avait quittée. Ainsi donc, il pensait à elle mais ne cherchait point à la revoir. Se pouvait-il qu'il y répugnât en songeant qu'elle le décevrait, que son charme se fanerait comme la lune qui décline ? Se pouvait-il qu'il doutât d'autre chose, d'un aspect de soi ? Il n'est point facile d'interpréter un cœur et un cerveau tels que les siens. Il ne retourna donc point la voir avant le milieu du troisième mois.

Cette nuit-là, la lune était pleine au-dessus de la Terre.

Les fleurs étaient mortes depuis longtemps à Bhelsheved et les feuilles du jardin pendaient aussi lourdement que si elles étaient en bronze. Les colonnes blanches dans les allées ressemblaient à des dents de peignes en ivoire enchevêtrées dans la chevelure des ténèbres.

Le silence était absolu. Nul vent pour agiter les arbres ou l'eau, ou pour secouer les cosses des fleurs ou les poussières en chuchotant le long des colonnades.

Dans leurs cellules nues et blanchies à la chaux, les prêtres et prêtresses rêvaient, éveillés ou endormis, d'extase religieuse et de dieux, leurs cheveux blonds flottant autour d'eux comme des émanations de leur cerveau. Çà et là, dans un temple, une lampe sacrée brûlait, un prêtre quelconque debout, en transe, en dessous. Dans le temple central de Bhelsheved, en équilibre au-dessus de son lac, de vagues miroitements allaient et venaient, reliefs de magie et de vénération, traînant après le fait, comme des traces de pas dans le sable. Jusqu'à ce qu'une nouvelle magie les étouffe.

Au saint des saints de Bhelsheved, un feu noir s'alluma et sortit.

Ajrarn regarda autour de lui en silence. Il n'y avait rien de lisible sur son visage ou dans son attitude. Lui seul était apparent.

Il marcha le long du temple, devant son fabuleux autel monté sur le dos des deux bêtes gigantesques en or. Étant un démon, il n'appréciait guère l'or du temple. (Il était sorti de sous le lac plutôt qu'à travers les murs dorés de cette bâtisse.) Pourtant, il s'arrêta près des bêtes car, assise entre les pattes de l'une d'elles, se trouvait Dunizel.

Devant elle, sur le sol, était étalée une feuille de parchemin et elle y traçait parfois des symboles particuliers avec les doigts. Mais elle aussi était en transe, loin en soi ou hors de soi, dans quelque royaume esthétique de l'esprit.

Ajrarn se rapprocha, mais il garda son ombre derrière son dos pour qu'elle ne tombe pas sur la fille. Son pas était silencieux. Il était visible... et invisible. Seul l'enchantement de ce qu'il était aurait pu être détecté, comme un bruit juste au-delà du niveau auditif humain.

Il se tint tout près d'elle et regarda son cerveau.

Elle aurait pu se croire abandonnée de lui. Elle aurait donc pu tourner ses rêveries vers d'autres choses, vers ses dieux, en fait, comme il était attendu d'elle. Cela eût été pardonnable, bien qu'il ne lui eût jamais pardonné de le mettre à l'écart plus d'un instant, même dans ses rêves.

Il regarda donc à travers les cheveux blancs, la peau encore plus blanche, l'os le plus blanc et les coques métaphysiques de la pensée et vit par l'œil interne de Dunizel.

Un grand silence tomba alors sur Ajrarn, presque une quiétude.

Il eut l'impression de regarder dans un miroir en fixant l'esprit de Dunizel, car il fut en cet instant attiré dans les couleurs des ténèbres, sur les panneaux de son rêve.

Car, bien qu'il vît les dieux, chacun d'eux était Ajrarn. Certains étaient de sexe féminin et d'autres de sexe masculin, certains des enfants exquis, certains des animaux exotiques, mais chacun était Ajrarn, jusqu'au dernier. Et si elle voyait le ciel, lui aussi était Ajrarn. Et les mers étaient Ajrarn, ainsi que la Terre.

Pour sa part, en considérant tout ce qu'il voyait, il avait suspendu toute foi en quoi que ce fût. Mais elle croyait et voyait, clairement et simplement par le truchement d'Ajrarn. Il avait rendu toute chose réelle pour elle en pénétrant la nature de toute chose. Il était devenu pour elle toute chose, la vie, l'essence du monde.

Peut-être que si sa méditation avait été séparée de lui, ou simplement angoissée, ou, pis encore, banale, il eût alors décidé de l'éviter, la punissant ainsi de l'avoir oublié. Rien de tel : elle l'avait fait Dieu.

Il tendit donc la main et la posa doucement sur sa tête magnifique qui était devenue son temple.

Lorsque les pèlerins venaient à Bhelsheved et foulaient les routes luisantes magiquement dépourvues de sable qui quittaient le désert, la ville chantait pour eux. Cela en raison des salles logées sous les routes, qui, sous ces multitudes de pas, renvoyaient des échos, un tonnerre argenté. Ce n'était qu'arrivées au périmètre de la ville que se terminaient ces salles et, sur les dernières verges, l'écho cessait, accroissant la stupéfaction de la foule. Mais le contact d'Ajrarn résonna dans tout le corps de la jeune fille, une note qui ne mourut point mais éveilla de nouveaux échos, écho de l'écho, chant du chant.

Elle sortit avec douceur de sa transe, comme si elle émergeait d'un lac estival pour prendre pied sur une pelouse. Ses yeux se fixèrent sur Ajrarn et elle lui sourit.

Il ôta sa main de sa tête, mais la regarda longuement sans parler.

Elle finit par lui demander :

— Désires-tu que je m'incline devant toi ? Ou bien comprends-tu que mon hommage dépasse une simple salutation ?

— Ne t'incline point devant moi. (Puis il ajouta :) Je suis resté un certain temps loin de toi, selon le calcul des humains. As-tu supposé que je ne reviendrais pas ?

— Mais tu ne m'as jamais quitté.

Il sut qu'elle disait la vérité, aussi bien pour elle, puisqu'elle avait gardé son image en son âme, que pour lui qui, en Terre Inférieure, était bel et bien resté avec elle.

Il se pencha et la mit sur pieds. Toute l'humanité réagissait à sa caresse, mais il se montra attentif en la voyant réagir, comme s'il contemplait pour la première fois sa propre influence.

— Il est une chose que je te dirai, mais pas encore. Je vais t'emmener voyager, cette nuit. Ne crains rien.

— Si je suis avec toi, je ne crains rien.

— Comme tous ces prêtres, tu es magicienne. Pourtant, tu es bien davantage. Dois-je te le montrer ? (Il savait déjà sa genèse, ou il l'avait rapidement découverte.)

— Cette nouvelle connaissance me modifiera-t-elle ?

— Peut-être.

— Désires-tu que je sois transformée ?

— Non.

— Ne me dis donc rien, et ne me montre rien. Ne me montre que ce qui me maintiendra telle que tu désires que je sois.

Ajrarn fut amusé, troublé peut-être, devant cet abaissement qui n'avait rien de bas. Les démons se délectaient de la flatterie et de l'asservissement d'autrui et connaissaient leur faiblesse.

— Tu ne te renieras point, si tu ne veux que me plaire.

— Je suis davantage que mon corps, mon cerveau, mon ego et mon esprit. Je suis mon amour pour toi. Je ne renierai point mon amour.

Ajrarn ne répondit rien à cela, mais il l'enveloppa comme dans un tourbillon de nuit étoilée et ils plongèrent dans le lac sous le sol du temple... et il fut un poisson noir aux yeux de météore et elle une écaille argentée sur son front. Puis le poisson bondit dans les airs. Il fut un aigle, forme qu'il affectionnait. Et elle fut une lumière sur son poitrail... non pas une plume blanche mais une flamme blanche.

Elle vit, cette flamme brûlante, et sut ce qu'il était devenu et ce qu'il avait fait d'elle, et elle ressentit de la joie devant son pouvoir et sa joie rendit sa brillance encore plus brillante, feu qui semblait avoir fleuri à partir du cœur d'Ajrarn. Il est possible de concevoir qu'il fut blessé par ce tison lunaire appliqué contre sa chair.

Le ciel nocturne s'ouvrit en explosant autour d'eux, de même que l'avait fait l'eau du lac. Des courants et des banderoles de lumière stellaire, de vent et d'éther intangible se séparèrent et se déversèrent autour d'eux. La lune avait atteint la cime du firmament. Le monde brillait sous eux comme un tas de cristaux sombres.

Il emporta Dunizel comme un feu blanc sur des milles et des milles. Elle vit les terres et les eaux aller et venir en dessous d'eux, des villes vivantes dans leurs toiles d'araignées lumineuses, des cités en ruine qui dormaient dans les tentures de l'obscurité. Dans une forêt faite de nuit, il vint se reposer brièvement au-dessus d'un arbre antique tout courbé. Dans cet arbre, un oiseau couleur de rose, lumineux comme une aurore, était paisiblement perché sur un rameau et levait la tête de temps en temps pour émettre la note unique d'un chant qui ressemblait à la sonnerie d'une horloge admirable. Plus tard, lorsque la lune commença à descendre, l'aigle noir emporta Dunizel par-dessus la surface capitonnée d'une mer et se posa sur le mât d'un vaisseau fantôme. Deux cents avirons brassaient l'eau, les voiles de fin tissu membraneux se tournaient vers le vent et le timon tournait aussi prudemment de çà de là, comme si une main le guidait, mais personne ne se trouvait à bord, ni homme ni même fantôme que l'on pût distinguer. Il l'emporta aussi jusqu'à un tombeau lointain et, passant par une ouverture d'aération, descendit jusqu'à une salle où se tenait un joyau magnifique de cinq à six pieds de haut et de couleur bleu violacé. Au début, ce joyau parut n'avoir aucune forme, mais l'on put découvrir petit à petit que c'était une statue qui représentait un jeune homme et une femme enlacés. Leurs longues chevelures se mêlaient, ainsi que leurs vêtements, et leurs bras enveloppaient fermement leurs corps en une folle tendresse farouche. Sous la statue se trouvait une tablette de marbre gravée de deux noms et, sous ceux-ci, l'inscription :

Ces amants magiciens, destinés à mourir sous les mains de leurs ennemis, se transmuèrent, grâce aux arts de la magie et de l'amour, en ce joyau qui est l'ombre de l'amour. Plaignez-les. Ou enviez-les.

Lorsque la lune se coucha, l'aigle glissa vers une vaste prairie où les fleurs de nuit étaient plus hautes qu'un homme de grande taille. Dans les ténèbres, les fleurs étaient grises, mais leur parfum ressemblait à celui de l'encens le plus suave et le plus coûteux.

Là, Ajrarn rendossa sa forme masculine et rendit à Dunizel sa forme humaine. Là, ils marchèrent ensemble sans parler, entre les tiges minces.

Enfin les étoiles abaissèrent la mèche de leurs lampes, les marées de la nuit se mirent à refluer le long des plages du matin. C'était l'heure avant l'aube où chaque chose semblait retenir son souffle. Au-dessus de leur tête, les fleurs grises fermaient leurs ailes comme des oiseaux endormis, et même leur parfum se tut.

Ajrarn parla enfin dans ce silence.

— Lors de notre première rencontre, je t'ai blessée et t'ai guérie par mon propre sang, te souviens-tu ?

Elle sourit et répondit :

— Pensais-tu que j'oublierais ?

— Jamais je ne t'ai connue charnellement, Dunizel. Comprends-tu que, pour la gent démone, l'amour charnel ne nécessite aucune excuse ? C'est notre plaisir, un talent, une récréation, rien de moins, ni de plus. Nous ne créons rien de vivant de cette rencontre. La procréation, chez nous, nécessite davantage de pensée, et une intention plus marquée.

Elle le fixa et demanda :

— Comment naissez-vous donc ?

— Par plusieurs moyens. Mais, parmi les Vazdru, c'est un procédé impliquant le sang. Mon sang s'est mêlé au tien. Je suis resté couché toute une nuit sur toi et j'ai par là même fixé mon image en toi aussi sûrement qu'un sceau laisse son empreinte sur la cire. Si je le désirais maintenant, mais seulement si je le désirais, tu pourrais porter mon enfant et le mettre au monde. Mais, si je laisse cette ultime sorcellerie en suspens, ce que j'ai préparé en toi demeure en sommeil. Cela ne te fera nul mal et nul bien. Tu ne le sauras que parce que je te l'ai dit.

— Et me le dis-tu parce que tu ne désires point que je porte ton enfant ?

— Je te le dis pour que tu décides par toi-même si tu souhaites porter et mettre au monde ce que j'ai procréé. Je vais t'informer de ce qu'il en est en détail. L'enfant sera de sexe féminin, car tu es le moule dans lequel elle est coulée, puisque tu possèdes une matrice, comme toutes les femmes mortelles. Mais si elle te ressemble, en elle-même elle sera le principe féminin d'Ajrarn, Prince des Démons, Maître de la Nuit, l'un des Seigneurs des Ténèbres. Et ce que je suis, dans une grande mesure, doit être cette enfant. Réfléchis : car si tu lui donnes sa lumière, sa substance génétique sera les ténèbres. Peux-tu accueillir une telle image en ton corps, Dunizel ? La mettre au monde ? Et la bercer dans tes bras ? Je ne t'ai point choisie, je ne te choisis point au hasard pour cet acte. Mais je ne veux te l'imposer.

— Pourquoi engendrer un enfant aujourd'hui ?

— Pour engendrer aussi la malfaisance en ce monde. Et la douleur, le doute et le malheur.

Son visage était froid et cruel.

— Mon bien-aimé, lui dit-elle, tu es puissant au-delà de toute puissance. Il ne faut point que tu écoutes et croies ce que raconte une fraction de ces petits hommes.

— Ne m'irrite pas de nouveau. Je ne souhaiterais point me mettre en colère contre toi.

— Je ne prends point en compte ta méchanceté. Tu as des millénaires devant toi. C'est la malveillance de ta petite enfance qui est sur toi. Mais tu connaîtras d'autres choses. Tant qu'ils vivent, tous les arbres doivent grandir.

— Garde le silence, lui dit-il.

Et la fuite de la nuit parut s'arrêter, se mit à boiter, et les ailes refermées des ailes grésillèrent nettement, comme sous l'effet de la foudre. Et l'herbe sous les pieds d'Ajrarn se recroquevilla. Ajrarn baissa ses yeux qui ressemblaient à des soleils noirs pour contempler l'herbe qui se ratatinait devant lui et ses cils, longs et droits comme des échardes de la nuit, dissimulèrent la pensée derrière son regard. En regardant l'herbe, ou en feignant de la regarder, et tandis que l'air frissonnait de terreur autour de lui, il lui dit :

— Tu ne peux comprendre la stase de l'immortalité. Seuls les hommes, qui sont mortels, prédisent leur avenir.

Faiblement, dans le lointain, peut-être vit-elle ou ne vit-elle pas en lui à cet instant l'étincelle d'une peur curieuse. Toute création, alors comme maintenant, avait craint Ajrarn. Pourquoi, une fois en vingt siècles, n'aurait-il pu se craindre soi-même ?

Et parce qu'elle vit sa crainte, peut-être, elle s'approcha de lui et s'agenouilla devant lui, comme si c'était elle qui avait peur. Mais en vérité, s'il l'avait tuée au même moment, elle n'aurait pu le redouter : l'amour n'avait laissé nulle place à la peur.

Il ne tarda pas à la relever et la tint devant lui.

— Tu ne m'as pas dit si tu consens, fit-il.

— Je t'ai répondu. Tu n'as plus à m'interroger.

— Si le soleil devenait la lune, voilà ce que tu es.

Puis il adressa une formule au ciel, dans l'une des langues magiques de Terre Inférieure, et le ciel, qui perdait déjà ses ténèbres, pâlit encore plus, mais en un seul lieu, qui, vu d'en bas, semblait avoir la taille et la structure que possédait la lune ronde. Et ce bout de nuit détaché tomba lentement vers la prairie en pivotant un peu. Pourtant, en descendant, il ne grossit ni ne rétrécit.

Il tomba dans la paume tendue d'Ajrarn. Il n'était pas plus gros qu'une assiette et était d'un noir mince et translucide. La nuit, en soi, n'était pas et ne pouvait être palpable... pourtant, Ajrarn, par sa sorcellerie, l'avait bel et bien rendue tangible. Et il se mit à la façonner habilement et délicatement jusqu'à ce qu'une statuette faite d'obscurité se dresse entre ses mains. Elle avait une forme féminine, c'était une femme adulte et parfaitement constituée, mais minuscule comme une poupée.

Il ne lui adressa pas une seule parole, mais, comme par inadvertance, Dunizel leva les mains pour ôter des siennes la forme obscure. Lorsque ses doigts touchèrent la forme, une lumière douce se mit à en sortir. C'était comme un rayon de lune tout en étant différent. C'était comme la lueur des étoiles tout en étant différent. C'était comme la lumière de Terre Inférieure elle-même, le sub-éclairage de Druhim Vanashta, la ville des Démons.

La figurine prit alors de l'ampleur. Elle monta pour englober Dunizel de la tête aux pieds, miroitante puis attirante, se conformant à tous ses contours, au moindre de ses os et de ses cheveux. Elle sembla même suivre les cils de ses yeux. Quelques secondes durant, Dunizel fut prisonnière d'une seconde peau semblable à une eau noire. Puis l'eau se vida, comme si elle entrait dans sa chair, puis Dunizel fut à son tour la peau qui fit l'ombre prisonnière. Vaguement, à travers sa peau qui était si diaphanement blanche, on vit presque la lueur crépusculaire de cette ombre, comme un feu noir et pâle derrière de l'albâtre.

À l'est apparut un miroitement bleuâtre évoquant celui d'un poignard poli.

La prairie couverte de fleurs était vide.

À Bhelsheved, parmi les arbres qui dominaient le lac, la nuit revint brutalement : Ajrarn. Et Dunizel, étoile prise dans cette nuit.

Il ne restait que quelques minutes avant que l'aube fende l'horizon de ses ongles dorés. Suffisamment de temps, peut-être pour émettre une réflexion secrète et profonde. Pourtant, alors même qu'elle et lui évoluaient à la lisière des ténèbres, Ajrarn contempla un autre personnage flottant au-dessus du lac. Il ressemblait beaucoup à un insecte, une mante, peut-être, solidement mais vaguement enveloppée dans les pales d'un mauve brumeux de sa cape semblable à une aile.

Dunizel se retourna pour fixer cette apparition, mais Ajrarn guida sa tête contre lui pour lui épargner la vue de cette créature.

Quant à lui, il la regarda franchement et la cape de tissu ailé parut bouger légèrement, une tête se leva et la moitié d'un visage devint visible dans une capuche.

— Eh bien, bonjour, mon beau non-frère, lança une voix mélodieuse au-dessus des eaux. Tu sors bien tard, n'est-ce pas ? Le soleil est presque levé. À quoi penses-tu donc ?

— Cela ne te regarde point. Quant à toi, je suppose que c'est la folie de Bhelsheved qui t'a amené jusqu'ici.

— La folie de Bhelsheved est un bien terne objet. Mais il est ici quelque chose de bien plus délectable.

— Peut-être es-tu dans l'erreur. Je te suggère que tel est le cas.

Le Prince La Folie, Maître des Illusions, éclata de rire. Ce fut un bruit qui rappelait de vieilles casseroles rouillées qui s'entrechoquaient. Il secoua sa cape prune. Il sourit, ou la moitié de la figure visible sourit, l'œil baissé.

— Ajrarn le Magnifique, fit tendrement Chuz, c'est ta magnifique folie que je suis venu voir.

Ajrarn protégeait Dunizel de l'apparition de Chuz par son corps et sa magie, ne pouvant ou ne voulant pas se souvenir qu'elle l'avait déjà rencontré auparavant ; il jeta un regard de rage glaciale à l'être insectiforme qui flottait sur le lac. Les Seigneurs des Ténèbres ne se faisaient que rarement, sinon jamais, la guerre. Une telle idée était inquiétante même à leurs yeux. Les jeux guerriers auxquels ils se livraient obéissaient donc à certaines règles. Quelle règle était actuellement en application, voilà qui était difficile à conjecturer. Néanmoins, Chuz demeura dans le lac sans avancer ni dévoiler son double aspect. Néanmoins, également, le ciel oriental se réchauffait et le soleil apparaissait : les limites d'Ajrarn étaient plus précises et n'étaient pas de son fait.

— Dis ce que tu as à dire, lança Ajrarn à Chuz.

Il parlait sur un ton méprisant et poli. Il ne donna aucune indication de son agitation, mais elle était évidente. Il ne pouvait affronter le soleil. Dans un petit instant, il devrait abandonner la fille... ou l'emporter avec lui sous terre, acte qui ne manquait pas de complication, vu qu'elle était adulte et psychiquement non préparée à une telle descente.

— J'ai dit ce que je voulais. Je suis satisfait à en délirer.

— Cette damoiselle m'appartient. Tu le savais ?

— Oh, fais-moi confiance, mon cher. Je le sais parfaitement. J'ai entendu par hasard vos chuchotements. Je vous ai observés allongés l'un dans les bras de l'autre, immobiles comme le joyau violet pourpre dans le tombeau. La folie de l'amour. Je m'en suis distrait, puisque j'en suis en partie responsable. J'ai provoqué la folie de Nemdur. Sa folie a produit Babhelu. Et Babhelu a entraîné Bhelsheved. Et Bhelsheved t'a poussé à sortir de ta cave. Et maintenant, te voilà ici avec une femme mortelle qui va te donner une fille. Une folie aux proportions extrêmes et magnifiques. En fait, non-frère, dit Chuz en oscillant quelque peu comme une plante aquatique empoisonnée sur le lac, je suis venu servir d'oncle à ton enfant qui doit naître. Et pour lui offrir un cadeau.

À l'est, une porte commença à s'ouvrir. Les oiseaux chantaient frénétiquement dans les arbres ; ç'aurait pu être un cri de terreur autant que de joie. Une tache de rousseur d'un jaune très pâle sursauta dans le lac... mais ce n'était qu'un poisson qui venait de bondir.

— Mon seigneur, je ne le crains point, fit Dunizel à Ajrarn. Il ne me veut nul mal, car il me l'a naguère annoncé et il s'est montré courtois envers moi. Le soleil est proche. Laisse-moi, je n'ai rien à craindre.

— Il se peut qu'il se montre courtois, dit Ajrarn d'une voix acide, mais il y a deux côtés en lui. Quel cadeau ? demanda-t-il à Chuz de but en blanc.

— Ce ne peut être qu'un objet qui m'est cher. Permets-moi d'approcher, fit Chuz d'un ton patelin en souriant largement au-dessus de son reflet mauve qui se tortillait dans l'eau.

— Tu ne peux remettre ce que je ne puis remettre moi-même, dit Ajrarn. En certains pays, ton titre et le mien se mêlent. Moi aussi, je suis maître des illusions.

— Quant à moi, fit Chuz d'une voix suave et musicale, il m'est arrivé d'être appelé comme toi : le Magnifique. Quoique ce ne fût que par ceux qui virent mon côté *droit*.

Il leva soudain la main gauche, celle qui avait une paume noire et des ongles rouges, et lança un objet à terre. Il tomba sur le rivage avec un petit bruit sec, juste aux pieds de Dunizel. C'était un dé qui semblait fait d'améthyste et dont les marques étaient étrangement noires.

Ajrarn se pencha prestement et ramassa l'objet. À peine l'avait-il saisi qu'il le précipita dans le lac. Mais Chuz le rattrapa au moment où il allait toucher la surface de l'eau. Toujours souriant, il embrassa le dé qu'Ajrarn avait un instant tenu.

— J'ai aussi trois gouttes de rare ichor Vazdru, dures comme le diamant, que j'ai découvertes parmi les dunes autour de Bhelsheved. On dit que ces gouttes sont le sang d'Ajrarn. Te rappelles-tu le jeune homme au fouet ? Te rappelles-tu avoir saisi le bout du fouet, ce qui t'a fait saigner ? Le prix que paie celui qui récite une parabole est élevé. Tu ne seras pas le dernier à le découvrir.

Chuz se détourna avec un air suave, s'éloigna sur le lac et passa sous les ponts qui soutenaient le temple. Au même moment se produisit un petit événement horrible : des dizaines de poissons, effleurés par la démence, se précipitèrent à terre, convaincus qu'ils pouvaient vivre dans l'air, et se noyèrent à la limite des colonnades et des jardins.

Comme Chuz s'évaporait, l'orient s'ouvrit comme un éventail.

Ajrarn s'enveloppa dans sa cape noire. Il suivit Chuz

d'un regard brillant et malveillant, mais l'avant-goût de soleil, comme la peur du feu chez quelqu'un qui s'est déjà brûlé, le chassa dans la terre. Il fut tempête, puis fumée, puis disparut, sans avoir le temps d'adresser à Dunizel la plus banale des paroles.

Dunizel était seule. À sa main, elle découvrit qu'il avait passé, elle ignorait à quel moment, une bague d'argent éclairée par une pierre gris-vert. À son poignet se trouvait un bracelet semblable à un serpent d'argent aux yeux de saphir, et à ses oreilles pendaient des boucles d'argent arachnéen qui tintinnabulaient doucement tandis qu'elle marchait : des bijoux démoniaques, œuvre des Drin, d'une finesse extrême, et d'une beauté incomparable, assortie à la discrétion de ce présent.

Mais, comme le soleil emplissait l'orient, Dunizel éprouva en son sein un serrement dont l'origine était indubitable.

Elle se mit alors à pleurer.

Le soleil dora ses larmes. Il peigna d'or sa chevelure. Il la revêtit et la traversa de ses rayons. Elle était peut-être plus belle encore en plein jour et Ajrarn, sauf dans quelque miroir magique un peu trouble, ne pourrait jamais la voir telle qu'elle était alors.

Ses larmes se tarirent rapidement. Elle s'avança sous l'ombre des arbres et des colonnes, en songeant à ce qui croissait désormais en elle.

TROISIÈME PARTIE

L'AMERTUME DE LA JOIE

CHAPITRE 1

DIX-SEPT MEURTRIÈRES

C'était l'hiver dans le désert. De jour, des vents terribles soufflaient en tous sens, le soleil rabougri se trouvait pris dans les rets du sable. De nuit, plusieurs pouces de poussière se déposaient le long des dunes. Les roseaux, au bord de l'eau, étaient aussi friables que du sucre vert. Les palmiers adoptaient de maussades teintes ferrugineuses. Les arbres de Bhelsheved avaient désormais tout perdu, fleurs, feuilles et oiseaux. La poussière raclait les dalles en mosaïque avant que la magie éolienne de celles-ci ne les balaye. Le lac avait un aspect myope, comme un bel œil devenu aveugle. C'était un hiver rude, sec, âcre, la vieillesse des saisons.

Les prêtres serviteurs du Ciel marchaient d'un air rêveur parmi la poussière et le givre, liés par leur contemplation des dieux. Ils avaient été formés à ignorer l'inconfort du corps, voire à l'intégrer à leur plaisir religieux. Cette vision à œillères de leurs sens leur faisait manquer beaucoup de choses. Ils ne s'apercevaient presque pas du miracle impressionnant qui se produisait parmi eux.

Elle portait maintenant son enfant depuis sept mois. Il est vrai qu'elle n'avait pas grossi, que sa grossesse surnaturelle était à peine visible : elle ressemblait, en ce septième mois, à une femme qui en est au troisième. Il n'y avait chez elle rien de lourd, de lâche ni de lent. Dunizel glissait, ses cheveux blancs comme un cygne flottant autour d'elle. L'ombre brillante de l'enfant d'Ajrarn rayonnait à partir d'elle... mais aucun d'eux n'aurait pu le remarquer. Elle ne parlait pas. Elle se déplaçait comme d'habitude autour des sanctuaires. Certaines nuits, elle s'aventurait dans les jardins de la cité sainte. Une, deux, ou trois fois, un prêtre qui méditait dans la pénombre leva les yeux et aperçut un nuage noir se précipiter du ciel sur ses ailes noires. À minuit, certains des bosquets paraissaient hantés par d'étranges énergies, des parfums et des impressions de mélodie. À midi, Dunizel marchait à l'ombre. Là où le soleil hivernal tombait en barres filandreuses, elle se détournait. Seule, elle ne semblait pas seule. Lorsqu'elle priait en compagnie des autres, elle paraissait toute seule. Mais ils ne le voyaient pas vraiment. Ils étaient amoureux du ciel. De quoi aurait-elle pu être amoureuse ? Les sorts vigilants mais automatiques des lieux confirmaient qu'elle était toujours vierge. Son célibat, son innocence, étaient inchangés, ou accrus.

Ils faillirent ignorer la merveille que Dunizel devait leur montrer.

À moins, peut-être, qu'une telle merveille, selon les lois du miracle, ne pût être finalement ignorée.

Un jour, une heure après le lever du soleil, se produisit une susurration, comme si des pieds passaient sur les chambres à échos des routes du désert conduisant à Bhelsheved. Lorsque la susurration cessa, retentirent des coups furieux à la porte occidentale, comme si des poings avaient tapé.

Ce n'était pas l'époque de l'année pour les visites et certainement pas l'époque pour recevoir quiconque. Les prêtres s'entre-regardèrent d'un air incompréhensif, considérèrent la porte qui s'agitait et les temples silencieux. Ils ne tardèrent pas à s'éparpiller sans prêter davantage attention au vacarme extérieur.

Des voix commencèrent à s'élever de l'autre côté de la porte, par-dessus le hurlement des vents.

— Laissez-nous entrer. Nous exigeons un jugement, il faut que justice soit rendue. Nous exigeons une réponse du ciel.

Aux prêtres qui purent entendre cela, cela dut donner une impression de charabia. L'on n'exigeait jamais rien des dieux.

Les portes ne s'ouvrirent point.

Les coups se turent.

Les squelettes de feuilles semblables à des harpies, poussés par le vent, coururent derrière les prêtres dans toutes les allées de la ville.

À l'extérieur des murs de Bhelsheved, la foule, insatisfaite, maussade, quitta la proximité du portail. En tout, il se trouvait là quatre-vingt-dix-huit personnes, et parmi celles-ci sept étaient des jeunes femmes qui étaient attachées ensemble par le poignet gauche. Les cheveux dénoués, les yeux rougis par les vents hivernaux, les lamentations et la rage, elles lançaient des murmures hargneux à leurs voisins ou à elles-mêmes.

Le reste de la foule se consulta. Bientôt, comme à l'époque du festival, ils allèrent planter leurs tentes au petit bonheur à cent pas des murs de Bhelsheved.

Plus tard dans la journée, une autre foule apparut, en provenance du sud. Elle n'était pas différente d'aspect. Trois filles étaient attachées parmi ces gens-là. Ils aperçurent les premiers et les rejoignirent. Les voix s'élevèrent de nouveau, mais personne ne frappa au portail.

En plein milieu de l'après-midi, deux autres troupes arrivèrent.

En tout, quatre cents personnes bivouaquèrent alors à l'extérieur de la ville, avec dix-sept jeunes femmes par groupes de sept, quatre, trois et trois attachées par le poignet.

Ils s'étaient tous mis d'accord pour se retrouver en ce lieu ce jour même. Des messagers avaient parcouru le pays. La teneur du message, dans tous les cas, était la suivante :

Des jeunes filles, la nuit de leurs noces, avaient occis leur époux. Certaines avec un poignard, ou un poison terrible, la plupart à l'aide d'une longue épingle à cheveux enfoncée dans le crâne en entrant par un œil. Et ces meurtrières, debout devant le cadavre de leur mari, avaient violemment proclamé que c'étaient les dieux de Bhelsheved qui leur avaient dit d'agir ainsi. Que l'un des dieux lui-même leur avait donné ses instructions en promettant qu'en récompense de leur fidélité il les prendrait comme épouse. Mais le dieu n'avait apparemment pas tenu sa promesse.

— C'est *votre* faute ! s'étaient lamentées les vierges meurtrières en agitant leur arme ensanglantée ou leur fiole de poison à l'adresse de leur père, de leur beau-père et des invités. Vous avez tout interrompu. Vous avez tout gâché !

Un étrange et sombre doute rôdait à propos des dieux. À propos de leurs attentions et de leur crédibilité. Ainsi qu'un rêve obscur et tentateur, une magnificence ténébreuse, qui avait promis quelque chose à tout un chacun... mais, pour l'instant, nul n'en avait discuté.

Une histoire circulait depuis longtemps à propos d'une vierge de l'un des villages qui avait refusé le mariage et, ayant été mariée, s'était opposée à la consommation ; les dieux l'avaient reconnue : c'était l'histoire de Dunizel, quelque peu altérée. Les familles outragées et horrifiées des meurtrières ne cherchaient donc point une justice temporelle. Elles attachèrent filles, nièces ou sœurs et les conduisirent à la ville sacrée comme de petits troupeaux de chèvres destinées au sacrifice. Même ceux dont les fils et les frères avaient été tués sous les mains pures de ces femmes ne s'étaient plaints, se contentant de suivre cette nouvelle procession, les yeux étrécis sous la poussière comme la haine.

Mais ces femmes étaient fières et elles marchaient fièrement en agitant leur chevelure dénouée.

Chacune supposait qu'elle avait été choisie par le dieu et que les autres meurtrières étaient dans l'erreur. Mais chacune éprouvait une certaine compassion pour ses semblables en comprenant la motivation d'un acte qu'elle aussi (elle qui avait été positivement élue) avait accompli.

Exaltées et venimeuses, les dix-sept meurtrières se tenaient parmi les bosquets sans feuilles à l'extérieur de Bhelsheved et la foule de leurs accusateurs, incapable d'obtenir une réponse divine, marmonnait, éperdue. Son mécontentement s'amplifia et pas seulement en rapport avec les portes closes.

Nul d'entre eux n'avait jamais vu ces lieux en cette saison. Le début de l'été était l'époque du pèlerinage ; durant l'hiver, ils restaient chez eux. Ils appréhendaient maintenant Bhelsheved dans sa nudité, sa glaciale pâleur, ses jardins dépouillés et son sable semblable à de la poussière de momies qui rampait le long des murs. Il n'est pas toujours agréable d'épier derrière les façades des choses.

Le nuit arriva en souffles pesants qui s'assombrissaient et le froid qui mordait sèchement descendit alors. La lune apparut et les contempla de ses orbites bleues, jusqu'à ce que les feux qu'elles éclairaient parussent froids. Flammes et foi se ratatinèrent ensemble. Ils tinrent conseil là où ils avaient festoyé.

— Nous n'obtiendrons aucune aide de Bhelsheved. Il nous faut décider de la question par nous-mêmes.

— Assurément, les dieux auraient déjà parlé... s'ils avaient vraiment ordonné à nos filles d'accomplir des actes aussi terribles.

— Vos filles sont des chattes sauvages. J'ai un fils défunt qui en est la preuve. Vos filles doivent être punies. Ici même et maintenant. Nous n'avons pas besoin de dieux pour nous dire de quelle manière attacher une corde à un arbre.

— Les dieux, en tous les cas, restent manifestement indifférents. Ils ne désirent pas s'inquiéter de nous.

On versa des larmes, on se tordit les mains, il y eut des altercations et maints jurons. On échangea quelques coups. Finalement, l'on parvint à la décision, prise par certains avec une approbation furieuse, par d'autres avec un regret désespéré. À la première lueur, les dix-sept vierges seraient pendues aux arbres à cent pas de la ville jusqu'à ce que mort s'ensuive. Le fait qu'il pût s'agir là de la profanation d'un lieu sacré, soit ne leur passa point par la tête, soit leur apporta une amère satisfaction.

Les meurtrières, tapies désormais près de leur propre maigre feu, toujours entravées, levèrent la tête lorsque les hommes aux yeux enflammés s'avancèrent vers elles à grands pas.

Une fille aux cheveux fauves plus brillants que les flammes fixa hardiment les yeux inamicaux du père de son mari assassiné.

— Eh bien, fit-elle, quelle nouvelle ?

— Une bonne nouvelle, Jaret, répondit-il aussitôt. Vous mourrez à l'aube.

Seize filles se mirent à sangloter et à se lamenter sur leur sort.

Jaret aux cheveux fauves eut un sourire de louve.

— Tuez-nous et soyez maudits. Bien que je sois seule à avoir été choisie par le dieu, ces autres ont agi en se croyant bénies de ses faveurs et il nous vengera toutes.

— Catin démente, s'écria l'homme, tes rêves écœurants t'ont rendue folle. Je te revois encore, les doigts couverts du sang de mon fils. Et demain je te verrai danser à un arbre.

Elle se releva soudain d'un bond et lui cria :

— Je danserai au paradis lorsque tu te tortilleras et hurleras sur les lames des diables.

Il la frappa alors et, allongée au sol, elle ajouta :

— Pour cela, le dieu t'arrachera les deux mains.

Les hommes firent volte-face et s'éloignèrent. Leur pas était rapide, comme s'ils avaient envie de courir.

En plein milieu de la nuit, tandis que la lune descendait dans les arbres nus, Jaret se réveilla parce que quelqu'un lui peignait doucement les cheveux.

La sensation était apaisante et, au début, elle ne se posa aucune question. Mais elle sentit encore l'ecchymose produite par le poing de son beau-père. Elle se rappela ce qu'elle avait fait et ce qui allait lui être fait et qu'il était peu probable que quelqu'un vînt la peigner. Elle leva les yeux.

— Silence, ma bien-aimée, fit une voix caressante. Ce n'est que moi.

Les yeux de Jaret s'écarquillèrent, car des mâchoires d'âne reposaient près de son visage, la joue contre la sienne, et il lui sembla qu'elles venaient de parler. Elle se tourna un petit peu et vit Chuz assis élégamment en tailleur sur le sable glacé à côté d'elle.

La lune était obscurcie et le feu pathétique était éteint. Il n'y avait pratiquement pas de lumière en dehors de l'inquiétante luminescence du givre. Elle ne savait rien de Chuz, dont on parlait fort peu dans cette région. Un instant, un instant seulement, elle le prit pour son dieu. Les reflets de sa chevelure étaient pâles et son profil droit, quoique d'une beauté exceptionnelle, ne la charma ni ne la rassura. Elle avait entr'aperçu un œil qui n'avait rien de charmeur...

— Puisque tu dois mourir à l'aube, fit remarquer Chuz sur un ton de simple conversation, pourquoi gaspiller la nuit à dormir ?

La fille frissonna. Elle remarqua qu'il lui avait peigné les cheveux avec un large peigne en ivoire de poisson. Un poisson du lac sacré ?

— Dès que je mourrai, annonça-t-elle, mon esprit passera entre les bras de mon promis.

— Et quel est cet heureux individu ?

— Le dieu noir de Bhelsheved.

— Ta foi est admirable. Tes sœurs ne paraissent pas la partager.

Il désigna de sa main gantée les seize filles affalées au sol au petit bonheur. Même dans le sommeil de l'épuisement, leur agitation exprimait leur appréhension et plusieurs gémissaient dans leurs cauchemars.

— Il réconfortera aussi celles-ci, cela ne fait aucun doute, dit Jaret d'un air hautain. Bien que, dans leur présomption, elles aient considéré comme leur étant désigné l'appel qu'il m'a envoyé.

Les mâchoires de l'âne éclatèrent de rire. Mélodieux, pour une fois.

Chuz jeta une paire de dès sur le sable.

Fière dans son épreuve, Jaret s'en offensa malgré tout.

— Il ne sied point que tu joues ici aux dés.

— Joue donc avec moi.

— Encore moins.

— Demain, tu joueras avec le seigneur La Mort.

Jaret se couvrit le visage avec les mains. Dans les

ténèbres de cet auto-enlacement, elle contempla le corps de son mari, le bouton cristallin de l'épingle dépassant nettement de l'œil, et elle gloussa. Chuz venait rarement là où l'on n'avait point besoin de lui, là où, en fait, son aspect n'était pas venu avant lui. Lorsqu'elle émergea d'entre ses propres mains, elle distingua un peu mieux son visage, ou ses deux visages. Ils ne l'inquiétèrent point.

— Très bien. Nous allons jouer aux dès. Et m'aideras-tu à échapper à la pendaison, si je gagne ?

— Bien davantage. Je te permettrai de déambuler à Bhelsheved, malgré les portes closes. Et tu y verras des merveilles.

— Vraiment ? s'écria-t-elle.

Il l'excitait. La folie se reconnaissait et se sentait à l'aise.

— Mais tes dés n'ont pas de marques.

Au même moment, elle commença à distinguer des marques sur les dés.

— Demande, dit Chuz.

Ils jouèrent donc un moment et cela lui parut tout à fait normal. Mais elle n'eut guère de chance. Les dés tombaient rarement comme elle le désirait.

— Peu importe, dit enfin Chuz, je vais te permettre de gagner. Pourvu que tu m'embrasses.

La fille éclata d'un rire méprisant, toute convenance oubliée, et se pencha en avant.

— Non, dit Chuz, sur les lèvres. Sur la joue gauche.

Il se tourna et lui présenta sa face rugueuse, sèche comme une coque, la peau couturée comme du parchemin gris, les cheveux rouille et sanglants pendant comme des vers. Jaret hésita un instant, puis elle haussa les épaules. Elle l'embrassa fermement et sans réserve. Cependant, bien qu'elle ne le vît point, Chuz fit glisser le gant de sa main droite. Un index — un serpent qui se tortillait — rongea le bout de corde qui la reliait à une autre captive toute proche. Lorsque la corde retomba, l'autre fille, qui n'avait pas bougé jusqu'alors, se mit à remuer. Mais Chuz prononça deux ou trois paroles dont les syllabes demeurèrent floues et elle replongea dans sa stupeur.

Alentour, le campement était pareillement vaincu. Deux hommes, qui montaient auparavant la garde, étaient appuyés contre un arbre et ronflaient à l'unisson. Seuls se faisaient parfois entendre les bruits du sommeil. Elle ignorait, cette meurtrière enthousiasmée par sa délivrance, si son compagnon avait provoqué ce relâchement. Assurément, les dieux le lui avaient envoyé. Elle s'était attendue, plus ou moins, à être enlevée au moment où le nœud coulant se serait resserré sur son cou, au vu et au su de tout un chacun, par des esprits tempétueux, parmi les fanfares et les éclairs. Cette méthode était moins spectaculaire qu'elle n'aurait pu l'espérer, mais également moins hypothétique.

— Viens, lui dit Chuz.

Il se tenait à dix pas de là. Un feu qui couvait encore s'était attaqué à son manteau. Une réaction perverse était en train de se produire, car le tissu semblait brûler le feu et le réduire en cendres au lieu du contraire.

Jaret s'avança, obéissante, et Chuz se mit à marcher, passant entre les fûts dénudés des bosquets. Jaret entendit un bruit de pas titubant et jeta un coup d'œil derrière elle. Ses seize compagnes, toujours entravées par groupes de trois, quatre et six, la suivaient et suivaient Chuz, les yeux à peine ouverts... en transe.

Chuz approcha du grand portail occidental de Bhelsheved, fermé et barricadé de l'intérieur. Il murmura quelques mots à la porte et tapa sur ses panneaux du bout de ses doigts regantés.

Le portail ne parla point, pourtant tous ceux qui se trouvaient à proximité surent qu'il répondit. Il dit et ne dit point :

— Nul ne m'a laissé entrebâillé. Je suis verrouillé et barricadé de l'intérieur.

— J'ai le regret de t'apprendre que tu es dans l'erreur, fit Chuz. Il me suffit de te pousser légèrement pour pouvoir entrer.

— C'est inexact, dit-ne-dit-pas le portail. Inexact. Tu mens.

— Je vais pousser. Tu t'ouvriras.

— En aucun cas.

— Sans aucun doute.
— Tu es fou de t'imaginer pouvoir entrer.
— Tu es plus fou que moi de t'imaginer pouvoir m'empêcher d'entrer.
— Nul ne peut entrer.
— Quelqu'un en est capable et le fait.
— Qui ?
— La lune va et vient comme il lui plaît.
— Oui, dit-ne-dit-pas le portail. Je m'en inquiète.
— Je vais entrer, maintenant.
— Non, non. Je vais me verrouiller.
L'on entendit alors des bruits de lourds mécanismes et de pênes qui se déplaçaient de la seule manière qu'il leur restait... et le portail se déverrouilla par erreur.
Chuz poussa le panneau qui s'ouvrit largement.
— Maintenant, je ne puis entrer, dit Chuz.
— Ahhh, soupira-ne-soupira-point le portail.
Chuz pénétra dans Bhelsheved et les dix-sept meurtrières le suivirent, somnambules à l'exception de Jaret qui marchait la première.
Les temples étaient semblables à des tombeaux dans les ténèbres glaciales, bien que, çà et là, une veilleuse fût encore éclairée, blanche comme un fantôme. Le lac était terne et opaque, sa surface entremêlée de feuilles en train de se dissoudre.
Il était clair que les dieux n'hivernaient point en ces lieux. Les dieux étaient partis ou n'existaient pas.
Chuz fit halte.
— Écoutez.
Éveillées ou en transe, les dix-sept meurtrières écoutèrent.
Elles entendirent un bruit semblable à celui d'une soie argentée, de perles d'argent, puis une chanson semblable à celle d'un serpent qui sinue sur une poudre fine.
— Regardez.
Jaret distingua clairement, les autres comme à travers une fumée douce, une espèce de tourbillon d'étoiles. Il y avait eu un jardin, mais le jardin semblait être devenu partie intégrante de l'espace.

— Nous approchons-nous encore ? demanda poliment Chuz.

Elles se rapprochèrent. Au-delà d'une limite indéfinissable, elles ne purent continuer. Une sorte de rideau diaphane encerclait le jardin. Ce n'était pas qu'elles fussent incapables de franchir de force ce barrage, mais plutôt qu'en l'atteignant elles n'eussent nul désir de le traverser. Et pourtant, elles le désiraient

À l'intérieur se trouvait la jeunesse de l'été. Des arbres étaient en bourgeons, l'herbe était couverte de fleurs. Un autre ciel, un ciel de nuit d'été, miroitant d'éclats stellaires colossaux, brillait au-dessus d'elles. Quelques étoiles étaient tombées sur terre et étaient devenues des lampes aux couleurs de flammes. Si le rideau translucide contenait cet été, l'hiver demeurant à l'extérieur, des lueurs, des bribes de musique et des bouffées fugitives d'encens pénétraient cependant le monde extérieur.

Les meurtrières étaient accrochées à cette vision, mouches prisonnières d'une toile.

Elles contemplèrent des personnages qui se déplaçaient comme les lumières. Une jeune fille qui rappelait un cierge pâle, de l'argent ouvragé dans son nuage de cheveux d'ébène, caressait des notes sur un cadre d'ivoire et des cordes de cristal. Un jeune homme, aussi pâle et noir qu'elle, versait un breuvage scintillant dans des coupes de jade spectral.

Il y avait un autre rideau derrière le premier. Il obscurcissait sans obscurcir. Elles distinguèrent Ajrarn, prince et seigneur, brillante créature de nuit, à travers cette gaze, et à son côté elles aperçurent une femme blanche comme les étoiles. Derrière le second rideau se trouvait une autre terre. Sur cette terre-là, qui était l'univers particulier de l'obsession amoureuse, vivaient ces deux uniques habitants, qui ne connaissaient qu'eux-mêmes. Là, il l'avait tissée dans la tapisserie de sa magie. Là, il l'avait enveloppée dans ses sorts protecteurs et là, de toutes les façons sauf une, il l'avait transformée en une partie de lui-même et elle avait réagi en devenant cette partie, union semblable à un mariage de plantes grimpantes, entremêlées, indiscernables.

Voilà ce que virent les jeunes filles qui regardèrent à travers ces deux rideaux, qui avaient séparé l'amour de l'aspiration à l'amour. Et chacune d'elles sut, en transe ou éveillée, qu'elle avait devant soi le dieu et son élue. Et que ce n'était pas elle.

Peut-être parce qu'elles furent seize à être pétrifiées, Jaret fut la première à se détourner. Elle fit une vingtaine de pas le long du rivage en mosaïque avant de s'arrêter, les mains serrées sur le flanc, comme si elle avait été blessée.

Chuz, comme une volute de brume, la suivit.

Elle ne le morigéna point pour son péché impardonnable : lui avoir révélé la vérité. Elle se contenta de dire :

— Comment pourrai-je le supporter ? Tout m'a été enlevé, moi à qui tout avait été promis.

— Et comment voudrais-tu le supporter ? lui demanda-t-il.

— Je n'aurai pas à le faire. Qu'on me pende dès demain. Cela ne me fait plus rien.

— Je t'ai offert la liberté.

— Je ne veux pas de la liberté. Je serai à jamais incapable d'être libre. L'hiver m'a touchée. Je suis aussi épuisée qu'une feuille morte restée sur son arbre. Demain, on m'élaguera. Je suis heureuse de mourir. Je pourrais mourir sans aucune aide. Je pourrais fermer les yeux et mourir de la même manière que les feuilles qui tombent. L'hiver m'a touchée.

Chuz la prit alors entre ses bras et elle sanglota sur sa poitrine, ainsi que, bien longtemps auparavant, Djasrin l'avait fait, non loin de là.

Peut-être avait-il besoin de son chagrin comme d'un aliment ou d'un vin. Peut-être aussi était-il compatissant avec ceux qui devenaient ses sujets.

Mais la désolation tendait à rester dans son sillage.

Il lui dit enfin :

— En dehors de la mort, que désire ton cœur ?

— Le tuer, dit-elle.

Elle ne savait pas précisément quelle sorte de « dieu » pouvait être Ajrarn et l'on peut donc lui pardonner la folie d'avoir émis des menaces à son encontre.

— Mais je suppose que, puisqu'il est immortel, il ne peut être occis.

— Il est bien moins et bien plus qu'immortel, ma bien-aimée. Mais, assurément, tu ne pourrais enfoncer une épingle à travers son crâne remarquable ni lui faire le moindre mal. Hormis d'une unique façon qui n'a d'ailleurs rien d'illogique.

La meurtrière se nicha contre l'épaule du Prince La Folie.

— Parle.

— Il n'est qu'un objet plus précieux qu'une goutte d'ichor Vazdru, fit songeusement Chuz. Il s'agit d'une larme Vazdru. Ces larmes sont très rares. Chez les Eshva, pleurer est une chanson. Mais les Vazdru sourient lorsque leur cœur se brise, car les cœurs démoniaques sont réparés par le sang humain. Pourtant, Ajrarn a parfois ordonné à tout son pays de pleurer.

— Qu'est-ce que Ajrarn ? murmura Jaret. N'est-ce point un diable monstrueux qui vit dans un égout souterrain ?

Chuz garda le visage impassible, mais les mâchoires d'âne s'esclaffèrent. La fille frissonna et tira sur le manteau de Chuz.

— Je ne t'ai pas oubliée, fit Chuz.

C'est à cet instant que commença le terrible hurlement. Jaret se retourna et vit que ses seize compagnes dans le crime s'étaient levées et couraient en tous sens. Prises de démence (et donc moins intéressantes pour Chuz, étant donné qu'elles lui appartenaient manifestement ?), elles s'arrachaient les cheveux et se lacéraient la peau. C'étaient des cris de trahison. C'était les hurlements d'une vierge qui engendrait un dieu, une vierge qui n'était aucune d'elles, car, magiquement sensibilisées, elles avaient naturellement compris son état. Nulle ne connaît mieux la couleur de l'habit que celles qui n'ont point la permission de le porter.

L'enchantement du jardin s'était déjà évaporé. Aucune trace ne demeurait, ni du Prince des Démons ni de son amante mortelle. L'on peut concevoir, après tout, que cela n'eût été qu'une illusion invoquée par Chuz lui-même, quoique fidèlement copiée sur l'original.

— Viens, répéta Chuz. Nous allons nous rendre dans le désert. Il te faut apprendre à attendre ce que tu désires. Étant ma sujette, tu connaîtras facilement la patience.

— J'ai froid.

— Je vais te réchauffer. N'es-tu pas déjà réchauffée ?

— Peut-être...

Alertée par les cris en provenance de l'intérieur de Bhelsheved et par la disparition probable du sort de Chuz, la foule à l'extérieur des murs revenait à soi. Certains avaient déjà découvert l'évasion des meurtrières. D'autres avaient remarqué que l'une des portes était ouverte.

Chuz et la dix-septième meurtrière se glissèrent par l'ouverture, deux ombres indistinctes, tandis que trois cent quatre-vingt-trois personnes s'avançaient en titubant.

Un miroitement hésitant se trouvait dans le ciel oriental. Il régnait un sentiment de confusion et nombreux furent ceux qui considérèrent cette lumière avec peur avant de reconnaître les prémices de l'aube.

— Nous ne quitterons pas la ville tant que cette affaire n'aura pas été réglée, déclarèrent les hommes.

Ils étaient sur les rues en mosaïque, autour du lac, le long des ponts blancs, à la porte du temple central. Non, ils ne voulaient point bouger. Ce sanctuaire sacré, qui était interdit aux hommes sauf en une seule saison, était désormais engorgé et encombré. Il semblait qu'ils ne repartiraient jamais. Ils exigeaient des informations et des mesures. Les prêtres hors de ce monde, qui s'étaient éparpillés comme des oiseaux effrayés devant les cris qui retentissaient sous leurs fenêtres, erraient sans but en groupes voletants. L'hystérie, pour la première fois, les avait touchés. La proximité de ces personnes qui n'avaient pas été invitées, qu'ils ne pouvaient contrôler et que les dieux avaient été incapables de maintenir à l'extérieur, était comme une agression, un viol

Une nouvelle poignée de messagers était partie à cheval. L'on mandait les anciens et les personnages importants, ceux qui étaient versés dans l'éthique religieuse. Car nuls ne savaient que faire, prêtres ou laïcs. Et aucun des deux côtés n'était prêt à se déplacer pour aider l'autre ou lui concéder quoi que ce fût.

Les seize meurtrières (l'une avait mystérieusement disparu, probablement partie dans le désert hivernal mutilé par les lions) n'avaient pas été pendues. Elles avaient été attachées à un arbre sans feuilles au bord du lac. Elles ne criaient plus, car elles étaient épuisées. Et elles ne cherchaient plus à échapper à la mort, qui, ironiquement, leur était désormais refusée. Certaines avaient tenté de se noyer dans le lac, mais les cordes n'étaient pas assez longues pour permettre de s'y immerger. Frustrées, elles fixaient le sol.

— Qu'avez-vous vu ? leur avait-on demandé.

Elles avaient répondu avec force détails. Elles avaient expliqué le préjudice et l'humiliation qu'elles avaient subis... la vierge qui attendait un enfant, la femme du dieu.

Rien d'étonnant à ce que la foule refusât de partir. Rien d'étonnant à ce que l'on eût fait mander les anciens et les philosophes.

CHAPITRE 2
MÈRE ET FILLE

Dunizel se tenait dans un petit temple du quartier nord de l'hivernale Bhelsheved. Elle n'avait pas entendu les cris et, si elle les avait entendus, ce n'était que psychiquement. Elle sentait l'haleine des intentions humaines brûlante sur ses talons. Elle n'avait pas peur. Pourtant, elle ressentait une tristesse familière. Elle était une partie de son amour, de même que l'était le bonheur.

De jour, les bijoux démoniaques qu'il lui avait donnés pâlissaient. Ils étaient enveloppés de protections, pourtant elle devinait que cette magie était moins forte lorsque le soleil emplissait le ciel. La pâleur du métal et des joyaux était un présage de ce fait. L'enfant en elle, toutefois, semblait plus forte le jour, comme si elle répondait à la lumière, la défiait et luttait contre elle.

Elle aimait son enfant et, de même que sa mère avait parlé à Dunizel dans ses entrailles, Dunizel parlait à sa propre fille qui devait naître.

Au centre de Bhelsheved, la foule grondait et se troublait. Dans le petit temple du nord, assises paisiblement sous une fenêtre bleue, le souvenir vif à tout jamais du contact sur sa bouche de la bouche d'Ajrarn, auquel aspirait la moitié d'un monde, Dunizel racontait à son enfant embryonnaire l'histoire de son père démoniaque.

— Au commencement, ma chérie, toutes les bêtes existaient en ce monde, hormis une seule.

Ainsi en était-il, disait-on, un million d'années avant

le déluge, gigantesque précurseur de Babhelu, qui avait révélé que la main des dieux ne se manifestait que par sa cruauté.

— Les cygnes nageaient, ainsi que les poissons dans les eaux. Les daims couraient dans les plaines et les chiens aboyaient après une lune si jeune qu'elle savait à peine ce qu'elle était. Les oiseaux régnaient sur les airs et l'homme se prétendait dominateur des terres, bien qu'il dût pour cela lutter pouce par pouce contre les aurochs, les ours et les dragons.

Il existait aussi des démons. Il en avait peut-être toujours été ainsi. Bien que l'on raconte qu'au commencement ils n'avaient pas eu de maître. Mais, pour cette histoire...

La bête préférée de Terre Inférieure n'était nulle autre que le serpent. Parmi les ombres brillantes, il était admiré pour sa grâce et son élégance, pour son sang-froid et sa malveillante maîtrise de soi. Les démons, dans leur innocence ou leur cynisme extrême, ne tardèrent pas à faire monter le serpent sur terre en supposant que les hommes allaient eux aussi en tomber amoureux. Mais les hommes s'opposèrent au serpent, percevant ses origines démoniaques, se méfiant de son absence de pattes et d'oreilles, de ses dents habiles et de ses atours implacables. En vérité, ils se tournaient contre le serpent et le chassaient de chez eux, l'écrasaient avec des maillets dès qu'ils le pouvaient, l'injuriaient et lui crachaient dessus lorsqu'ils ne pouvaient faire mieux.

Les Eshva pleurèrent le serpent, car ils l'aimaient pardessus tout. Les Vazdru se dirent alors :

— Trompons l'humanité pour qu'elle adore le serpent.

Et ils y parvinrent par divers moyens ; çà et là, il devint un dieu que l'on adorait, ou une créature que l'on utilisait pour la magie.

Mais, un jour-nuit de Druhim Vanashta, certains princes Vazdru se mirent à parier qu'ils ne pourraient persuader les hommes d'aimer le serpent pour lui-même. Ils s'y essayèrent et ne purent y parvenir.

Finalement, ce problème irritant fut remarqué par Ajrarn. En conséquence, Ajrarn sortit de nuit sur terre pour écouter l'opinion que les hommes avaient du serpent.

— Nous abhorrons ses froides écailles, se plaignaient-ils. Ainsi que ses crocs, qui sont parfois venimeux, sa langue fourchue, qui l'est peut-être également. Nous sommes terriblement allergiques à son absence de pattes. Ce n'est qu'une queue et son sifflement fait se hérisser nos poils.

Ajrarn sourit alors et retourna à Druhim Vanashta. Il prit un serpent et lui demanda :

— Accepterais-tu, afin de gagner l'affection de l'humanité, de te transformer quelque peu ?

— Quelle est la valeur de l'affection de l'humanité ? demanda le serpent.

— Ceux qu'elle aime prospèrent, dit Ajrarn. Et ceux qu'elle déteste se font blesser.

Le serpent avait entendu parler des maillets de la bouche de ses cousins et, après mûre réflexion, il acquiesça.

Ajrarn conduisit donc le serpent aux Drin, qui façonnèrent pour le serpent des attributs supplémentaires dont l'absence, au dire des hommes, le leur rendait désagréable. D'abord, les Drin lui firent quatre petites pattes musclées qui se terminaient par des coussinets bien ronds. Puis ils lui firent deux petites oreilles pointues bien dressées sur la tête. Ensuite, ils gonflèrent son corps grâce à un système ingénieux et lui redressèrent la langue grâce à un autre... mais cette langue demeura fine et, en fait, il lui resta beaucoup de queue. Ils lui donnèrent aussi un pardessus de longues herbes noires et lui décorèrent le visage, désormais très joli, avec de longs fils d'argent fin. Ses yeux semblables à des pierres précieuses avaient toujours été merveilleux et ils n'eurent guère à y toucher. Finalement, en contrepartie du venin qu'ils lui avaient ôté (bien qu'ils n'eussent point touché à la forme des crocs), ils lui offrirent des pointes d'acier au bout des pattes avec lesquelles il pourrait se défendre.

Lorsque Ajrarn contempla le résultat, il éclata de rire et passa la main sur la colonne vertébrale du nouvel animal. Celui-ci se transforma aussitôt en chair et en muscle, et le manteau d'herbe en poils luxuriants et veloutés. Au contact d'Ajrarn, le nouvel animal émit aussi un bruit étrange, non pas un sifflement, mais...

— Mon cher, tu ronronnes, dit Ajrarn, qui éclata encore de rire.

Jusqu'à ce jour, aucun chat ne supporte qu'on se rie de lui, même par amour.

Naturellement, l'animal doté de pattes, d'oreilles et de fourrure eut un succès énorme sur terre. Les hommes admiraient sa grâce et son élégance, son sang-froid et sa glaciale maîtrise de soi. Lorqu'il était parfois irrité et, imprudemment, se mettait à souffler, ils ne pensaient plus au serpent et disaient :

— Voilà le chat qui souffle.

Ils ne remarquaient pas davantage que les chats, comme les serpents, tuaient les souris, aimaient le lait et devenaient les favoris des sorciers. Les hommes ne prirent jamais en compte le fait que, si l'on oubliait sa fourrure et aplatissait sur son crâne les petites oreilles du chat, on avait alors sous la main une tête pointue de démon et les dents pointues du serpent prêtes à entrer en action.

Lorsque Dunizel eut raconté cette histoire, elle sentit que l'embryon s'y intéressait. C'était une légende infantile et satisfaisante, à moins que ce ne fût la vérité. Mais il était inévitable que Dunizel songeât ainsi à son amant, alors que les autres parlaient exclusivement du côté sanguinaire et vicieux de ses actions parmi les humains.

L'histoire terminée, Dunizel sombra dans une espèce de rêve, la lumière bleu ciel de la fenêtre tombant sur elle. Elle s'imagina qu'elle était avec son bébé sur le dos d'un lion ailé. Il est possible, voire probable, que le bébé à naître prît également part à ce rêve. Elle était bien différente des autres fœtus.

Plusieurs heures s'écoulèrent avant que Dunizel relève la tête en entendant un cri gigantesque qui parut secouer Bhelsheved.

En fait, les savants et les philosophes s'étaient déjà mis en route pour Bhelsheved et avaient donc été interceptés par les messagers. Certains de ces sages avaient l'intention de châtier la foule pour être allée jusqu'à la ville sainte à une époque irreligieuse. Certains avaient été intrigués par des présages anormaux. Un ou deux astrologues avaient lu des mystères dans la position de diverses étoiles. D'une façon ou d'une autre, Bhelsheved les avait magnétisés. Les messagers les conduisirent à travers les sables, sur les routes résonnantes... qui ne produisirent aucun écho mais de simples bruits sourds, car le nombre de ceux qui les foulaient était trop réduit, en l'occurrence. Ils entrèrent par l'unique porte ouverte. Ils croisèrent les prêtres et les prêtresses. Et les prêtres et les prêtresses s'enfuyaient, affolés comme des pigeons.

— Nous vous demandons pardon et le pardon des cieux, dirent les sages.

— N'êtes-vous point au courant du miracle qui s'est produit ici par la volonté divine ? marmonnèrent un certain nombre de devins.

Car, ajoutés au témoignage des messagers, les présages avaient pris toute leur signification. (Chaque devin se hâta d'affirmer qu'il avait été le premier à prédire un Événement.)

— Où ? ulula l'astrologue, plus terre à terre que son camarade. Où ? Où ?

Les prêtres se recroquevillèrent. Qu'ils paraissaient frêles et ridicules...

Aucune femme, parmi eux, ne paraissait être une candidate pour une visite céleste et pas une seule ceinture n'avait été défaite d'un cran sur ces tailles minces.

— Où ? ulula encore l'astrologue.

Ses doigts pinçaient l'air comme s'ils étaient impatients d'ouvrir robes et ventres pour regarder dessous.

Un vénérable philosophe s'avança à la hâte.

— Mon ami désire savoir, comme nous tous, où l'on peut trouver la vierge bénie des dieux.

Certains prêtres se mirent à pleurer.

Une voix s'éleva de la presse. La presse s'ouvrit. Un vieillard appuyé sur une crosse apparut. Les prêtres le considérèrent avec une terreur nouvelle, ne se rappelant manifestement pas qu'il était l'un de leurs professeurs d'antan de la tour antique, la bâtisse où ils s'étaient avérés capables de subir toutes sortes d'épreuves... à part, bien sûr, discuter avec autrui en dehors de tout rituel.

Mais la foule, elle, reconnut le vieil homme.

Il regarda autour de lui de ses yeux implacables. L'immaturité et la bêtise de ses étudiants provoquaient clairement en lui un sentiment aigu d'écœurement. Pourtant, n'y avait-il point eu une étudiante qui, à la différence de ceux qui l'offensaient maintenant, lui avait donné une raison de se réjouir ?

— Taisez-vous, dit le vieillard — et la foule fut coite. — Écoutez-moi. Je vais vous rappeler une fille d'une beauté supérieure, d'une sainteté extraordinaire et aux visions occultes. Qui, vu son port et son apparence, a reçu le nom d'Âme-de-Lune...

Au moment même où ces paroles étaient prononcées, Dunizel sentit l'étreinte du destin se resserrer brutalement sur elle. Sans nul doute avait-elle déjà prédit ce qui devait advenir, quel était le souhait non exprimé par Ajrarn en l'utilisant. Pourtant, être utilisé par celui qui vous aime est infiniment pardonnable.

Le long des murs de ce petit temple où elle s'était attardée, se trouvaient des inscriptions, car les prêtres apposaient fréquemment des graffiti concernant les dieux. Elle avait lu des sentences telles que : *La loi du ciel est l'éternité.* Ou bien : *Lorsque je pense à vous, ô Maîtres du Firmament, mon âme s'élève comme le soleil.*

Dunizel prit alors une plume qu'elle trempa dans l'encre d'or argenté et écrivit ceci:

L'amerture de la joie réside dans la conscience que l'on a de son caractère fini. Et la joie ne doit point durer plus d'une saison car, après celle-ci, même la joie peut n'être plus qu'habitude.

Elle posa ensuite la main sur son corps, au-dessus du vase dans lequel l'enfant attendait son terme, comme si elle se réchauffait la main à ce feu ténébreux.

L'instant d'après, elle prit conscience du pas imposant d'une multitude qui se dirigeait vers elle sur les rues pastel. Elle était toujours sereine. Elle éprouvait de la pitié envers eux, et envers l'enfant. Et même envers

Ajrarn... Chuz avait prophétisé qu'elle serait assez folle pour prendre en pitié le Prince des Démons.

Pour elle-même, elle ne ressentit qu'un sentiment de déperdition : la fin de la joie.

Le pas de la foule se rapprocha, ressemblant à une marée montante, ou à un vent qui soufflait à travers la ville. A la porte du petit temple, le bruit cessa. Puis la porte s'ouvrit brutalement.

Le soleil hivernal pénétra, froid et rude, comme le tranchant d'un verre brisé.

Un vieillard sortit lentement de la lumière, appuyé sur une crosse.

Lui et ceux qui se pressaient derrière lui, et ceux qui ne pouvaient entrer du fait de l'étroitesse de la porte, contemplèrent le mirage d'une jeune fille, pure blancheur, teintée par les reflets bleus d'une fenêtre derrière elle. Sa beauté était surnaturelle. Leur quête étant ce qu'elle était devenue, elle était la seule chose qu'ils pouvaient venir chercher. (Et comment l'avaient-ils découvert ? Peut-être qu'un membre de son ordre l'avait vue entrer et avait relayé cette information. À moins qu'elle n'eût laissé derrière elle une sorte de piste surnaturelle.)

Elle leur fit face. Si elle avait nié la vérité, ils ne l'eussent pas écoutée. Vu ce qu'elle était et ce qu'elle apparaissait, seuls les dieux auraient pu reconnaître à cet instant qu'elle n'était pas des leurs.

Sur le rivage du lac, échappant à toute attention, la seizième meurtrière sentit sous sa main un bout de mosaïque qui s'était décollé. Elle le dégagea totalement et, à l'aide de celui-ci, s'entailla les poignets. Peinte de son sang, courtoisement, elle offrit le tesson à la quinzième meurtrière.

Ils escortèrent Dunizel jusqu'au temple central. L'on prépara pour elle un appartement derrière l'autel opalescent et les deux bêtes dorées. Les prêtres furent forcés de lui servir de domestiques et leurs services incompétents furent améliorés par ceux de jeunes femmes de bonne lignée. Les messagers allèrent et vinrent à travers le désert hivernal. Cavalcades et caravanes cherchèrent

Bhelsheved à travers les jours teintés de fumée et les ailes de la nuit. L'on apporta des présents pour la mère et l'enfant, rares et fréquemment obscurs. Tous désiraient toucher l'épouse du dieu... son front, ses doigts. Ils s'agenouillaient en attendant sa bénédiction. Les pauvres, qui ne pouvaient offrir de cadeaux, se pressaient à l'extérieur de la ville, s'aventuraient parfois à l'intérieur dans l'espoir de l'apercevoir de loin. C'était une nouvelle fois une fête d'adoration. Une célébration étouffée de terreur révérentielle et de fierté. Non seulement une femme avait été choisie par un dieu, mais à *leur* époque, cette année-là, qui demeurerait à tout jamais dans l'histoire et la mythologie.

Un enterrement précipité avait eu lieu à l'extérieur de la ville : seize tombes. Celui-là aussi avait eu une certaine importance et ils avaient marqué l'emplacement d'une pierre sur laquelle avait été gravé à la hâte : *Nous, qui avons été trompées, gisons ici pour implorer le pardon des cieux.*

Lorsque arrivaient les ténèbres, les feux scintillaient autour de Bhelsheved sur la plaine givrée. Les servantes tiraient les rideaux chamarrés et fermaient les portes de l'appartement qui venait d'être créé pour Dunizel, la laissant seule, baignée, ointe et vêtu de soie, comme si elles l'avaient préparée pour un époux. Le dieu allait lui rendre visite... Nerveusement, avec fierté, elles sondaient la pénombre de plus en plus noire au-dessus de la ville. Certaines prétendaient l'avoir vu arriver, monté sur un cheval d'étoiles, la cape gonflée de lune.

Dunizel demeurait dans ses appartements, comme on voulait qu'elle le fît, bien qu'ils fussent différents de la cellule qu'elle avait occupée ou des jardins près du lac. C'était une grande salle faite de paravents et de draperies, mais aussi des croyances d'autrui.

Elle n'était point surprise qu'Ajrarn ne vînt point l'y voir. Tous les rideaux dégouttaient d'or, métal détesté par les démons. Il régnait également une impression malsaine de méfiance. Combien étaient-ils, dispersés parmi les colonnades ou dans les allées extérieures, à retenir leur haleine en essayant de percevoir innocemment, par inadvertance, le froissement d'ailes gigantesques ou le halètement étouffé de l'amour éthéré ? L'amour qui perçait mais ne souillait point la virginité.

Le septième mois s'évanouit. Elle sentit en elle l'enfant remuer et se retourner dans son demi-sommeil.

De nuit, les bijoux magiques qu'il lui avait donnés brillaient et rougeoyaient. Pourtant, il ne lui avait donné aucun de ces objets pour lesquels il était renommé, selon certaines histoires, et qui devaient l'attirer au côté d'un mortel. Cette nuit-là, en sentant le mouvement de l'enfant en elle, Dunizel comprit fort bien qu'elle n'avait qu'à prononcer son nom pour le voir apparaître... ce qu'elle fit.

Il fut auprès d'elle en un instant, haute forme noire semblable à une feuille repliée qui est en fait un serpent, et dans ce noir ses yeux brûlaient.

— Ne me fais aucun reproche, lui dit-il aussitôt. Car je t'ai avertie de ce que je suis et de ce qui serait.

Elle se retourna et le vit : son visage s'illumina petit à petit, comme si une lampe invisible s'éclairait.

— T'ai-je fait le moindre reproche ? Je pense que l'enfant naîtra avant le lever du soleil.

— Tu ne souffriras point, lui dit-il rapidement.

Son attitude était rigide, comme s'il ne se souciait plus d'elle et cela même aurait pu lui indiquer que tel n'était pas le cas, si elle avait eu le moindre doute.

— Et lorsque tu auras été délivrée de cette enfant, je t'enlèverai à cette prison. L'enfant sera l'héritage que je leur laisserai. Je la ferai robuste et terrible, puis j'en aurai fini avec elle. Et tu en auras également fini avec elle, Dunizel.

— Non, dit-elle. Je ne laisserai point ton enfant seule en ce lieu ni en aucun autre.

— J'ai l'intention de la faire travailler dur. Comme je te l'ai dit, je suis le père de la méchanceté ; ne t'imagine point que je manifesterai la moindre considération pour la créature que j'ai fait pousser en ton sein, fût-ce pour toi. Mon plan est le suivant : puisque ces gens adorent leurs dieux avec tant de véhémence, je vais leur donner un dieu à adorer à portée de main et ils apprendront ce que c'est que d'être dirigé par un tel être. Et cette leçon ne leur plaira guère.

— Non. Tu peux me quitter, je ne pourrais t'en empêcher. Mais l'enfant ne sera pas abandonnée ici.

— Nous n'avons jamais couché ensemble. Tu ignores tout de l'amour que je puis t'enseigner. Ou du monde tel que je puis te le révéler. Même Druhim Vanashta ouvrira ses portes d'acier, de feu et de pierre précieuse devant toi, si je le désire.

Elle ne discuta plus davantage et se contenta de plonger droit dans ses yeux ses propres yeux que la comète avait participé à former. Un fragment d'or dans une tapisserie se refléta dans son regard et, brutalement, ses prunelles furent aussi dorées. Peut-être ce rappel du soleil lui déplut-il, car il détourna la tête.

— Je vais t'envoyer les servantes de Terre Inférieure, lui annonça-t-il.

Puis il se mit à arracher tous les ors de la chambre. Si le contact du métal le blessait, cela n'apparut point, hormis le fait qu'il accomplit cette tâche un peu trop méticuleusement et posément, comme si chaque morceau de métal était plus lourd et plus encombrant qu'en réalité. Et, lorsqu'il jetait ces ornements au-delà des draperies, ils retombaient sans un bruit, comme s'il leur avait ôté toute substance.

Cela fait, il sombra immédiatement à travers le dallage du temple, le visage revenu dans l'obscurité. Et, au moment même où il disparut, elle sentit la caresse de ses lèvres sur les siennes.

Les femmes Eshva se mirent alors à apparaître comme de minces fantômes sombres. Elle les avait souvent vues et elles l'avaient servie avec déférence, car elles chérissaient tout ce que leur seigneur chérissait. Et l'on dit que même les Eshva s'émerveillaient devant sa beauté. Il fallait qu'elle fût vraiment belle... oui, en vérité elle était très belle.

Elles avaient apporté du lin blanc ramassé sur les rives du Fleuve du Sommeil, le cours d'eau qui coulait aux frontières du royaume d'Ajrarn. Elles l'entassèrent sur le plancher où il commença de brûler seul en une flamme crémeuse.

Elle n'avait pas encore ressenti de douleur. L'agitation croissante de l'enfant lui avait seulement donné l'impression que des volutes d'étincelles tournaient dans ses entrailles. Avec le lin qui brûlait, descendit sur elle une impression de rêve, puis de séparation, de telle sorte qu'elle crut quitter son corps et flotter dans l'air. De ce point de vue, elle assista clairement à ce qui se passa, comme si elle observait les actions d'une autre femme.

Aucun effort ne fut requis de son propre corps, du moins lui sembla-t-il. L'enfant cherchait déjà impatiemment à sortir d'elle. Au début, cela put intriguer Dunizel, pourtant, intuitivement, elle ne dut pas tarder à comprendre que les Eshva, qui étaient capables d'enchanter un renard pour lui faire quitter sa tanière, ou la pluie ses nuages, ensorcelaient l'enfant, lui demandant hypnotiquement mais muettement de sortir.

Ni sang ni aucun fluide n'accompagna le passage de l'enfant. Elle avait été modifiée, étrangement amorphe, fluide elle-même, changeante et pourtant inchangée. Eût-il été perceptible au moment où elle quittait le logement du corps de la vierge, le processus se fût avéré comme tout à fait anormal. Étroit et sinueusement flexible, le bébé négocia sa route et ne provoqua nul dommage à soi-même ni à ce qui l'avait contenu. Bientôt, soudainement, il émergea, les jambes anormalement en premier, ce qui, en l'occurrence, était parfaitement naturel, un peu comme un chat qui retombe sur ses pattes. Lorsque les membres inférieurs sortirent du corps de la mère, ils adoptèrent la réalité et des contours acceptables. Puis ce fut un torse, pur et sans défaut. Les bras étaient tenus en l'air, dans la position d'un nageur prêt à plonger, la tête en arrière. Rien ne souillait le visage de l'enfant. Aucun cordon ombilical, ni le moindre placenta... Il n'y aurait pas d'arrière-faix. Il tomba nettement entre les mains des Eshva qui soupirèrent dessus, de telle sorte que le parfum de leur haleine fut la première (trompeuse) senteur qu'il connut dans le monde extérieur.

L'enfant était blanche de peau, les cheveux longs, du

noir bruni des océans et des cieux nocturnes : la chevelure d'Ajrarn. Les ongles apparaissaient sur les mains et les pieds, minuscules et sans défaut. Les dents, plus blanches que le sel, étincelaient entre ses lèvres entrouvertes. Dépourvue de cordon ombilical, elle ne pouvait avoir de nombril et son ventre était lisse comme un panneau d'albâtre. Cette enfant n'aurait pu vraiment avoir une apparence mortelle. Les paupières abaissées aux cils épais étaient d'un bleu vif stupéfiant du fait des yeux qui attendaient en dessous. Il s'avérait qu'elle possédait finalement quelque chose de sa mère.

Dunizel, suspendue dans les airs au-dessus de soi, examina l'enfant sans stupéfaction mais avec surprise, satisfaite mais aussi ineffablement triste. Elle était adorable ; elle n'était pas humaine.

Elle n'avait pas crié et ne demndait pas à être nourrie. Le lait maternel ne lui était pas essentiel et Dunizel savait que les fluides alimentaires ne s'étaient pas accumulés dans ses seins. L'enfant allait recevoir sa première nourriture.

Une corde soyeuse, un serpent, s'enroulait autour du bras de l'une des Eshva. Il abaissa la tête pour l'embrasser ; la tête laissa une impression sur la chair, la marque de deux longues dents. Sombre comme l'encre, le sang démoniaque sortit des deux petites blessures.

La démone posa ces deux points contre les lèvres de l'enfant. Sans ouvrir ses paupières violettes, silencieusement, l'enfant but le sang.

Malgré sa position bizarre, frissonna assurément en Dunizel, comme une feuille qui tombe, une impression de quelque chose d'étranger, de démesuré. Sans amoindrir son émotion, participant à cette émotion qui était devenue tristesse. Elle était la jale du dieu (de même que Bhelsheved était la jale des dieux), la citadelle choisie pour cette magie ultime, cet acte de sorcellerie. Mais elle était elle-même aussi loin du cœur de tout cela qu'elle semblait l'être de sa propre structure charnelle. La jale n'a nul besoin d'accorder foi ni de comprendre le vin qui est placé en elle.

Mais le lin magique apaisa encore plus son âme

détachée et l'endormit. Elle vit que l'enfant avait été couchée au milieu du lin qui brûlait, illuminée, en paix, sa longue chevelure aussi noire que le jais et bouclée comme une toison coulant à travers les flammes mystérieuses.

Ce n'était plus l'enfant de Dunizel, à qui elle avait raconté des histoires. C'était désormais son enfant à lui, à lui seul, dont il avait dit :

— Ne t'imagine point que je manifesterai la moindre considération pour cette créature. Je la ferai robuste et terrible, puis j'en aurai fini avec elle.

CHAPITRE 3
L'ALOÈS

C'était une scène sans compromis. La roche tombait abruptement des deux côtés dans le ravin creusé par un cours d'eau à sec depuis des lustres. Le sable y coulait désormais, imitation sans tact des eaux. Un étang s'était jadis formé, qui n'était plus que plaques craquelées. Là, âprement, poussait un sévère aloès. Un peu d'humidité, ou un souvenir d'humidité, lui permettait de survivre et, bien que l'hiver l'eût dépouillé de fruits et de feuilles, il se ratatinait sur lui-même et s'entêtait à vivre.

L'aloès, le ravin, la roche, le désert qui s'étendait au-delà, tous avaient une histoire à raconter, rapidement et totalement, sans la moindre parole. Il était possible de survivre en un tel lieu, mais le prix de la survie était élevé.

Il n'y avait là rien de tendre. Le vent lui-même râpait le visage.

Elle avait les cheveux fauves blanchis par la poussière et son visage, qui était jeune, raviné par la poussière, les vents et d'autres intempéries intérieures, paraissait âgé.

Il y avait moins d'un mois qu'elle se trouvait dans la région, mais elle en faisait déjà partie intégrante. Elle aurait pu y être restée des siècles. Elle aurait pu y être née.

Au matin, elle escaladait la roche de la falaise nord et montait dans le désert. Une maigre source boueuse persistait à un demi-mille du ravin. Elle y buvait, à moins que, ce jour-là, les sables n'eussent bouché le trou. Si elle ne parvenait pas à le dégager avec les doigts, comme cela arrivait parfois, elle ne buvait point. Il se pouvait qu'elle aperçût un minuscule lézard. Elle était devenue habile au maniement d'une fronde faite avec sa ceinture et, grâce aux silex pointus qu'elle avait trouvés au fond du ravin, elle tuait le lézard pour le manger. Ce genre de repas n'avait rien d'appétissant et il était fréquent qu'elle ne se donne même pas la peine de manger. Ces petites morts la mettaient également en colère, car elle avait tué un homme à l'aide d'une aiguille en cristal et tout meurtre lui rappelait cet acte et son inutilité.

De jour, Jaret restait tapie contre l'aloès, ou bien, si les vents étaient trop forts, elle rampait parmi les larges fentes dans la roche. Les jours s'écoulaient rapidement, car elle les passait à ruminer sur ce qui aurait pu être si la promesse avait été réalisée ; sur ce qui était depuis qu'elle ne l'avait pas été. De temps à autre, elle se représentait cette vision du jardin ténébreux, la femme qui n'était pas elle, la conscience du choix, de l'amour et du développement d'un enfant divin. Ou alors, elle se rappelait le rêve d'extase où le dieu l'avait possédée. Puis elle levait la tête et hurlait à l'adresse du ciel, à maintes et maintes reprises.

Et temps en temps, elle recevait un visiteur.

— Bonjour, lui disait Chuz. Tu es heureuse d'être libre ?

— Pourquoi te moques-tu de moi ? s'écriait Jaret. Que veux-tu de moi ?

— J'hésite. Je pense que je suis devenu fou, dit le Prince La Folie, qui jetait les dés en l'air comme un petit garçon tout joyeux.

L'aloès devint nettement fou et il lui poussa des feuilles qui furent détruites par le vent.

Lorsque Jaret tuait un lézard, Chuz pouvait alors apparaître, assis sur un bout de pénombre sinistre sur le sol, ou marchant à l'horizon. Il semblait admirer son aptitude à manier la fronde.

— Je t'ai déjà expliqué. Il faut que tu sois patiente.

— Je suis patiente, disait-elle en déchirant ses vêtements avec les dents.

— Je vais faire de la musique et tu danseras.

Il secouait une crécelle en laiton qui émettait des sons de sistre. Jaret dansait, contre sa volonté et avec frénésie. Cett manifestation idiote et sans grâce lui donnait une sensation agréable. Finalement, elle tombait sur le sable.

— Que désires-tu ? lui demanda-t-il un jour.

Jaret ne répondit pas, la chose était inutile, car des mâchoires d'âne apparurent et parlèrent à sa place en braillant, révélant ses désirs les plus secrets.

— Je voudrais l'enchaîner et le fouetter avec sept instruments différents dotés de mèches d'acier chauffées à blanc. Je l'attacherais à une roue qui roulerait à travers le ciel et les émissions brûlantes des étoiles. Je lui arracherais le cœur et le lui montrerais.

— Tu le feras.

Jaret resta alors coite.

— Cela ne se peut, puisqu'il est un dieu.

— Il est exact que tu ne peux faire de mal à son corps. C'est son armature psychique qui sera enchaînée, fouettée, attachée à une roue et brûlée, et son cœur psychique qui sera arraché. Mais ce n'est pas un dieu. N'as-tu pas encore deviné qui est ce seigneur des tromperies et mensonges ?

Jaret leva la tête. Elle fixa le visage de Chuz. Ses deux côtés lui apparurent, masque ultime de démence, et elle ne cilla point, les yeux semblables à ceux des lézards qu'elle tuait.

— Qui est-il donc ?

— Ajrarn. Tu te rappelles ? Le monstre sorti des égouts souterrains.

Jaret fut outragée. Elle n'aurait pu se laisser abuser par ça, souffrir l'extase sous les avances de... ça !

— Non !

— Allons, toutes les régions de Bhelsheved ont été trompées. C'était un démon puissant. Supposes-tu qu'il ne puisse adopter une jolie forme lorsque cela est nécessaire ? Réfléchis un peu, continua Chuz en lui caressant tendrement les cheveux. Le dieu véritable et authentique aurait-il choisi une autre que toi ?

Jaret traversa du regard le visage de Chuz. Elle réfléchit.

— Tout Bhelsheved est dans l'erreur, dit Chuz, pourtant les doutes apparaissent déjà. L'enfant est né.

Jaret sursauta.

— Est-il beau ?

— Oui. Mais c'est une fille, pas un garçon.

Jaret fronça les sourcils. Il lui avait semblé que l'enfant d'un dieu serait un garçon, qui pourrait être un héros ou un roi de la Terre. Parmi son peuple, les femmes apprenaient à se placer en dessous des hommes. Comment un dieu pouvait-il choisir de manifester sa graine sacrée dans une progéniture féminine ?

— Bhelsheved, dit Chuz, est aussi troublée que toi par le sexe de l'enfant. Et par d'autres questions. Un rêve de la dernière fête d'adoration, une tour noire ornée de lumières, une forme d'ombre qui a accordé certaines aspirations. D'étranges événements. Des jeunes femmes violées, incapables d'identifier leurs assaillants. Des hommes riches qui sont morts brutalement, laissant leur fortune à leurs héritiers. Des hommes qui ont beuglé l'amour qu'ils éprouvaient pour des filles laides, hideuses ou répugnantes mais toujours minaudières. Des maladies et des mutilations. Cela à l'intérieur comme à l'extérieur de la ville blanche. Ajrarn a été très occupé.

Jaret se remit sur pieds.

— Va à Bhelsheved, dit Chuz. Sois devineresse. Dis-leur tout ce que tu sais. Mets-les en garde, ces ballots infortunés qui se débattent entre ses rets. Rappelle cette histoire : le Prince des Démons a cherché à détruire le monde, mais les dieux l'ont envoyé paître. Sois servante des dieux, ma chérie aux cheveux fauves. Toi aussi, envoie-le paître, ce monstre qui t'a abusée et rendue misérable.

Jaret se mit en marche, remonta posément les roches, avançant presque sans réfléchir et tout droit dans la direction de la cité.

Chuz eut un petit rire. Ses yeux horribles étaient fixés sur le dos de Jaret. Les mâchoires lui parlèrent.

— Ajrarn n'aurait pas dû refuser le cadeau à son enfant. Ajrarn n'aurait pas dû s'opposer à moi.

Chuz enveloppa de son manteau le côté hideux de son visage ; il contempla le sable en baissant les yeux. Maintenant, il était beau. Il murmura :

— Suave Ajrarn, qui t'amuses à usurper mon titre, je n'ai nulle querelle contre toi, je fais un échange. Le troc n'est pas la guerre. Sois donc toi-même Maître des Illusions. Et Chuz sera le Porteur d'Angoisse, le Chacal, le Mauvais.

Entrons maintenant à Bhelsheved. L'on aurait pu ne pas la reconnaître. Des foules se trouvaient partout, à l'intérieur comme à l'extérieur. Des hommes en beaux habits, des femmes fortunées en litière, allaient et venaient comme à la parade, avec leurs animaux domestiques aux laisses ornées de bijoux et leurs esclaves sans bijoux. Il n'était plus blasphématoire mais à la mode d'être vu ici à l'époque proscrite. Des vendeurs s'étaient subrepticement glissés dans les lieux et proposaient des fruits, du vin, des confiseries et parfois de petites poupées en bois qui représentaient la sainte mère avec son enfant. (La plupart de ces sculptures avaient dû être modifiées car, préparées à l'avance, elles avaient représenté un enfant de sexe masculin.) De nouvelles caravanes arrivaient constamment. Des voyageurs lointains étaient venus voir le miracle. Des chameaux blatéraient à travers les bosquets, des ânes vociféraient. L'on faisait le commerce de ces animaux. Bhelsheved était devenue une place de marché. Des papiers, des détritus et de la bouse sèche volaient sur les rues pastel où naguère ne passaient que le sable, les feuilles ou les fleurs. Les vents ensorcelés de la ville ne pouvaient balayer ces objets, peut-être étaient-ils incapables de les distinguer. La fumée des pâtisseries et des poulets qui cuisaient avait taché les murs blancs des temples. L'on prenait des poissons dans le lac pour les placer dans des vessies transparentes et les emporter en guise de souvenirs. Les pauvres jouaient dans les vérandas des temples. Ils imploraient le pardon des dieux chaque fois qu'ils lançaient les dés. Cela leur procurait un étrange plaisir. Certains demandaient de l'argent aux dames opulentes ou aux philosophes : des mendiants.

L'on apercevait rarement les prêtres. Ils étaient repartis dans leur monde céleste en s'enfermant dans leurs cellules, mourant de désolation et de faim, sombrant dans une longue inconscience de désillusion. Seule la tradition avait gardé la ville inviolée. La tradition était un caméléon. Il n'avait pas fallu une armée d'ennemis ou de voleurs pour détruire Bhelsheved. Pas encore, du moins.

Dans le temple central au-dessus du lac, Dunizel venait s'asseoir sur un grand trône doré, que l'on avait fabriqué à son intention, entre les deux bêtes en or devant l'autel. Elle y venait souvent, car on le lui demandait fréquemment. Chaque fois qu'elle était absente, une clameur s'élevait petit à petit. Ils l'appelaient, elle et son enfant, avec une exigence passionnée. Lorsqu'elle et l'enfant apparaissaient, elles étaient adorées. L'enfant était paisible et bougeait à peine sur les genoux de Dunizel. Une garde avait été désignée pour retenir la presse qui s'efforçait toujours de la toucher. Ces soldats perdaient l'équilibre sur les piles de présents posés sur le sol, glissaient sur les raisins, les bracelets et les œufs brisés d'oiseaux rares.

Dans d'autres secteurs du temple, les sages interprétaient la signification de ce qui s'était passé. L'on considérait que c'étaient de grands hommes très intelligents, car chacun avait une explication différente.

Dunizel devait aussi parcourir les avenues de Bhelsheved, portée par ses soldats, l'enfant entre les bras. L'enfant n'était plus alors aussi calme et s'agitait, troublée par le féroce soleil de midi.

À la tombée de la nuit, la cité était bruyante ; ce n'était plus le bruit des chansons et des histoires religieuses, mais un vacarme de disputes et de pièces de monnaie. Le commerce s'était précipité sur l'événement. À quelques pas de la porte ouest (non plus à cent, ni cinquante, mais à dix), des femmes et de jeunes hommes avaient érigé un pavillon écarlate où ils vendaient leurs corps à quiconque désirait copuler. Comme les sages, ils disposaient d'une explication : nul ne devait pénétrer dans l'enclos sacré avec des pensées impures et il fallait donc se débarrasser de ses désirs avant d'entrer dans la ville.

De nuit, on attendait la visite du dieu impatient de coucher avec sa femme vierge.

Une branche gémissait au vent : « C'est le bruit de ses ailes ! »

Un chameau toussait : « C'est la toux de sa monture stellaire. »

Un homme criait à l'intérieur du pavillon écarlate : « Ah ! le dieu est satisfait. »

Pourtant, ceux qui ruminaient profondément sur ces questions étaient conscients que le dieu ne s'était pas positivement manifesté et n'était pas venu revendiquer publiquement sa progéniture. Les sages ne donnaient aucune explication à cela, ni à la nervosité de l'enfant au soleil. La création d'un dieu, même si elle n'était que féminine, aurait dû être capable d'endurer les rayons solaires. Le soleil n'était-il point le symbole ultime de tous les lustres célestes ?

Dans son appartement, parmi le nouveau désordre d'ors neufs, incognito, invisible aux yeux humains, Ajrarn vint voir Dunizel. Il se dressait, ténébreux comme un mince arbre noir poussant au coin de la salle, et il lui dit de sa voix de fer :

— Cèderas-tu, maintenant ? As-tu pris conscience du temps perdu que nous aurions pu passer ensemble ?

Et Dunizel de répondre :

— Mon amour, mon seigneur, ma vie, je ne veux laisser ton enfant seule ici.

— Tu le feras. Ce n'est qu'une question d'attente de ma part. Supportes-tu si facilement d'être séparée de moi ?

— Je ne supporte pas d'être séparée de toi.

— Alors, laisse cette gosse et accompagne-moi. Je la rendrai plus redoutable qu'une dragonne. Elle ne sera pas vulnérable, je te le promets.

— Je ne le puis.

— Je pourrais t'emporter avec moi, que tu le veuilles ou non.

— C'est exact. Et le feras-tu ?

— Non. Mais je ne continuerai point à t'implorer comme si j'étais ton serviteur.

Or, toutes les nuits il revenait et toutes les nuits leur conversation était la même. Ils ne se touchaient pas, bien que la chambre devînt somnolente, suave, électrique du fait des échanges qui se produisaient entre eux. Ni l'un ni l'autre n'acceptait de céder.

Dans son berceau ouvragé, l'enfant tournait la tête sur sa luxuriante chevelure pour les regarder de ses yeux semblables au noyau bleu d'un ciel crépusculaire.

Jaret rentra à Bhelsheved par la même porte ouverte par laquelle elle l'avait quittée.

Elle regarda autour d'elle et ne vit que changements, et elle les vit avec mépris et indifférence. Mais c'est elle, à son tour, que l'on regarda.

Un pouvoir l'accompagnait. Un pouvoir du Prince Chuz, très probablement, qu'il lui avait accordé par la vertu de nombreux contacts physiques. Parmi la multitude de personnes différentes qui emplissaient la ville, Jaret se distinguait. Jeune et vieille à la fois, émaciée, presque belle, les cheveux comme rayés de fauve et de blanc. Une senteur indéfinissable se dégageait d'elle. C'était l'odeur de l'aloès qui imprégnait ses vêtements en haillons.

Dans la rue, on la laissait passer. Les mendiants ne lui demandaient pas l'aumône. Les philosophes grommelaient que c'était une mystique démente sortie du désert. Même les femmes pouvaient tendre au mysticisme, et à ce moment-là elles devenaient plus féroces et moins partiales que les hommes de ce genre.

Jaret marchait et des parties de la foule la suivaient.

Les dames riches la montraient du doigt, dédaigneuses et jalouses.

Jaret monta les marches d'un temple modeste et se posta dessus, baissant apparemment les yeux sur la foule, mais en fait elle la traversait du regard, jusqu'à son amertume. Elle n'était pas gênée, ni vraiment attentive à ce qu'elle faisait. Sa douleur était le centre de l'univers. Elle n'avait pas besoin de trembler devant une foule.

— Vous les abusés ! cria-t-elle soudain, et sa voix s'envola comme un oiseau. Vous les adorateurs de faux dieux !

La foule s'agita et marmotta. Son intérêt avait été capté. Il n'est pas toujours ennuyeux de se faire critiquer.

— Fous que vous êtes ! s'écria Jaret.

Le vent, en gémissant, fit s'envoler les cheveux autour d'elle ; elle leva ses bras maigrichons et sentit Chuz qui riait derrière elle.

— Ce dieu qui a semé sa graine à Bhelsheved n'est nul autre que cette ordure ténébreuse, l'Archidémon de la fosse souterraine.

Sur ce, des cris répondirent à son cri. Comme prévu, on la traita de blasphématrice, de menteuse. On lui dit qu'on allait la tailler en pièces.

— Taillez-moi donc en pièces. La punition s'abattra tout de même sur vous.

Ils lui dirent que les dieux allaient la transpercer.

— Qu'ils me transpercent, fit-elle d'une voix stridente, si je dis autre chose que la vérité.

Elle leur apprit alors de quelle manière Ajrarn, le diable le plus laid et le plus atroce existant sur terre ou sous terre, avait rampé jusqu'à la surface du monde pour engendrer un diable similaire, mais sous la forme innocente d'un bébé, dans le ventre de la catin la plus immonde qui eût accepté de le recevoir. La foule fut horrifiée devant cette apostasie. Jaret leur assura que l'apostasie se trouvait chez eux et non chez elle, car ils considéraient un démon comme un dieu. Lorsqu'elle eut dit tout ce qu'elle désirait, elle redescendit les marches et retraversa la foule pour aller en haranguer une autre partie.

Le jour gonfla froidement, se déçut et se mit à diminuer. Jaret avait parlé plusieurs fois. Sa voix était rauque. Certains avaient un vague souvenir d'elle. Mais ceux qui l'associaient aux dix-sept meurtrières suposaient qu'elle était morte comme les autres et qu'elle se trouvait ici sous forme spirituelle afin de les alarmer. Une pensée intéressante, car un esprit savait assurément des choses que les vivants ignoraient.

Lorsque le jour eut atteint sa limite, rares étaient ceux qui n'avaient pas entendu ou entendu parler de la lamentation de Jaret.

Un seigneur prospère, qui s'enorgueillissait des personnages intéressants qu'il pouvait prétendre avoir vus fréquenter sa table, envoya son esclave mander Jaret dans sa tente. Jaret accepta l'invitation avec hauteur. Elle entra et s'assit parmi les rideaux diaphanes, les lampes à foison, une dizaine d'éminents rhétoriciens et savants et trente hôtes impatients. Si elle fut intimidée un seul instant, elle n'en donna point l'impression.

Lorsqu'on lui présenta de la nourriture, elle la refusa.

— La honte et l'angoisse sont ma viande et mon breuvage.

Lorsqu'on lui offrit des fruits et du vin, elle déclara de sa voix rugueuse très théâtrale :

— Le raisin sucré est devenu pour moi l'aloès, porteur d'amertume et de purgation.

Les invités se repurent en écoutant, fascinés, les déprimantes exclamations de Jaret. L'hôte finit par la persuader de conter son histoire. Elle parla librement de sa copulation avec le démon, de l'extase qui dépassait toutes les extases, du meurtre qu'elle avait été persuadée d'accomplir et de son évasion surnaturelle grâce à « Une grande Créature qui m'a prise en pitié ». Elle ne prononça point le nom de Chuz. Chuz avait agi sur sa langue, très probablement, afin de sauvegarder sa réputation. Elle donna cependant l'impression qu'il s'agissait d'un messager céleste.

— Merveilleux divertissement, dirent les invités du seigneur, quelque peu mal à l'aise.

La rumeur courut hors de la tente, emportée par le vent vespéral, ou par la bouche de ceux qui écoutaient et s'en étaient allés.

La nuit était comme une marmite qui bouillonne. Les naïfs commencèrent à douter. Les blasés, déjà las de l'uniformité de l'enfant de Dunizel, s'éveillèrent à l'espoir de quelque chose de neuf. Les esthètes débattirent violemment.

On aperçut un poisson qui se baladait sur les nageoires au bord du lac : la Folie était aussi de sortie.

Au matin, le soleil et Jaret se levèrent et traversèrent la ville ensemble. Les vagues de la foule montaient et descendaient. Le temple se vida par préférence pour le spectacle très particulier qui se déroulait à l'extérieur. L'on prit les diatribes de Jaret pour des prédications.

Lorsque le jour faiblit, un célèbre philosophe envoya son esclave demander à Jaret de le rejoindre dans sa tente, pour qu'ensemble, avec ses semblables, ils puissent discuter ses enseignements. Elle pénétra dans la tente et le réprimanda sévèrement.

— Je ne suis qu'une femme et tu cherches à m'élever au rang intellectuel d'un homme. Cela n'est guère étonnant, puisque tu penses qu'un dieu peut naître sous une forme féminine.

— Très habile, dirent les hommes, profondément troublés et stimulés.

Les ailes de la nuit se refermèrent sur Bhelsheved.

Le temple était vide, les flammes sacrées brillaient sur ses dorures. Sur la mosaïque du sol, près du trône doré où Dunizel s'asseyait avec son enfant, quelqu'un avait gravé le symbole dont la traduction exacte est : XXX

Et, dans l'obscurité de ces ténèbres, Ajrarn lui dit peut-être :

— Ils vont te blesser. Il faut maintenant que tu laisses l'enfant et que tu m'accompagnes.

Mais elle refusait toujours d'abandonner sa fille et lui de l'emporter. Il ne voulait pas davantage la forcer à quitter les lieux contre son gré.

Au matin, la clameur se fit entendre :

— Jaret ? Jaret la Devineresse !

Jaret répondit à cette clameur d'une voix qui était désormais aussi rauque que celle d'un freux.

— Je suis l'aloès, croassa-t-elle. Je serai votre remède. Je vous purgerai de votre aveuglement.

Elle croyait tout ce qu'elle disait, alors même que, comme cela lui arrivait parfois, elle distinguait un personnage fantomatique dans la foule, enveloppé dans un manteau prune, un sourire braqué sur le sol comme une tête de mort aux dents d'airain.

Mais, comme le troisième jour de Jaret dans la ville se fondait dans la troisième nuit, un troisième esclave vint la voir. Il était vêtu avec une richesse et une simplicité extraordinaires, pourtant de curieux reflets, comme le jeu de flammes colorées, peut-être dus aux effets secondaires du couchant, lui obscurcissaient le visage.

Il ne lui parla point, cet homme, bien que tous ceux qui l'entouraient fussent occupés à beugler, l'implorant de venir dans telle ou telle tente. Il ne parla point, pourtant tout dans son attitude signifiait : « Il faut que tu m'accompagnes. »

— Très bien, dit Jaret.

Elle ne savait trop pour quelle raison elle avait daigné le choisir, lui qui n'avait même pas annoncé le nom de son maître. Mais son cœur battait la chamade. Plus fort que par appétit de renommée ou de vengeance. Tandis que les murs, les lumières, les bosquets et les attroupements restaient derrière eux, elle demanda sur un ton péremptoire :

— Où est située la tente de ton seigneur ?

L'esclave se tourna à demi et elle entr'aperçut son visage. Il était beau. Elle frissonna. Avant qu'elle eût pu l'interroger à nouveau, la tente fut devant eux. Elle était noire comme le charbon et, comme un charbon, paraissait émettre des rayons incendiaires. Était-ce là un nouveau stratagème de Chuz ? Elle n'avait jamais véritablement détecté qui ou ce qu'était Chuz, en dehors de son guide, son aide spirituel, à qui, du fait de ses souffrances, elle avait eu droit. Mais elle détestait également Chuz. Car il lui avait montré les faits peu charitables de sa destinée. Elle foudroya du regard le pavillon noir, mais au même moment le tissu se replia.

Entre, lui dit l'esclave, toujours sans mot dire.

Rosâtres et somnolentes, les lampes dans le pavillon, bronzant les objets en métal sombre, le marbre pâle, la soie lourde. Plus riche que la tente du riche, plus vivifiante que la tente du philosophe.

Jaret découvrit qu'elle était entrée. Dès l'instant où elle l'eut fait, la stupéfaction parut l'envahir. Cela lui rappela la vision de la vérité dans le jardin. Une tasse fut placée dans sa main. Avant de s'être rendu compte de ce qu'elle faisait, elle avait siroté... et s'était étouffée. Une bile épaisse se trouvait dans la tasse. Non, pas de la bile : du jus d'*aloès*.

Elle résolut sans réfléchir de s'enfuir de ce lieu et vit quelqu'un qui se tenait devant l'entrée de la tente, mince, souriant, magnifique, une épée d'acier bleu nue entre les mains.

— Non, tu n'es pas destinée à mourir par l'épée, lui glissa à l'oreille une voix suave et merveilleuse. Tu dois mourir beaucoup plus cruellement. Plus horriblement. Tu dois mourir de ce dont tu avais soif. Par une épée d'une tout autre sorte, percée jusqu'à l'âme et dans des hurlements.

Jaret fit encore volte-face pour affronter le propriétaire de cette voix. Nul n'était là. Ç'aurait pu être la voix d'Ajrarn. On raconte que c'était la sienne.

Elle n'eut que le temps d'un nouveau regard rapide avant qu'une multitude de mains l'agrippent, invisibles. Elle n'était plus la meurtrière affolée, la devineresse hautaine. C'était une jeune femme qui redoutait la torture. Et, tout en sachant que nul ne pouvait l'entendre, ni la sauver, car il était clair qu'elle avait été emmenée parmi les démons, elle se mit à hurler. Peut-être appela-t-elle Chuz, par le nom sous lequel elle le connaissait, qui, sans nul doute, ne pouvait être le sien propre. Sans nul doute également, la tente avait-elle été sécrétée par magie, ou bien emportée dans quelque autre dimension. Chuz n'eût pu la repérer et il ne le put.

Elle hurla donc au début, lorsque ses bourreaux se saisirent d'elle, mais au bout de quelques secondes ses cris devinrent de petits gémissements surpris, car les mains de ceux qui la torturaient la caressaient et les caresses commencèrent à produire en elle des frémissements tournoyants de plaisir irrésistible. Elle perçut de nouveau (sans réfléchir, par son seul instinct, car les lambeaux de sa raison avaient déjà été chassés comme des chiens) que ce plaisir devait *constituer* sa torture. Elle eût donc voulu hurler encore, mais les titillements voluptueux et les défaillements bouillonnants de sensation lui avaient déjà serré la gorge.

L'amour charnel. C'était leur art, leur génie. Nulle pièce qui n'ait deux faces.

Le passage délicat des doigts était donc un instant un délire exquis, puis les lignes fines tracées par un rasoir ; ses explosions internes... une euphorie croissante, un tremblement horrible à l'intérieur de sa chair.

Ils la transpercèrent, tous ceux qui, invisibles, l'entouraient de leurs attentions. Et le transpercement était tantôt une merveille, tantôt une lame, un épieu. Ils la caressaient de la langue, de la bouche... épitomé de délectation, rongement de loups.

Montant l'escalier de l'horreur poignante et de l'éviscération paroxystique, ils dansaient et la traînaient.

Finalement, alors même qu'elle avait la bouche bâillonnée, elle hurla une nouvelle fois.

Auparavant, elle avait connu trois extases. Il y en eut d'autres, innombrables. Des extases semblables à des poignards, des extases semblables au cœur d'un volcan. Ils la poussèrent à travers chaque tourbillon d'orgasmes. Elle passa par le chas de maintes aiguilles, chacun plus étroit que le précédent.

À la troisième porte, elle mourut en hurlant.

Dans la lumière froide et grise qui précédait l'aube, le cadavre de Jaret, cage d'où avait été arrachée une âme en frénésie, gisait sur le sable. Ses membres étaient pointés vers les quatre coins de la Terre, spatulés et déformés. Son visage était l'image même de tous les spasmes mortifiants, pétrifiant tout humain qui pouvait le voir. Son corps ne portait aucune autre marque.

Comme la lumière affluait, l'on put distinguer un jeune homme qui s'agenouilla à son côté, comme s'il la pleurait, sa blonde chevelure tombant comme un flot de fumée sur sa joue.

— Ah, non, non-frère, dit Chuz. Tu ne joues vraiment

pas honnêtement avec moi. Ah, *non,* non-frère. Ma pauvre fille, dit Chuz en s'adressant au cadavre de Jaret. Dis-moi, pauvre fille, que suis-je ? Suis-je la folie ? Oui. (Chuz soupira.) Tes muscles ne sont pas encore raides.

Chuz se remit debout. Il tourna l'épaule vers Jaret qui gisait sur le sable. Il réfléchit.

— Qui, après tout, est moins sain d'esprit que le Seigneur La Mort ? (Puis il cracha par-dessus son épaule :) Relève-toi, catin, et obéis-moi.

Et le cadavre de Jaret, les membres toujours rigidement tendus, les orteils et les doigts serrés, les yeux crispés et fermés, la bouche immobilement ouverte, se redressa péniblement derrière lui.

— Ah, non, non-frère, répéta Chuz sur un ton si charmant, si musical, que le vent faiblit en essayant d'imiter sa voix. Ah, *non.*

CHAPITRE 4
LES DÉS

La petite enfant, divine ou démone, âgée d'un mois, était capable de marcher et, ce faisant, sa longue chevelure bouclée touchait la terre. Pour l'instant, elle ne disait rien. Elle était plus Eshva que Vazdru en cette saison, parlant et interrogeant du regard. Au soleil, elle devenait blanche sous sa pâleur translucide, s'enroulait dans ses tresses comme dans une robe et semblait parfois pleurer... sans larmes. Il était manifeste que seuls les gènes que Dunizel lui avait légués, la vertu protectrice de la comète solaire, l'empêchaient d'être gravement blessée. Elle n'aimait pas le soleil et abhorrait le midi, mais elle n'était pas abattue.

Elle n'avait rien de la mollesse ni des rondeurs des bébés. Elle ressemblait déjà à une toute petite enfant de deux ans.

La mère et la fille disposaient désormais de bien peu d'intimité. La seule intimité véritable dont elles avaient pu profiter s'était située à l'époque où l'enfant se trouvait encore dans son sein. Toutefois, dans le luxueux appartement improvisé de Dunizel, elles avaient parfois le temps de rester seules et Dunizel racontait encore des histoires ou se livrait avec la petite à d'étranges jeux muets en utilisant des perles de couleur ou les formes des rideaux. De temps à autre, lorsque le ciel était couvert, elles montaient sur le toit du temple, un secteur niché entre deux parapets dorés. Là, dans cette alcôve dorée, le ciel bouché du désert hivernal les dominant, l'enfant pouvait courir en tous sens, jouer comme un chaton avec une balle de soie sous le regard de sa mère. À la différence du soleil, l'or ne semblait pas gêner la fille du Démon. Une fois ou deux, d'ailleurs, elle disparaissait comme par enchantement dans les interstices de la maçonnerie plaquée de métal. Dunizel lui permettait de s'absenter longtemps et finissait par l'appeler en lançant le nom qu'elle lui avait donné : Soveh. C'était peut-être une coïncidence, ou un souvenir inconscient de sa genèse, puisque Dunizel avait également reçu ce nom, jadis. Assurément, Ajrarn ne lui avait pas révélé ce détail. Il n'avait pas manifesté son désir d'imposer le moindre nom à l'enfant, à laquelle il n'accordait guère d'attention et qu'il semblait détester.

Ni la mère ni la fille n'étaient à proprement parler humaines. Leurs pensées ou le lien qui les unissait n'étaient pas faciles à déterminer. Il semble donc que Dunizel, dans sa détermination à ne pas lâcher prise, exprimait une réaction maternelle fondamentale. L'enfant, par ses singeries, manifestait, quant à elle, sa fidélité, elle aussi fondamentale. Pourtant, le parfait lien prénatal avait disparu. L'enfant était née, avait bu le sang Eshva et donné la preuve de ses qualités démoniaques. Elle était bien la fille d'Ajrarn, malgré l'indifférence de celui-ci.

Ce jour-là, l'orage menaçait, le soleil était timide, mais la force des vents n'avait pu pénétrer dans Bhelsheved. L'enfant dansait, séduisante et folle, dans l'alcôve dorée sur le toit du temple. Dunizel était allongée tout près. L'on ne pouvait qu'observer un silence intense devant la profondeur de la beauté de son visage. Elle devait penser à Ajrarn, à leur séparation, à ses constantes tentatives de séduction pour briser sa détermination. Il y avait cinq nuits qu'elle ne l'avait vu. Sachant qu'il lui suffisait de lancer son nom dans les ténèbres pour le voir apparaître à son côté, elle savait également que cet appel équivalait à accepter son désir de ne considérer leur fille que comme un simple outil de sa vilenie. Il est concevable que Dunizel eût envisagé cette conséquence : une minuscule silhouette assise sur le trône brillant bien trop grand pour elle, des éclairs homicides jaillissant de ses poings.

— Je la rendrai plus redoutable que les dragons, avait-il dit.

Non, Dunizel n'abandonnerait pas cette enfant qui était aussi la sienne, oui, la sienne, à un tel sort. Elle ne pouvait l'appeler.

Elle examina l'argent et les pierres précieuses qui l'ornaient, ses présents, enveloppés de sorts protecteurs. Elle ne portait rien de doré. Peut-être songeait-elle à la ville démoniaque. Tous les soirs, le soleil sombrait dans les limbes sous le monde, mais elle, enfant de la comète, pourrait-elle supporter le pays souterrain sans soleil ?

Bhelsheved était dans un silence inaccoutumé, mais la quiétude ne régnait point. Dunizel avait dû également remarquer cela. Elle avait pu en déduire qu'elle et sa fille étaient à la source d'un second orage qui se préparait sous le ciel. Si tel était le cas, ou si Ajrarn l'avait mise en garde, cela n'avait pu la dissuader de demeurer.

À midi, sous le ciel de plomb, la petite Soveh vint s'asseoir près de Dunizel et haussa les yeux sur son visage. Soveh leva les mains et saisit les cheveux platine de Dunizel. Il n'y avait nulle maladresse dans ce geste. Soveh était délicate, ses mouvements possédaient une coordination dépassant largement celle de son âge. Dunizel se pencha un peu pour faciliter son exploration. Elle parlait rarement à l'enfant, respectant, sauf quand elle racontait des histoires, l'élément Eshva de Soveh qui n'avait pas encore pénétré sa voix. Car il ne fait aucun doute qu'une petite enfant comme elle aurait pu parler quelques heures après sa naissance, si elle en avait décidé ainsi.

Une porte s'ouvrit sur le toit et des hommes apparurent à l'autre bout de l'alcôve dorée. C'étaient les commis importants d'une hiérarchie nouvelle... qui avait pris en main la direction des affaires du temple lorsque les Serviteurs du Ciel avaient faibli. Toutefois, ils avaient amené avec eux un prêtre et une prêtresse, les yeux apeurés, maigres comme des clous du fait de leur anorexie spirituelle.

— Dunizel, Femme élue entre les Femmes, déclara l'un des commis, une controverse s'est élevée. Des accusations ont été lancées. Une femme est sortie du désert, son savoir et son pouvoir religieux sont grands, et elle nous a morigénés pour nos fausses croyances. Malgré sa colère, elle a été fortement louée pour la clarté de ses arguments. Or elle s'est évaporée. Nous sommes inquiets et te demandons de venir au temple où les plus capables d'entre nous solliciteront de toi des réponses sur un certain nombre de points.

Dunizel se leva et prit l'enfant avec elle. Tout comme dans son village, à Bhelsheved elle n'avait jamais répondu par la négative à une demande justifiée.

Elle descendit avec eux à l'intérieur du temple et l'escorte garda ses distances en évitant les yeux inquiétants et bien stables de l'enfant.

Plus de deux cents hommes se trouvaient au rez-de-chaussée pour interroger la femme qui pouvait être la mère d'une déesse ou, plus probablement, la catin des démons... Le doute s'était à ce point affirmé, semence de l'aloès.

Elle avait déjà été questionnée, longtemps auparavant, dans l'antique donjon, avant de devenir prêtresse, avant de pénétrer à Bhelsheved. Elle ne paraissait pas différente aujourd'hui, hormis l'enfant sur ses genoux.

Le visage de l'enfant n'avait rien d'enfantin. Elle observait, elle semblait écouter. Elle ne s'agitait pas.

Le premier prit la parole :

— Dunizel, Femme élue entre les Femmes. Le dieu qui a engendré ton enfant ne vient te voir que la nuit, et en secret. Est-ce exact ?

— Oui. Mais si vous le savez, pourquoi me le demander ?

Le deuxième :

— Ces apparitions commencent à nous troubler, vierge sacrée. Car s'il ne vient que la nuit, serait-ce parce qu'il est une créature des ténèbres ?

— Oui. Se pourrait-il que vous ne vous en soyez pas rendu compte ?

— Mais les ténèbres, vierge sacrée, sont synonymes

des choses ténébreuses. Des actes hideux et des maux cachés.

Dunizel ne répondit pas.

Il était difficile, après tout, de crier à voix haute ce que l'on avait chuchoté.

Mais un troisième parla :

— Un personnage est venu naguère parmi nous, la nuit uniquement, pour apporter des pensées troubles, la bassesse, la traîtrise et le meurtre. Si ton amant est un dieu, Dunizel, quelle est sa nature en dehors de celle de la nuit et d'une ombre trompeuse ?

Dunizel resta encore coite.

— Il faut que tu répondes !

Ils criaient l'un après l'autre.

L'enfant les regarda, et Dunizel aussi ; leurs yeux étaient bleus comme des lacs ou des cieux turquoise ; elles attendirent que cessent leurs cris.

Mais :

— Ton mutisme ne te protégera point, finit par affirmer un autre homme. En l'occurrence, ton silence implique la culpabilité.

— Informez-la, s'écria quelqu'un, de la nature présumée de sa culpabilité.

— Eh bien, d'avoir forniqué avec des démons. D'avoir accouché d'une entité perverse. D'avoir prétendu que ses actes étaient sacrés et sains, alors qu'ils offensaient les cieux.

— Je n'ai rien prétendu, leur dit-elle. Vous avez déclaré que mon amant était un dieu, vous m'avez dit quelle était l'essence de mon enfant. Vous, et non pas moi.

Elle était terriblement calme. Elle ne les accusait de rien. Leurs accusations glissaient sur elle comme l'eau qui coule sur le verre. Bien qu'elle eût su que ce jour, cette heure, devait venir, avec ses périls, elle n'avait pu renoncer à son destin et elle n'allait point le faire maintenant. Il n'était en elle nulle ruse, nulle astuce, car elle n'avait pas l'usage de ce genre de stratagèmes, et peut-être n'auraient-ils pu la sauver en cet instant.

— Dis-nous donc, lui dirent-ils, une multitude de voix

qui moururent et firent la place à une seule voix, ou deux, qui étaient leur voix collective. Dis-nous le titre et le nom de ton époux hors de ce monde.

Elle aurait pu esquiver leurs questions de maintes manières. Pour cela, elle était suffisamment sage, elle était froide et calme. Pourtant, oui, pourtant, comment pouvait-elle nier son nom ? Il leur suffisait de l'interroger, ce qu'ils n'avaient jamais fait auparavant, pour apprendre la vérité.

— C'est un Seigneur des Ténèbres, leur dit-elle gravement. Son nom est Ajrarn.

Il s'ensuivit une terrible absence de son.

Mais, au bout d'un long, d'un très long moment, une dernière voix s'éleva, qui monta en tremblant vers elle :

— Peux-tu être à ce point venimeuse et condamnable ? N'abhorres-tu point cette créature avec qui tu t'es accouplée pour faire honte à toute l'humanité ?

Elle aurait également pu répondre à cela de plus d'une manière. Elle aurait pu réciter la litanie de l'amour, elle aurait pu se faire fière, ou tragique, ou douter de soi, peut-être, le visage de sa propre race tourné absolument contre elle. Il était également midi, loin de la nuit. Il ne pouvait absolument pas la rejoindre. Elle aurait pu implorer leur pitié. Mais Dunizel ne fit rien de tout cela. Elle considéra les deux cents hommes, leur aversion et leur puissance. Elle leur déclara doucement :

— Le seigneur Ajrarn est ma raison de vivre.

C'était comme si elle avait projeté des flammes au milieu de leur assemblée.

Les soixante-dix hommes qui étaient venus du désert, se déplaçant bizarrement parmi les dunes et le long de leurs crêtes, étaient silencieux, à la différence des deux cents hommes à l'intérieur du temple central, ces deux cents individus bien habillés, huilés, peignés et décorés, qui lançaient alors des prières et des imprécations, qui tapaient des mains sur le sol, qui ne tardèrent pas à envoyer chercher des serviteurs, des gardes et des esclaves pour ligoter la démone humaine au milieu d'eux, l'attacher avec des cordes de soie, tout en redoutant la nuit et celui qui risquait de revenir la sauver.

Non, vraiment, les soixante-dix hommes du désert étaient différents de ceux-ci.

Car ils portaient d'humbles vêtements. Certains étaient propres et d'autre puaient, mais nul n'était huilé ou parfumé. Le plus bizarre résidait dans leur façon de marcher, hésitante tout en marquant leur détermination.

L'un s'arrêtait. Il faisait le tour de quelque chose. Un autre s'arrêtait. Il faisait un signe, puis s'agenouillait. Il embrassait un objet sur le sable. De quoi pouvait-il s'agir ? D'une pierre. Il avait marché dessus et il l'embrassait en lui murmurant :

— Ô Très-Haut, pardonne à mon vil talon qui t'a égratigné.

En tête de cette troupe irrégulière, marchait un chef âgé au pas encore plus sévère et excentrique, car il l'avait maîtrisé bien avant les adeptes de sa secte et il avait une conscience presque empathique des cailloux qui pouvaient se trouver devant lui et parvenait à les éviter pratiquement tous. Son visage arborait un air farouchement introspectif et aussi fier que celui d'un roi. C'était le vénérable philosophe qui avait débattu avec Ajrarn (incognito) de la nature des dieux, qui s'était par la suite convaincu que les dieux résidaient dans les pierres. Ceux qui trébuchaient et naviguaient prudemment derrière lui étaient ceux qu'il avait convertis.

— Et pourquoi vous rendez-vous à Bhelsheved ? leur avait-on demandé. Est-ce pour vénérer l'enfant surnaturelle et sa mère ?

— Il n'est d'autre dieu que la pierre, avaient entonné le philosophe et ses apôtres.

Ils se rendaient à Bhelsheved pour vérifier si l'enfant surnaturelle était faite de pierre ou apparentée à celle-ci de quelque manière que ce fût. Si tel était le cas, alors elle était l'enfant des cieux. Sinon, ils la dénonceraient.

Durant leur sommeil, affalés sur la poudre et les débris de toutes ces pierres qui, au cours des siècles, étaient devenues le désert lui-même, l'heure avant l'aube les approcha, accompagnée d'un personnage vêtu d'un manteau prune qui s'était glissé près de leurs formes allongées. Ils se fussent sentis insultés s'ils avaient su que La Folie se sentait parfaitement à l'aise parmi eux.

Lorsque le vénérable vieillard philosophe qui les conduisait se réveilla, il trouva près de sa main une pierre tout à fait inhabituelle et d'une grande beauté. Elle était en quartz mauve et avait la forme d'un cube. S'il n'avait été obsédé par la pensée des dieux, il aurait pu deviner qu'il s'agissait d'un dé anormal.

— Voyez, indiqua le philosophe à ses acolytes qui se réveillaient, c'est un signe de nos maîtres célestes. Voici leur représentant, l'un de leurs messagers les plus admirables.

Et chacun de louer et d'adorer le dé de Chuz, que le philosophe plaça dans une bourse de cuir qu'il portait autour du cou... dans laquelle, bêtement, il avait jadis un souvenir en or. Tous portaient déjà une quantité d'éclats et de quartz.

Ce jour-là, aux environs de midi, la bande de fanatiques s'avança sur Bhelsheved et, dans les bosquets au pied des murs, ils rencontrèrent une jeune femme accroupie dans la poussière sous les arbres sans feuilles, qui, à leur arrivée, se leva et les plongea dans la détresse par son apparence hideuse.

Elle se tenait comme un énorme crapaud ailé, les jambes écartées, ainsi que les bras. Ses orteils et ses doigts, d'autre part, étaient crispés comme des griffes, et elle avait les yeux pincés comme si elle désirait ne rien voir du monde. Sa bouche était largement ouverte en un rictus terrifiant. Une vague senteur amère émanait de ses haillons et de sa chevelure hirsute.

Le philosophe s'arrêta, décontenancé. Sa foi et son étroitesse d'esprit furent ébranlées par cette apparition. Derrière lui, compatissant au moindre de ses caprices (car tout ce qu'il faisait était assurément inspiré et de nature théologique), les soixante-neuf apôtres firent également halte.

Chacun fixa la femme hideuse.

— Par la majesté protectrice des dieux qui se trouvent

partout sur le sol autour de nous, déclara enfin le philosophe, pourquoi restes-tu sur notre route ?

Une voix jaillit alors de la gorge de la femme, si incongrue et désagréable que certains furent pris de panique. C'était une voix qui donnait l'impression que cette gorge était utilisée par quelqu'un d'autre qu'elle, un être qui la possédait... Ce cri fut rauque et n'exprimait strictement rien.

— Je suis venue démontrer comment les dieux punissent ceux qui adorent faussement. Contemplez l'état dans lequel je me trouve et prenez garde.

— En quoi cela nous concerne-t-il ? fit le philosophe, nous qui les adorons dans la foi absolument révélée ?

— Les dieux n'acceptent nulle dérobade, gronda l'abominable femme.

Le philosophe, qui désirait recouvrer son sens du commandement, s'avança et saisit la créature par le bras... qui était aussi raide qu'une planche.

— Les pierres sont les dieux.

Le visage dément lâcha une nouvelle série de sons.

— Cela est vrai, car les dieux peuvent tuer. Un dieu de cristal monté sur une épingle, passée à travers l'œil d'un homme, peut tuer. Un dieu de silex, placé dans une catapulte, que l'on fait tournoyer et que l'on lance, peut aussi tuer.

— Je ne puis me prêter à un discours aussi blasphématoire. L'on ne peut considérer les dieux de la sorte.

— Seuls les dieux véritables peuvent chasser le faux dieu. Que les dieux s'envolent. Projetez-les contre la catin de Bhelsheved.

— Je ne puis supporter ceci.

Il écarta violemment la femme de son chemin. Il fut plutôt écœuré de la voir basculer sur le sol et demeurer aussi immobile que si elle était morte, ses membres raides braqués dans les quatre directions. Elle ne semblait pas respirer davantage que tout le temps qu'elle avait parlé.

Les adeptes de la secte le suivirent rapidement et, en passant à côté du corps cadavérique, caressèrent les pierres qu'ils portaient sur eux en guise de talismans.

Ils ne tardèrent point à pénétrer dans la ville, donc

dans le chaos. Car telle était devenue la ville. Le philosophe et sa secte s'enquirent donc de la cause de ce chaos.

Un bouleversement et une horreur immense balayaient la congrégation bigarrée de commerçants, réaction à la confession de Dunizel, car le contenu de celle-ci leur était rapidement parvenu. Indubitablement, mêlés au pressentiment général de désastre, régnaient des sentiments de culpabilité nerveuse vis-à-vis des crimes et des impiétés de chacun. De plus, l'ancienne interdiction leur était revenue à l'esprit. Ils n'auraient pas dû se risquer à envahir la ville à la mauvaise saison. Certains avaient déjà quitté les lieux en emportant avec eux la funeste nouvelle. L'épouse du dieu était une traînée qui avait engendré une bête sauvage aux yeux bleus et à la forme d'enfant de sexe féminin. Mais n'oubliez pas qu'elle était née avec des dents, des cheveux et des ongles ! Ah, lequel de *leurs* péchés avait provoqué un tel événement ? Comment le mal aurait-il pu autrement entrer à Bhelsheved ?

Les soldats qui avaient gardé l'élue étaient désormais ses geôliers. Ils la considéraient avec répugnance et surveillaient prudemment les cordes en soie tendues comme des fils de fer qui la faisaient saigner aux poignets et aux chevilles. Ces liens étaient-ils assez solides ? Pouvait-elle se libérer en usant de la magie souterraine ? Non, car le Démon ne pouvait s'aventurer à son côté que durant la nuit.

On l'avait fait sortir et le bout de ses liens avait été attaché à la sculpture qui ornait le pont occidental conduisant hors du temple doré. Ils n'étaient pas allés plus loin. Et ils n'avaient strictement rien fait à l'enfant, que Dunizel elle-même avait ôté de sur ses genoux pour la déposer calmement sur le trône à l'intérieur du temple. De cette place, l'enfant n'avait pas bougé et nul n'avait posé la main sur elle. Car comment pouvait-on détruire la progéniture du Démon ? Et la femme elle-même, comment la châtier ? Car s'il ne pouvait venir de jour à son secours, la nuit reviendrait et lui aussi.

Ils avaient déjà tenté de trouver quelqu'un qui la

fouettât. Personne n'était prêt à accepter cette tâche. Que ce fût le noble de plus haute naissance ou le plus bas des vendeurs de fruits confits. L'enfant restait donc dans le temple ; Dunizel était attachée sur le pont, pavillon blanc et or dans la toile d'araignée. On en était donc arrivé là, tandis que la foule tournait et grondait dans les quatre larges avenues où les animaux avaient la permission de souiller la mosaïque et les robes à franges étaient palpées par mendiants et tire-laine.

Le soleil voilé avait dépassé le zénith et commençait, à peine distinct, à redescendre. Les beuglements de l'orage lointain se faisaient plus graves et teintaient l'air de reflets pourpres.

Certains s'étaient précipités dans les innombrables petits temples sans tenir compte de ceux à qui ils étaient dédiés, pour demander un présage ou simplement du secours. La plupart rôdaient autour du lac et fixaient le papillon prisonnier sur le pont. Leur allergie croissait en la regardant, tant elle paraissait fragile et lointaine. Ils interprétaient cette merveille comme étant une condamnation et, plus perversement, sa patience et son silence comme une arrogance moqueuse.

De temps à autre, un prêtre ou une prêtresse apparaissait, immobile, au beau milieu de la foule. On le touchait, le caressait, l'agrippait ou le malmenait pour qu'il intervînt. Comme toujours, ces êtres éthérés comprenaient à peine ce qui se passait. Lorsque tel était le cas, ils battaient en retraite. Mais la foule allait jusqu'à les poursuivre dans leurs cellules, en martelant les portes et meuglant :

— Sauvez-nous !

Certains avaient vu la devineresse Jaret, ou son fantôme, tout déformé, le visage convulsionné, et elle leur avait dit que c'était là sa punition pour avoir longtemps cru que le Démon était un dieu. Bien pire serait leur propre châtiment, lorsqu'ils surviendrait, puisqu'ils avaient chéri cette erreur plus longtemps qu'elle et ne voulaient la renier. Ces paroles ne firent rien pour les réconforter ou les rasséréner et, comme pour toutes les nouvelles de ce genre, elles furent largement diffusées et crues.

Tel avait donc leur dilemme : se venger sur Dunizel entraînerait très probablement une réaction de son atroce amant. Ne point se venger provoquerait la réaction des cieux.

Assurément, pourtant, les dieux étaient plus puissants que l'être répugnant sorti des fosses ? Assurément, les dieux préserveraient leur peuple si Dunizel était occise ?

Mais nul ne pouvait décider de ce point crucial. Ils balançaient. Qui oserait prendre la responsabilité de l'une ou l'autre décision ? Nul d'entre eux. Ni le sage, ni le vendeur de fruits, ni le prince, ni la putain. Qu'un autre fasse le premier pas. Qu'il leur montre la voie. Qu'apparaisse un présage, ou qu'un berger sorte du troupeau pour en prendre la tête ou le pousser devant soi.

Dunizel ne bougeait pas, ailée comme un papillon grâce aux vêtements gemmés que faisaient doucement flotter les vents d'orage en même temps que sa chevelure rendue floue par le soleil pâlot qui descendit du zénith. Les prémices et les teintes pourpres de l'orage voletaient au-dessus de la ville comme des corbeaux. Ils savaient, et s'étaient assemblés ainsi que le font les corbeaux, que la mort était imminente.

Mais Dunizel, si calme, claire comme le verre, le savait-elle ?

Sa mère avait été graduellement traduite en flamme dorée par le contact de la comète. Dunizel, jadis appelée Flamme, puis Âme-de-Lune, semblait également transformée en feu, le feu pâle, bleu argenté des étoiles ou de l'aube royale. Sur le pont, elle parut se métamorphoser en pure lumière. Comme si, sachant qu'elle était proche de la mort, elle s'y préparait en fondant sa forme physique, permettant à son âme brûlante de la traverser.

Ajrarn ne pouvait la rejoindre, elle le savait. Pas tant que le soleil, tout blême qu'il fût, se trouverait dans le ciel. Et les protections qu'il lui avait remises devaient être plus faibles sous ce soleil. La haine humaine qui l'entourait ressemblait à un bruit lointain d'objets qui se cassent et qui ne cessait de se rapprocher. Oh oui, elle devinait bien qu'elle devait mourir. Et qu'avait-elle connu de la vie pour attendre ici dans un silence résigné ? Et qu'avait-elle connu de l'accomplissement de l'amour pour attendre ici sans pleurer ?

Le vieux philosophe, son dieu-dé d'améthyste accroché au cou dans sa bourse, ses apôtres lui frayant un passage en jouant des coudes, avait atteint le pied du pont occidental et foudroyait du regard la vierge qui y était ligotée.

— Est-ce elle ? se demandaient les acolytes.

— Oui, c'est la grande catin, la putain du monstre, répondirent des voix dans la foule, avec des frissonnements, des sanglots et des jurons.

— Elle ne me donne pas l'impression d'être une putain, mais plutôt une vierge, annonça le philosophe.

— Oh, marmonna quelqu'un tout près, elle est demeurée vierge, puisque l'enfant ne fut point engendrée de manière normale. Elle a été implantée par l'entrée voisine, emportée dans les entrailles et délogée par la suite à la façon des excréments.

À ces mots, le vieux philosophe, qui était venu vénérer des pierres, fut transpercé par une rage totale. Quelque chose dans la beauté de la jeune fille, que, du pied du pont et malgré ses yeux affaiblis, il distinguait nettement (de même que la lueur d'une étoile est visible de tous), lui fit éprouver de l'écœurement devant l'humeur de la foule. Ces fous qui foulaient les pierres au pied, qu'entendaient-ils de tout cela ? Le philosophe aurait voulu frapper l'homme, mais il n'était pas certain de le reconnaître. Il répondit donc, en partie pour pouvoir le repérer :

— Je suis convaincu que des signes de sa souillure devraient la marquer, or ce n'est point le cas. Même si elle a commis le péché par inadvertance, je la crois non coupable. Elle rayonne d'innocence.

— Elle est lumineuse comme le clair de lune, acquiesça une voix subtile près de l'oreille du philosophe (ce n'était pas la voix de celui qui venait de parler). Le philosophe se retourna et vit à son côté un jeune homme charmant, emmitouflé dans un manteau empourpré par le rougeoiement du couchant. L'œil du jeune homme (le philosophe ne distinguait que son profil droit) était humblement baissé. Le philosophe fut excité par cette apparente aristocratie naturelle et cette impression de beaux sentiments et de possibilités spirituelles.

— Penses-tu donc que cette fille ait fait ce qu'ils prétendent ? s'enquit le philosophe.

— Je le sais avec certitude.

— Tu révèles ainsi ton absence de jugement. Ma foi nouvelle m'a amené à conclure qu'il n'existe point de démons, sauf dans les légendes et les histoires que l'on raconte.

Un aboiement de rire, comme celui d'un renard, échappa au jeune homme. Comme pour étouffer celui-là, il porta une main gantée de blanc à ses lèvres en conservant le regard baissé.

— Je vois que tu examines la terre, dit le philosophe. Voilà qui est raisonnable. Les dieux se manifestent sur le sol. Mais, dis-moi, l'enfant de cette fille est-elle une pierre ? De marbre, disons, ou d'opale ? T'en es-tu suffisamment approché pour le savoir ?

Un œil se releva. Le philosophe sursauta, il ne sut trop pour quelle raison. Cet œil était-il bizarre... ou ordinaire ?

— Mon cher, dit Chuz, tu as subi le sort de mon non-frère, qui t'a rendu fou par un dépit infantile. Mais... tiens. Je crains que tu n'aies là quelque chose qui m'appartient, que je désirerais récupérer.

Surpris, le philosophe affirma :

— Je suis sûr que tu es dans l'erreur.

— Absolument pas. Ce matin, je suis passé près de votre campement dans le désert. Malheureusement, un objet qui m'appartient a glissé accidentellement hors de ma cape. Je pense que tu as ramassé cet objet et que tu l'as maintenant dans la bourse à ton cou.

Le philosophe toucha involontairement la bourse.

— J'ai là un messager des cieux que j'ai découvert près de moi lorsque je me suis réveillé.

— Exactement, fit Chuz, très affable. Un dé qui

m'appartient et auquel je suis irrationnellement attaché. Voudrais-tu avoir l'amabilité de me le rendre.

Le philosophe révisa aussitôt son opinion primitive du jeune homme. Il n'était ni charmant ni spirituel. Il semblait aussi que le côté gauche de son visage était défiguré...

— Voudrais-tu dire que cet être supérieur qui réside dans la pierre violette n'est rien d'autre qu'un instrument de jeu ?

— Tu m'irrites. Donne-moi ce qui m'appartient ou je te frapperai, vieillard.

Sur ce, dans le vacarme de la foule, s'éleva une nouvelle poche de bruit. Car la secte du philosophe avait écouté la discussion de Chuz avec son maître et, maintenant que Chuz en était aux insultes et aux menaces, ces déments adorateurs de pierres se mirent à lui cracher dessus et lui tombèrent dessus à bras raccourcis. N'était-il pas déjà terrible d'apprendre le trouble de la cité sacrée sans voir en outre leur chef attaqué en ces lieux même ?

Chuz, en tant que cible de leurs coups et de leurs salive, s'avéra peu satisfaisant. On eût dit qu'il ne se trouvait pas là : un coup de pied atterrissait nulle part, sauf peut-être sur le tibia d'un autre apôtre, et un coup de poing visant la mâchoire atterrissait sur le tissu du manteau violet... perçant comme la piqûre d'une guêpe, car recouvert de tessons de verre. Un crâne d'âne apparut alors et se mit à braire au milieu d'eux et l'un d'entre eux eut presque la tête fracassée par une crécelle en laiton qui atterrit sur sa calotte. Trois ou quatre acolytes basculèrent dans le lac. Tout autour d'eux, le reste de la foule, n'ayant rien à voir avec cette bagarre, fut soudain très excité et énervé par celle-ci, sans trop savoir ce qui se passait et redoutant qu'il ne s'agît encore d'une évocation de dieux ou de démons.

Puis, tout d'un coup, l'insolent jeune homme, qu'ils n'avaient pu vaincre, tenta apparemment de s'enfuir. Et il y parvint ; son manteau piquant sembla tomber en morceaux et il en jaillit une myriade d'objets qui tourbillonnèrent et rebondirent parmi la foule, au grand affolement de celle-ci. La plupart de ces objets étaient inconnus, mais une certaine quantité rappelaient les accessoires nécessaires à l'astrologie et au calcul, bien que d'autres fissent véritablement penser à des insectes figés en pleine métamorphose... un scarabée en train de devenir poisson, par exemple. Ces derniers n'étaient guère agréables à regarder. Mais la grande majorité de tout cela était constituée de dés de toutes les couleurs, de tous les poids et dotés de marques variées.

— Qu'est-ce qui se passe ? se demanda la foule en hurlant.

Le philosophe et ses apôtres cherchaient Chuz, qui s'était évaporé. Profondément troublés, ils se mirent à crier à l'adresse de leurs dieux de pierre et les gens qui les entouraient entendirent leurs appels.

— Ils parlent de pierres.

— C'est donc des pierres qu'on nous a jetées ?

L'ultime déduction était inévitable. Aucun d'eux ne l'exprima, mais leurs têtes, leurs visages, leurs yeux se reportèrent sur le pont où la fille était toujours ligotée, impuissante.

Tandis que les objets sortis de la cape de Chuz continuaient de rouler et de décamper sur la mosaïque, l'idée fit son chemin. Il n'y avait pas eu bagarre, l'explosion d'objets avait été une série de coups perdus. Des gens jetaient des pierres sur la putain. On la lapidait.

Le berger. Le chef. Celui qui marchait en premier.

Ils tombèrent à genoux et raclèrent par terre. Ils trouvèrent des silex, des bouts de poteries, ainsi que les dés appartenant à Chuz, qu'ils fussent illusoires ou réels ; ils utilisèrent leurs couteaux et leurs ongles pour décoller des morceaux de mosaïque. Ils se redressèrent et lancèrent ces projectiles en direction du pont. Voyant qu'ils étaient trop loin, ils se précipitèrent plus près, se ruèrent sur les ponts au-dessus du lac et leurs mains battirent et s'ouvrirent comme des bouches. Cailloux et bouts de roches retombèrent dans les eaux. Des portions de tuiles et des fragments de bois heurtèrent les murs aux écailles d'or, les quatre façades du temple.

Les gardes de la jeune fille quittèrent le pont. Certains plongèrent dans le lac et nagèrent jusqu'au rivage.

La foule ne pouvait voir si ses offrandes touchaient leur but. Elle ne vacilla point, elle ne tomba point. Certains eurent l'impression que ses vêtements se déchiraient, d'autres virent des traces de sang, semblables à de délicates broderies écarlates, se dessiner sur sa gorge. Mais cela n'était pas suffisant. Ils voulaient lui faire mal, ils voulaient entendre ses cris, car ils risquaient eux-mêmes d'avoir à crier en conséquence de leur acte. Ils recommencèrent donc et lui jetèrent de nouveaux projectiles.

Le philosophe pleurait des cris de colère. Il dénonçait leur blasphème qui polluait ainsi les pierres. Profondément écœurés, certains de ses apôtres, hystériques et se rappelant les paroles de l'horrible créature féminine à la porte, jetaient leurs propres talismans sur la fille. *Que les dieux s'envolent*. Il pleura également devant ceci, ainsi que devant la mort de l'innocence.

Pourtant, n'était-elle pas indemne ou à peine égratignée ? (Une légère ecchymose bleuâtre sur l'épaule, un silex pris dans sa chevelure comme un bijou saumâtre.) Les protections que lui avait fournies Ajrarn devaient la préserver même en plein jour.

Et pourtant..

Rien n'attaque le diamant en dehors d'un autre diamant.

Ajrarn l'avait aidée, cette fille qu'il aimait, et peut-être que rien ne pouvait franchir ces sauvegardes. Lui seul, donc, aurait pu les supprimer. Ajrarn uniquement. Ou quelque chose qui était à Ajrarn. Qui faisait *partie* d'Ajrarn.

Les fragments, les silex et les cailloux se précipitaient à travers les airs et Dunizel ne bougeait pas au milieu de cette averse. Ses lèvres étaient closes ; elle ne pouvait lever les mains pour se couvrir les yeux ou le visage. De temps à autre, l'averse ralentissait brièvement lorsque les gens cherchaient d'autres débris à lui lancer et se disputaient pour les ramasser. Quant aux dés et aux jouets de Chuz qu'ils prenaient pour les lancer, ils étaient moins dangereux que tout le reste, puisqu'ils avaient tendance à se dissoudre dans les airs, à devenir des pétales, des résines, ou des flocons de neige noircie. Avec ces dés, une autre chose était sortie du manteau de Chuz, un objet sur lequel il était tombé et qu'il avait gardé sur lui, car il était rare. Et tout petit, ce souvenir, aux miroitements sombres et d'une solidité extrême. C'était la perle noire d'ichor Vazdru que Chuz avait prise dans les dunes, avec deux autres gouttes identiques alors cachées en un autre lieu. Chacune d'elles était du sang d'Ajrarn.

Ce n'était qu'une question de hasard et de temps pour que quelqu'un, en raclant frénétiquement le sol, prît ce projectile à l'importance primordiale avec une inconscience absolue, puisqu'il était minuscule et semblait tout à fait inefficace, et le lançât avec une poignée d'objets un peu plus lourds en direction de la sorcière démoniaque, de la brillance pâle qui ressemblait à une étoile.

Qui, sans le savoir, lui donna la mort ? Nul n'en a le souvenir. Et il ne conviendrait point qu'on s'en souvînt. Ce fut, finalement, comme un éclair ou la mer, un meurtrier sans clémence et sans conscience.

La goutte adamantine virevolta et s'envola. Elle la transperça juste sous le sein et alla se loger dans le cœur. Il y avait là une sorte de justice terrible. Elle s'écroula aussitôt, sans crier, sans que change son expression ni que s'ouvrent ses yeux. Ce fut très rapide, parfaitement achevé. L'on a dit qu'elle ne ressentit absolument aucune douleur à être ainsi transpercée par son sang, mais une douleur, comme un baiser ensorcelé et meurtrier. À moins que la douleur ne fût insupportable, comme s'il était venu l'occire en personne. Mais ce fut rapidement fait et soudainement terminé.

Elle gisait entre ses ailes de chevelure. Elle semblait simplement endormie. Rien de son sang ne s'était répandu de cette terrible et minuscule blessure. Mais les joyaux et les bijoux en argent qu'il lui avait donnés, qui l'avaient protégée de tout hormis de l'impossible, devinrent ternes, leur couleur, leur éclat s'éteignirent, puis ce ne furent plus que des papiers fragiles ou des feuilles mortes posés sur elle, ils se ratatinèrent et le vent capricieux les emporta.

L'ardeur de la foule retomba un peu de la même manière. Les cris, les mouvements de mains et de pierres.

Ils avaient trop peur, ils étaient trop abasourdis par ce qu'ils avaient accompli, pour se rapprocher et voir à quel point elle était encore belle, pour voir la disparition de cette merveille, comme une fleur arrachée avec sa racine.

Seul le soleil la regardait en plein visage en déclinant lentement et il rabattit les nuages d'orage au-dessus de sa tête. Même le soleil, semblait-il, ne pouvait supporter une telle destruction.

CHAPITRE 5

L'AMOUR, LA MORT ET LE TEMPS

Quelqu'un d'autre la regardait, mais pas en ce monde, ni du ciel. Il était sous la croûte terrestre, dans les abysses du pays intérieur de la terre. Il fixait un miroir magique, enfumé, troublé et déformé par la lumière du jour.

On dit que le miroir se fracassa en un million de fragments semblables à des grains de sel. On dit que, pendant des éternités, ces fragments, en se glissant sous la peau des hommes, les projetèrent dans des paroxysmes de rage et de chagrin autrement inexplicables, au point qu'ils se suicidaient ou qu'ils en tuaient d'autres. On dit que le désespoir véritable n'existait pas avant que ce miroir se fracassât.

Le silence était tel, à Druhim Vanashta, qu'on aurait pu entendre le léger tintinnabulement d'une feuille qui tombait sur l'herbe noire, au point que toutes les feuilles cessèrent alors de tomber.

Nul prince ou princesse démoniaque ne bougeait. Ils restaient parmi leurs jouets, leur musique, leurs chevaux et leurs chiens, comme transformés brutalement en marbre et en jade. Les Eshva se figèrent comme les roseaux en hiver. Les habiles artisans, les Drin, ayant rampé sous leurs établis ou derrière leurs fours, cessèrent de travailler. Nul poisson ne volait, nul oiseau ne nageait, nul chien n'aboyait et nul cheval ne secouait la tête, et nul serpent ne dansait. Même le feuillage des arbres noirs avait cessé ses chuchotements. Même les flammes de la fontaine de feu rouge dans le jardin de son palais avaient cessé de trembler. Nulle brise ne soufflait. La lumière stellaire sans étoiles de Terre Inférieure était elle-même pétrifiée et, un moment, perdit sa beauté, comme un visage merveilleux enlaidi par une peur inimaginable.

Druhim Vanashta, qui avait toujours été, ou qui était devenue, le cœur d'Ajrarn, avait cessé de palpiter.

Il semble qu'il s'attendait à quelque calamité, car il est certain que chaque fois qu'il s'efforçait de la persuader de l'accompagner le pressentiment du danger avait dû le pousser et l'aiguillonner. Pourtant, il n'avait pas pris sa mort en compte. Elle faisait partie de lui, et il était immortel. Il aurait, sans nul doute, désiré l'immortaliser, bien que les voies de l'immortalité humaine fussent périlleuses. Dans son esprit, peut-être songeait-il qu'elle était déjà immortelle, invulnérable, éternelle. Comme son âme était plus grande que chez la majeure partie de l'humanité, l'illusion avait persisté. S'il avait véritablement pensé à sa mort, il l'aurait emportée de Bhelsheved, avec ou sans son consentement. Pourtant, ignorer sa volonté qui, en toutes autres choses, s'était joyeusement, suprêmement et dignement pliée à la sienne, eût été également une sorte de coup porté à son existence. Peut-être ne pouvait-il donc s'y résoudre.

Quelles que fussent la cause, la prémonition ou l'incrédulité, elle était restée et elle s'était fait tuer. Pour une fois impuissant, il avait assisté à cette scène.

Une seconde de son temps, moins encore. Mais le temps paraissait avoir stoppé à Druhim Vanashta.

Il se tenait au-dessus des derniers grains du miroir fracassé, dont la majorité s'étaient envolés. Les fenêtres rubis de son palais saignaient sur lui, les fenêtres émeraudes pleuraient et les fenêtres du saphir le plus noir le baignaient dans une ombre qui n'était pas une couleur mais un hymne funèbre.

Comme s'il ne fallait parler de lui et de ce qu'il était, ce ne sont que le silence de sa ville, le miroir fracassé, le sang et la lamentation du verre des fenêtres qui sont passés à la postérité. Ils s'exprimaient et lui était sans expression. (Là où ses doigts caressèrent la surface marquetée de la table où reposait le miroir, une fumée blanche monta du bois.) Il était sans expression et ses yeux secs, comme la profondeur de l'espace désertée par toutes ses étoiles et ses scintillements, auraient pu transformer un monde en pierre.

Il reprit alors son haleine et la brise circula de nouveau à travers la ville, les démons remuèrent avec elle, ainsi que les plantes, les eaux et les feux. Ils reprirent vie et sentirent ce qu'il sentait, comme des lames fichées dans leur flanc. Et nul n'osa crier à voix haute.

Lorsqu'il sortit de son palais, sur le dos de l'un de ses chevaux noirs démoniaques, nul n'osa l'interpeller, ni même s'agenouiller devant lui. Son passage ressembla à celui de la mort, bien qu'Uhlumé, Seigneur La Mort, n'eût jamais pénétré à Druhim Vanashta.

Ajrarn chevaucha jusqu'aux limites de sa ville et laissa derrière lui ses flèches et ses clochetons qui ressemblaient maintenant à des glaives ébréchés et de longues échardes d'os, et tout bouillonnait dans l'éclat calcifié qu'était devenue la sous-lumière magique, verdâtre, maladive, souffrante, de la couleur de la douleur.

Il chevaucha dans la campagne de sable héraldique, parmi les arbres d'argent. À un mille de la cité, son cheval trébucha. Il s'écroula lentement sous lui et mourut de l'agonie invisible et inexprimée d'Ajrarn.

Après la mort de sa monture, qui n'était pas une mort véritable, puisque les chevaux de Druhim Vanashta n'étaient qu'à demi matériels, Ajrarn continua à marcher seul. Il traversa un paysage aussi irritant qu'il était beau et n'en vit rien. Des coteaux revêtus de fleurs cristallines, des ruisselets et des torrents qui bouillonnaient de zircons, une ligne lointaine de falaises rosées comme au coucher du soleil, mais qui ne changeaient pas ; il ne prêtait attention à rien.

Dans son cerveau tictaquait inexorablement une horloge. Elle lui donnait les heures du monde au-dessus de sa tête. Elle lui disait que le soleil de ce monde-là marchait vers la ligne d'horizon.

Il se peut qu'il eût songé à Uhlumé, mais le Seigneur

La Mort n'avait aucun pouvoir sur les morts une fois qu'ils étaient parvenus dans cet état, hormis les morts qui lui appartenaient. Ajrarn songea peut-être à Chuz, mais Chuz et ses jeux étaient comme des objets lointains : il leur était difficile de lui frapper l'œil.

Il se trouvait une forêt aux troncs noirs, et sur les branches noires poussait une douce fourrure noire, tandis que dans le sol entre les arbres brillaient des primevères jaune pâle qui éclairaient les arbres de leur lumière. Ajrarn pénétra dans cette forêt et s'enveloppa dans sa noirceur. Et la forêt commença à chanter, parce qu'elle ne pouvait pleurer, une mélodie sans commencement absolu ni fin certaine, une mélodie semblable à l'air, qui, si elle pouvait être reproduite, tuerait la vie de sa tristesse.

Cela aussi était là une expression, car il ne parla ni ne fit de geste. Il n'exprima aucune émotion. Son royaume devait l'exprimer pour lui.

Mais le soleil de la terre intermédiaire arriva alors au bord du monde et la forêt se mit à scintiller et renacler comme si une météorite l'avait transpercée. Ajrarn avait disparu, monté vers Bhelsheved, où les hommes avaient occis celle qu'il aimait.

Frappée soudain d'une terreur révérentielle, la foule s'était enfuie et avait abandonné Dunizel sur l'exquis pont blanc à l'occident du temple doré.

Et, au coucher du soleil, la foule avait bel et bien totalement déserté Bhelsheved, hormis quelques idiots ou quelques insensibles qui erraient encore tristement parmi les colonnades. Il y avait aussi les prêtres, qui tremblotaient encore dans leurs cellules et bêlaient sous une espèce de sentiment de condamnation. L'orage rôdait encore dans le ciel, grondant sourdement, projetant des poignées de vent contre les temples et secouant les détritus abandonnés dans les rues.

Le soleil quitta sa dernière marche pour pénétrer dans le lieu situé sous le monde et lança sur la planète derrière lui un diabolique rayon magenta prolongé. Une pourpre d'acier bouillonna à l'est, ainsi que le noir qui n'allait pas tarder à tout conquérir.

La fille gisait les pieds pointés vers le couchant.

Un ultime éclat et le soleil eut disparu, ne laissant derrière lui que ses cendres moroses pour que le vent les balaye. La nuit se dressa aux pieds de la fille et baissa son regard sur elle.

Le Maître de la Nuit, Prince des Démons, Seigneur des Ténèbres... qui n'avait pu agir malgré tous ses pouvoirs et qui était maintenant impuissant, sauf à justifier l'un de ses autres noms, l'un des plus noirs.

Il s'agenouilla et la releva avec lui en la tenant à l'horizontale. Ce qu'il fit alors fut des plus étranges. Il se pencha et embrassa les deux paupières de chaque œil, qui se relevèrent doucement, et les deux yeux magnifiques et sans vie le considérèrent en un semblant de réveil. Puis les cils argentés rabattirent les paupières.

Il descendit du pont et la porta dans le jardin près du lac où elle était venue à lui lorsqu'il était entré à Bhelsheved. Il la déposa sur l'herbe froide et frêle, puis se détourna d'elle et regarda de l'autre côté de l'eau tachée de nuit.

Pour les Eshva, le chagrin était, comme l'amour, un ravissement, un art. Ils nageaient dans le chagrin, s'y noyaient, le buvaient et s'en enivraient, ces enfants du rêve et de l'ombre. Mais pour les Vazdru, le chagrin ne pouvait se guérir que dans le sang. Les Vazdru se lamentaient rarement, aussi peu qu'ils pleuraient. Lui qui régnait sur eux, il était plus Vazdru que les Vazdru et ne pouvait faire ni l'un ni l'autre. Rien d'étonnant à ce que son pays dût exprimer son agonie et son désespoir. Car il en était incapable. Sa douleur était inexprimable. Comme celui qui voudrait crier mais n'a pas de voix, ou celui qui a subi une terrible blessure interne que nul médecin ne peut atteindre pour la soigner, tel était Ajrarn. Ajrarn, qui avait inventé l'amour charnel, et les chats, et les plus profondes complexités du mal, Ajrarn, oui, Ajrarn souffrait.

Son visage était tellement blanc qu'il illuminait les ténèbres comme un feu et ses yeux secs indéchiffrables (soyez-en heureux) rendaient la nuit ridicule par leur noirceur.

À voix haute, mais doucement, il déclara :

— Je rejetterai Bhelsheved dans la terre qui l'a vomie. Et du pays de Bhelsheved je ne laisserai qu'un cratère sans fond où ne poussera pas une plante pendant plus de dix siècles.

La nuit dans le jardin sembla se recroqueviller à ses paroles. Il avait le pouvoir d'accomplir cela, s'il avait été impuissant peu auparavant. La nuit, le sol, les arbres et l'atmosphère elle-même le savaient et le crurent, et cette portion du monde se ratatina sur soi.

— Pas la plus petite, la plus frêle des pousses, dit-il avec une extrême douceur. Et pas un homme n'y reviendra avant que deux fois dix siècles aient été déchirés des pages du livre du monde. Et bien davantage.

Bhelsheved était maintenant noire comme la poix et nulle étoile n'était visible. Les rafales d'orage étaient étouffées, car ce dernier avait peur, lui aussi. Le lac ne portait aucun reflet. Il n'y avait nulle part de lumière ni d'espoir de lumière tandis qu'il restait là à savourer la promesse qu'il venait de faire, poison d'un cru supérieur dans sa bouche.

Une lumière soudaine. Inattendue, mince et frêle, qui se déplaçait au bord du lac et se dirigeait vers lui.

Ajrarn regarda cette lumière et jura, car elle évoquait le souvenir de la façon dont Dunizel lui était apparue pour la première fois, portant la lanterne de lucioles le long de la rive. Mais, à ce juron, chose incroyable, la lumière prit davantage d'éclat, comme s'il l'avait bénie, et elle sembla se précipiter vers lui.

Au dernier instant, il comprit. Il sortit de parmi les arbres et attendit ainsi ; la lumière clignotante s'avança vers lui et c'était Dunizel, ou son fantôme, son âme, revenue de la région embrumée au-delà du monde, où, en ce temps-là, expiraient les âmes. Elle ressemblait bien à elle-même, hormis le fait qu'elle était aussi translucide que la plus fine des porcelaines. La nuit la traversait, traversait sa peau juvénile, sa chevelure blanche comme un cygne, sa beauté si fidèlement, si pathétiquement reproduite.

— Seigneur, dit-elle, je savais que tu étais ici et je suis venue te chercher.

Tout comme elle l'avait dit au commencement.

La douleur qui l'habitait, tel le tranchant ébréché d'une épée, devint très probablement la douleur de sept épées dont la pointe était revêtue de sept acides. Il lui répondit par une colère si froide que nul être vivant n'aurait pu supporter de l'entendre.

— Tu peux te réjouir, maintenant, Vierge Blanche. Tu as refusé de m'obéir, tu ne voulais quitter ce lieu, qui t'a détruite et qui sera détruit à son tour.

— Et pourquoi détruirais-tu Bhelsheved ? demanda l'âme de Dunizel. Est-ce pour tirer vengeance de ma mort ?

— Pour quelle autre raison, fit-il en se détournant d'elle.

Il n'était pas fréquent qu'il dissimulât son visage, sauf par ruse, mais il n'y avait là aucune ruse.

— Ne détruis donc pas Bhelsheved pour l'amour de moi. Je n'ai nul besoin de vengeance. Je vivrai, comme tu le vois, bien que différemment d'autrefois. De toutes les âmes, la mienne est vivace et son existence est assurée, car l'âme du soleil m'a rendu visite dans le sein de ma mère.

Elle connaissait enfin sa nature, semblait-il.

— Pourquoi implores-tu le salut d'une fourmilière ? dit-il en rejetant cette connaissance de soi, car elle ne l'intéressait plus, ou du moins le semblait-il. Ceux qui t'ont occise ne méritent nulle miséricorde.

— Ce n'est pas pour eux, dit-elle, sa voix se glissant entre les arbres et leur ombre où elle ne l'avait pas suivi. Mais pour toi que je t'implore, mon bien-aimé, toi, la vérité de ma vie et cette vérité à tout jamais, même au-delà de la porte de la mort. Car lorsque tu frappes les hommes et les massacres, que tu ravages la terre et en fais un désert, c'est alors une partie de toi-même que tu frappes, massacres, ravages et réduis en un désert. Tu es plus grand que ceux de ta race. Tu es au-dessus d'eux. Un matin, et c'est volontairement que je parle de jour, mon amour, tu mettras de côté ta méchanceté comme un riche vêtement dont tu te seras lassé.

— Ne me dis point de telles choses, ou je foudroierai ce lieu d'un fléau qui en assurera la mort pendant dix millions d'années.

— Tu te foudroieras donc. Et, bien que je sois au-delà de ce monde, ta douleur deviendra ma douleur. Tu me foudroieras aussi.

— Disparais. Tu ne mérites aucune pitié. Tu as gaspillé ta vie.

— Ma vie continue, ailleurs ou ici, car peut-être reviendrai-je au monde, dans les temps à venir. Et dans ce cas, la lumière qui me permettra de retrouver ma route, ce sera toi.

— Ce que je voulais te donner, tu l'as repoussé. Tu as renversé le vin, Dunizel. Tu n'en auras jamais savouré la douceur.

— Enseigne-la-moi donc.

Dans l'ombre, il éclata alors d'un rire beau et cruel.

— Femme, tu n'es que toile d'araignée et fumée. Va donc recevoir tes leçons d'amour des spectres qui se tapissent dans le néant extérieur.

Elle posa alors la main sur son bras, aussi légère qu'une feuille, mais qu'il ressentit comme si elle avait été de chair.

Il voyait en ce moment même son blanc cadavre allongé entre les racines des arbres. Pourtant il la distinguait aussi près de lui, debout devant lui, non plus transparente, mais finement opaque, éclairée par son seul éclat interne. Si possible, ce qui ne l'est peut-être pas, elle était encore plus jolie qu'auparavant.

— L'âme est magicienne, lui dit-elle, comme tu le sais fort bien. Mais mon âme l'est davantage que celle d'autrui, car je suis l'enfant de la comète. Et parce que ton sang s'est mêlé au mien. Pendant un certain laps de temps, je puis arborer un semblant de chair, mais très peu de temps, pendant les heures d'une seule nuit. Même mon âme, qui t'aime et tire sa force de l'amour, ne peut faire davantage. Si tu voulais me chasser sur-le-champ, il te suffirait de me fermer ton cœur. Si tel est ton désir, je n'en aurai aucun chagrin. Je te quitterai sans regret et t'aimerai à tout jamais.

— Ton corps n'est que mirage. T'imagines-tu que je sois un mage si piètre que je ne le sache ?

— Mon corps est fait d'amour. Aime-moi et même toi ne pourras faire la différence entre l'illusion et la réalité, car dans ce cas elles ne font qu'un.

Il lui toucha alors le visage. Son contact produisit comme des notes de musique ; elle se fit aussitôt plus vive, sûre et réelle. Nul homme humain n'aurait pu la posséder telle qu'elle était. Mais ni elle, ni son amour, ni son amant n'étaient humains.

— Le temps est bref, dit-il. Une nuit mortelle.

— Non, car tu es le maître du temps. Une nuit peut être un millier d'années. Je redoute la joie que je connaîtrai avec toi.

— Redoute plutôt la séparation qui s'ensuivra, dit-il, et ce fut comme si c'était lui qui craignait cette séparation.

— Il ne peut y avoir de séparation. Je suis toujours avec toi et je serai avec toi, comme maintenant, dans une époque différente. Mais ne détruis point ce lieu. Car sans lui, tu aurais pu me manquer dans les ténèbres. Éteins la lumière de Bhelsheved et il pourra en exister un autre, en un autre temps, mais tu risqueras de ne point me trouver.

Ajrarn la regarda, regarda son visage qu'il tenait entre ses mains ; puis il baissa la tête et l'embrassa. Sous ce baiser, la terre sembla alors comprendre que sa détermination à détruire avait été oubliée. L'amour et la haine avaient été mis dans la balance et l'amour l'avait emporté, comme avant, longtemps auparavant, et le temps lui-même était mort.

Le corps de Dunizel était plus âme que chair en rencontrant le sien qui était fait d'atomes surnaturels ; la lumière rencontra les ténèbres ; leurs chevelures s'entrelacèrent et les unirent... tout cela fit jaillir d'eux une ambiance délirante semblable au rougeoiement ou à la chaleur d'un feu.

Toute la région réagit en palpitant sous cet écho inaudible. Les terres vivaient aussi. Celle de Bhelsheved avait été promise à l'annihilation, et voilà que l'amour s'y était réveillé.

L'orage fondit avec des soupirs. Les étoiles se déversèrent à travers lui, semblant pleuvoir les unes sur les autres. L'échelle de l'amour monta de la terre et hors de la terre. Le temps s'arrêta, tout comme Druhim Vanashta s'était arrêtée. Une nuit devint mille années. Un acte d'amour devint tous les actes d'amour, passés ou à venir.

Pourtant, tout cela n'était rien comparé à cet autre amour qui avait pu passer entre eux.

Cependant, dans le temple central, sur son trône doré oubliée, trop petite pour en descendre, la fille du Démon, bien éveillée, était consciente des courants et des ondes d'amour qui tourbillonnaient dans la nuit, et consciente aussi qu'elle n'y prenait point part.

L'aube vint à Bhelsheved, sembla-t-il, à contrecœur et timidement, pâle, comme après de nombreuses années sans soleil. La ville, en s'ouvrant à ce lever de soleil, eut une apparence pure et presque informe, comme un objet tout neuf, ou que l'on a nettoyé de toutes les souillures passées qui s'étaient accumulées dessus. Les vents de tempête avaient balayé les ordures de ses rues. Les arbres nus ressemblaient à de l'argent sombre. Même le désert était serein et teinté de couleur par le soleil. Une femme qui a connu un amour incomparable et absolu, telle était cette terre, et le soleil coula sur toute son étendue.

Les prêtres avaient émergé de leurs cellules pour fixer le ciel. Ceux qui étaient restés près des murs remercièrent les dieux. Et les caravanes qui s'étaient enfuies de la ville, poussées par des terreurs qu'elles comprenaient à peine, s'étaient arrêtées net. La vengance de la nuit leur avait été épargnée. Le ciel avait protégé les justes. Abusés par l'aube qui avait suivi cette nuit d'amour et de chagrin, ils avaient encore interprété les événements à tort et ils les narreraient de travers pendant des années et des années.

Néanmoins, Bhelsheved demeura ce jour-là presque déserte. À peine un antique mendiant qui errait dans les quatre avenues, apparemment troublé par l'absence de détritus ; il atteignit la porte du temple et regarda à l'intérieur dans l'espoir de récupérer quelque chose.

Le temple paraissait immense et vide. Seuls les vagues reflets matinaux de l'eau du lac en franchissaient les murs et pommelaient les flancs des énormes bêtes qui encadraient l'autel.

Deux turquoises, deux lumières, s'allumèrent au milieu du trône élevé qui avait été le fauteuil de la catin.

Le mendiant sursauta. Dans la pénombre, il ne distinguait rien d'autre. Il se rappela soudain l'enfant démoniaque, lâcha un croassement et se hâta de quitter le temple.

Sur le pont, il aperçut un jeune noble en robe prune, mais son apparence ne plut guère au mendiant et il ne s'attarda point pour quémander quelques piécettes.

Nul autre ne s'approcha du temple en ce jour suave, bien que Chuz rôdât à proximité et que, de temps à autre, des poissons marchassent hors du lac sur leurs nageoires.

Au coucher du soleil, Chuz pénétra dans le temple et foula la mosaïque d'un pas de chat. Il arriva jusqu'au trône où, durant toute la journée, l'enfant aux yeux bleus était restée allongée sur le ventre, le fixant par la porte.

Chuz était vêtu quelque peu différemment. Au pied gauche il portait une chaussure, et à la main gauche un gant de fin tissu violet. Le côté gauche de son visage était dissimulé par un demi-masque du bronze le plus blond, un faciès parfaitement assorti au beau côté charnel. Ses cheveux étaient cachés. Il constituait maintenant un spectacle très beau, quoique tout à fait anormal.

— Jolie fillette, dit Chuz à Soveh, la fille de Dunizel, je vais te conduire hors de ce temple sans intérêt.

Soveh baissa les yeux, un peu à la manière de Chuz lui-même, bien que pour une raison différente.

— Ne désirerais-tu pas contempler ton héritage ? Ne sois point inquiète, je te protégerai des traces de soleil, bien qu'il ait presque disparu. J'ai attendu son coucher, par pure courtoisie. Je regrette que ton père et ta mère aient dû partir pour s'occuper de quelque affaire. Étant ton oncle, je me propose de t'adopter. En gage de ma loyauté, je t'ai apporté un présent.

Les bijoux bleus se relevèrent et se fixèrent sur le joyau en améthyste : le dé.

Soveh ne prit pas le dé, mais le considéra et, cependant, Chuz la considéra, et l'on remarquera que ses deux extraordinaires globes optiques étaient recouverts de lentilles de jade blanc, de jais noir et d'ambre qui imitaient parfaitement une splendide paire d'yeux. D'assez près, l'on pouvait être totalement abusé. Chuz s'était mis sur son trente et un, sans nul doute pour séduire la fille d'Ajrarn.

Mais elle ne prit point son cadeau, bien qu'elle y jetât un regard de temps à autre, sans méfiance ni agitation, tandis que les dernières paillettes du jour périssaient sur le seuil.

— Voilà qui est vraiment blessant, finit par se lamenter Chuz.

Peut-être dans le but de la provoquer, il lui tourna le dos. Et il se retrouva face à face avec Ajrarn, Prince des Démons, qui venait de traverser le lac et le dallage pour se dresser à sept pas de là.

Chuz ne parut point intimidé. Il eut un sourire suave et le masque de bronze parfaitement coordonné arbora aussi un sourire.

— Eh bien, fit Chuz, il semble que je ne pourrai jouer le rôle de l'oncle, finalement. Moi qui pensais que tu l'avais oubliée, malgré ce qu'il t'en a coûté de la créer.

Le visage d'Ajrarn était sévère, assurément. Un nuage paraissait le nimber. Mais ses yeux traversaient ce nuage. En dehors de Chuz, rares étaient ceux qui eussent été prêts à affronter ce regard.

— Toi et moi, dit Ajrarn, non-frère, non-cousin, nous sommes également non-amis.

— Oh, vraiment ? Voilà qui m'attriste.

— Oui, vraiment. Et tu seras attristé, même si je dois te pourchasser par-dessus les limites du monde pour t'atteindre.

— Je vois que tu me condamnes sommairement. Tu supposes que j'ai incité ces adorateurs des pierres à m'attaquer délibérément, pour que mes jouets soient dispersés en compagnie de l'arme mortelle. Pourtant, qui a permis au fouet de lui couper la paume et aux trois gouttes de sang de tomber et de se transformer en diamants ?

— Chuz, fit Ajrarn d'une voix si basse qu'il était difficile de l'entendre, mais il ne fut pas un grain de poussière qui ne l'entendît, cherche une caverne profonde et va t'y terrer, puis guette les aboiements des chiens de chasse.

— Tu t'imagines me faire trembler ? répondit nonchalamment Chuz. Je ne suis que le serviteur du monde. J'ai fait mon devoir. Et toi, mon cher, tu as connu la folie. T'en es-tu délecté ?

Le visage d'Ajrarn sortit de la nuée ; c'était la figure d'un léopard noir, d'un cobra, d'un éclair.

— Nous sommes en guerre l'un contre l'autre. Et j'ai eu la gentillesse de t'en informer.

— Je t'admire beaucoup trop pour chicaner.

Comme une volute de vapeur, Chuz disparut, bien que, quelque part, un âne émît trois braiments méphitiques.

Ajrarn resta alors à contempler l'enfant qu'il avait faite et rejetée, puis qu'il était revenu chercher. Il avait été un père indifférent et insouciant et maintenant il était lointain et franchement inquiétant.

Mais, lorsqu'il tendit à l'enfant sa main pâle ornée de bagues, elle n'hésita point et y mit la sienne.

— Ton nom sera Ajriaz. Tous te reconnaîtront comme ma fille. Et chacun des ridicules royaumes de la Terre t'appartiendra et tu régneras à la manière qui est ou sera la tienne.

Le temple s'emplit alors d'une noirceur dans laquelle il disparut en l'emportant avec lui. L'on dit que des morceaux de lune tombèrent cette nuit-là et s'écrasèrent sur le monde.

Mais, dans les vastes plaines du désert, dans le calme subsistant de l'après-crépuscule, le Prince Chuz allait et venait parmi les dunes soyeuses encore peintes de rose, comme si l'aube tendre était revenue pour la dernière fois.

Un peu à l'est, une étoile était sortie et il la regardait

parfois, mais il en attendait une autre, et elle ne tarda point.

Elle traversa les dunes et se dirigea vers lui ; sa chevelure flottante était de la couleur du désert, ses vêtements étaient incrustés d'or, mais l'étoile brillait à travers son front. Comme Dunizel, c'était un fantôme.

Elle était loin de l'ancien donjon, Djasrin, le donjon qu'elle avait hanté, et loin de la cité de Sheve où, jadis, elle avait été la reine de Nemdur. Bien que ce ne fût point une âme mais le simple reflet de celle-ci, elle parut tout de même quelque peu stupéfaite de se retrouver si loin de ces lieux connus. Mais en apercevant Chuz, elle le reconnut avec joie et malaise et s'arrêta au moment où le vent vespéral faisait flotter ses voiles autour d'elle. Elle leva alors sa main, qui contenait un os, l'os de son enfant qu'elle avait occis par accident du fait de l'amour dément et jaloux qu'elle vouait à son seigneur.

— N'avance plus, Djasrin, dit Chuz. Car tu peux maintenant me donner l'os.

Djasrin, ou l'essence de Djasrin qui était cette apparition, hésita alors et réfléchit. Le souvenir de centaines d'années de pénitence dut lui revenir, châtiment involontaire qu'elle s'était imposé et au cours duquel son fantôme n'avait cessé de se lamenter, prolongeant la mortelle habitude d'aspirations, de sentiments de culpabilité et de détresse qu'avait été sa vie. Et peut-être également le souvenir que l'os lui aussi l'avait fuie, tout comme le bonheur ; il s'était enfui vers Chuz, l'accusant du crime qu'elle avait commis contre lui. Il ne s'agissait donc là que du fantôme de l'os, de même qu'elle n'était que le fantôme d'un fantôme. Comprit-elle alors que son emprisonnement allait arriver à son terme ? Djasrin, qui avait aimé Nemdur et avait tué son enfant à cause de cet amour. Mais c'était une autre femme qui était venue à Sheve, y avait aimé un seigneur plus puissant que tous les autres rois de la Terre et, à son tour, en protégeant son enfant, s'était fait occire. Juste équilibre des choses.

— La folie redresse tous les équilibres. Donne-moi cet os, répéta Chuz.

Djasrin s'approcha, tendit l'objet sans substance et Chuz le lui prit.

Djasrin eut alors un sourire, ou du moins la rognure de Djasrin qui était perdue en ce lieu eut un sourire, puis, en souriant, elle disparut. L'os s'était évaporé à l'instant où elle l'avait lâché ; ce n'était que par pure politesse que Chuz avait terminé son geste d'acceptation.

Il continua alors de marcher à grands pas, son manteau teinté comme le soir voletant autour de lui et sa chevelure blonde glissant presque espièglement de sa cachette, bien que l'autre chevelure demeurât humblement hors de vue. Tandis qu'il marchait ainsi, les mâchoires d'âne lui parlèrent.

— L'amour est partout, ainsi que la mort de l'amour, marmottèrent-elles d'une voix cliquetante. Ainsi que le temps, qui est façonné à partir des histoires de mort et d'amour. La mort et le temps, je les accepte et les reconnais.

Chuz, oubliant que ses yeux, comme la moitié de son visage, étaient aussi masqués, les abaissa.

— Mais, demandèrent les mâchoires avec une insistance sinistre, qu'est-ce que *l'amour* ?

TABLE DES MATIÈRES

PROLOGUE

La Tour de Babhelu 9

PREMIÈRE PARTIE *Le Fruit devient sur* 47

Chapitre 1 Les Conteurs 49
Chapitre 2 Dans lequel il est question de Bhelsheved 67
Chapitre 3 Œuvres nocturnes 85

DEUXIÈME PARTIE *Âme-de-Lune* 101

Chapitre 1 Un sacrifice 103
Chapitre 2 La Machine magique 115
Chapitre 3 Feu-du-Soleil 133
Chapitre 4 Flamme-de-Lune 149
Chapitre 5 Une image de lumière et d'ombre 167

TROISIÈME PARTIE *L'Amerture de la joie* 185

Chapitre 1 Dix-sept Meurtrières 187
Chapitre 2 Mère et Fille 205
Chapitre 3 L'Aloès 221
Chapitre 4 Les Dés 239
Chapitre 5 L'Amour, la Mort et le Temps 261

TANITH LEE

Presses Pocket

LE MAÎTRE DES TÉNÈBRES

Sivesh, l'enfant mortel, a bien de la chance : le Maître des Ténèbres en personne l'aime comme un fils et lui donne tout ce qu'un simple humain peut souhaiter.

Pour le satisfaire, il a fait pousser la belle Ferajin, Fille-de-Fleur. Mais Sivesh grandit, il veut connaître la Terre des hommes et vivre sa propre vie. Le Maître des Ténèbres accepte ; il n'oubliera pas de se venger. Comme tous les démons, il aime torturer les hommes par des enchantements et des cauchemars ; pour lui, c'est un jeu. Bientôt il ne reste plus à Ferajin que ses yeux pour pleurer. De là naît le collier des sept larmes, qu'on ne peut voir sans le désirer et qu'on ne peut désirer sans tuer celui qui le détient.

Alors la malédiction se répand de proche en proche, dansant sur toute la Terre une sarabande endiablée.

Pour les hommes, la vie n'est plus qu'un long supplice ; en eux grandit la Haine — pas l'art de la haine que les démons cultivent pour s'amuser, mais la Haine insatiable qui dévore tout et peut détruire le monde. Le Maître des Ténèbres a-t-il voulu cela ?

Comprendra-t-il qu'il ne peut pas se passer des hommes ?

TANITH LEE

LE MAÎTRE DE LA MORT

Simmu, né d'une vivante et d'un mort, peut devenir tour à tour fille ou garçon. Sous la forme d'une fille, il séduit Jirem, un jeune prêtre qui ne se pardonne pas d'avoir succombé à l'horreur de la chair et qui, reniant ses vœux, demande à servir Ajrarn, prince des démons. Mais Ajrarn lui préfère Simmu. Mieux : il lui offre une occasion de conquérir l'eau d'Immortalité échappée de la Terre des dieux ; il construit pour lui Simmurad, la cité des immortels. Triste cité, dont les habitants ont oublié le désir et vivent dans une morne apathie : Ajrarn a une façon perverse et bien à lui de combler ses favoris de cadeaux désespérants.

Pourtant Uhlumé, le Seigneur La Mort, ne s'en satisfait pas : il veut retrouver son pouvoir sur les hommes ; il refuse l'impossible suicide de Jirem et le lance à l'assaut de Simmurad. Les deux amants — l'invulnérable et le mortel — s'affrontent en un combat dantesque où il ne peut y avoir de vaincu.

Achevé d'imprimer en décembre 1988
sur les presses de l'Imprimerie Bussière
à Saint-Amand (Cher)

PRESSES POCKET - 8, rue Garancière - 75285 Paris
Tél. : 46-34-12-80

— N° d'imp. 6822. —
Dépôt légal : décembre 1988

Imprimé en France